雪梨子挂满山崖

刘江滨◎著

花山文艺出版社
河北·石家庄

图书在版编目（CIP）数据

当梨子挂满山崖 / 刘江滨著. —石家庄：花山文艺出版社，2020.5 （2022.1 重印）
ISBN 978-7-5511-3558-0

Ⅰ.①当… Ⅱ.①刘… Ⅲ.①散文集—中国—当代 Ⅳ.①I267

中国版本图书馆CIP数据核字(2020)第052332号

书　　名： 当梨子挂满山崖
Dang Lizi Guaman Shanya
著　　者： 刘江滨

责任编辑： 郝建国　尹志秀
责任校对： 李　伟
装帧设计： 王爱芹
美术编辑： 胡彤亮
出版发行： 花山文艺出版社（邮政编码：050061）
（河北省石家庄市友谊北大街330号）
销售热线： 0311-88643221
传　　真： 0311-88643225
印　　刷： 石家庄市西里印刷厂
经　　销： 新华书店
开　　本： 700×1000　1/16
印　　张： 17.5
字　　数： 200千字
版　　次： 2020年5月第1版
2022年1月第2次印刷
书　　号： ISBN 978-7-5511-3558-0
定　　价： 39.00元

目　录
CONTENTS

◎第一辑　世事纷披

◎第二辑　文岸徜徉

◎第三辑　血脉乡愁

世事纷披

第一辑

DANGLIZIGUAMANSHANYA

树 的 事

我的老家宅院里有一棵老枣树。树龄多少年了？小的时候我问过父亲，父亲说他小的时候院子里头就有，估计总得有上百年了吧。而今，父亲已不在人世了，这棵老枣树依然蓬勃蓊郁，每年秋季都结出香甜的红枣。

老枣树长在窗前，树身不高，也不很粗，中间裂开一条深深的树洞，树干六十度倾斜着，像一个佝偻身躯的老人。我小时候它就这样，过了五十年，它还是这样，似乎岁月在它身上停止了。在我的记忆中，我家的鸡到了晚上，往往不回鸡窝睡觉，而是习惯飞到枣树上栖息。我也喜欢登着树洞爬上枣树玩耍。童年的喜好竟然与动物相同，实在有趣。这让我想起人类的童年时期，我们的远祖最早也是筑巢而居，把家安在树上的。唐尧时代有位隐士名巢父，即如此。

树老了，就成了“神”，许多百姓给老树蒙上红布，供之香火，叩头膜拜。《中山狼传》载，东郭先生救了狼，狼却要吃他，东郭先生和狼商议要找“三老”评评理。“三老”即老牛、老翁和老树。在人们看来，老了就有了通神的能力。孔子说老而不死是为贼，道家却认为活得久远是因为修炼得道而来。高寿被称为人瑞，夭折或中道崩殂则被视为不祥。人如此，树亦如此。

去过山西的晋祠，那里有春秋时期留下的柏树，距今快三千年了，树身皲裂得七沟八壑，形状怪异，部分还补着水泥，树根也隆出地面，像老人的手青筋暴露，但树冠如伞，葱茏沃若，新叶碧绿，如新鲜的娇娘。这是我见到的树龄最长久的古树了，也是我见到的最长久的生命体。春秋，是老子、孔子生活的年代，从生命本身来说，即便如老子孔子等圣贤也早已做古，而与他们同龄的树，“春秋依旧在，几度夕阳红”，历经无数次雷击、风摧、洪淹、地震、兵燹等无妄之灾，仍好好活着，老而弥坚。

万物的寿命都有长有短，树也一样，树种不同，生命的长度也迥异。凡是易成活、长得快的树都短命。有一种树叫泡桐，几年工夫发面似的巨大粗壮，树身多汁，小时候淘气，拿小刀戳一下，汁液就流出来，像人的眼泪。这种“速成”的泡桐寿命很短，没多少年就枯死了，而且质地粗疏、弱脆，不堪大用。但城市拿它做行道树倒也合适，树大叶阔，今天栽种，翌年就可享受绿荫了。寿命最长的树种应该是松树柏树了，“岁寒，然后知松柏之后凋也”。人们祝福寿星常说“寿比南山不老松”。它们多栽种在陵园墓地、祠堂寺庙、皇家园林，象征万古长青、永垂不朽。黄帝陵、避暑山庄、武侯祠、清东陵西陵等故地所在多有，古意森然，平添了一份岁月感、历史感和肃穆的气息。松柏不仅常被人们赋予精神的象征意义，生活中也堪称栋梁之材，质地密实坚韧，不折不弯，盖房子、做家具、做寿材都是上好的木料。

最文艺的树应该是柳树了。柔媚，浪漫，伤感，多喻离别。柳树特别容易成活，插个枝不久就冒芽了。树的形状不够高大雄壮，有一种垂柳更是枝条柔软细长，婀娜婆娑，随风飘拂，颇像柔顺乖巧的女子，河边、田畴、井旁、房前屋后到处可见。从《诗经》的“昔我往矣，杨柳依依”开始，柳树就跟诗人结下不解之缘，关于柳树的名句车载斗量。

诸如，“此夜曲中闻折柳，何人不起故园情”（李白），“杨柳岸，晓风残月”（柳永），“月上柳梢头，人约黄昏后”（欧阳修），“春风杨柳万千条，六亿神州尽舜尧”（毛泽东）。这里的“杨柳”就是柳树，跟杨树没丁点儿关系，譬如“杨柳细腰”是说女人婀娜的腰肢，像摇摆的柳树，如果像杨树那样直挺挺，岂不大煞风景?

我们生活的北方平原，最家常的树是杨树、槐树、榆树、柳树、枣树、桑树、椿树，还有桃李杏梨等果树。农村长大的孩子，童年记忆的底色就是爬树攀高，抓知了，偷果子，找鸟蛋。用树杈做弹弓，用树棍做皮牛，用树枝做伪装帽。在食不果腹的饥馑年代，槐花、榆钱、树皮、树叶等都是救命的食材。树木是人类的密友，甚至是生命的孵化器，人类是从丛林中走出来的。没有树，我们所生存的地球就是荒漠。那年去澳大利亚，第一次走进热带原始森林，那真是树的世界呀，密密匝匝，遮天蔽日，盘根错节，枝柯交错，仿佛走进了洪荒远古。有树的地方，就有人烟；有树的地方，就有文明。中华文明唐之前北方是中心，后来就移到南方了。为什么？据说跟树有关。唐之前，北方气候温暖，雨量丰沛，森林繁茂，不仅有母亲河黄河，河边林地还有大象出没，要不河南为什么叫“豫”呢？“豫”字里有“象”，黄河边上还出土过大象的化石。北方翠竹成林，所以才能就地取材，竹简作纸，书写青史，竹子绝对不会是千里迢迢从南方运来的。后来，“坎坎伐檀兮，置之河之干兮”。王朝更迭，大兴土木，战乱频仍，森林被毁，气候变得寒冷，北方不再适宜竹子生长，大象更是南迁。文明也如候鸟找寻温暖。比如宋代，大文人苏东坡、王安石、陆游、欧阳修等多是南方人。即使如今，森林覆盖率高的地方，文明程度就高，反之就低，树木稀疏，精神也荒凉了。

庾信作《枯树赋》：“昔年种柳，依依汉南。今看摇落，凄怆江潭。树犹如此，人何以堪。”由树及人，生发对生命从葳蕤到肃杀的慨叹，表达出一种无奈、伤感、苍茫的情绪。人的生命意识从来就有许多和自然界的树木联系在一起，人活一世，草木一秋，十年树木，百年树人，无边落木萧萧下，不见长江滚滚来……从一树鹅黄到碧叶青青，从落英缤纷到枝丫萧条，一如人的生命年轮轨迹。生生死死，枯荣寂灭，周而复始，无穷无尽。茅盾见白杨而想起挺拔的哨兵，鲁迅把寒夜的枣树喻作孤独的战士，庄子欣赏不成材的樗安享自在，孔子在杏林筑坛授业，佛陀在菩提树下觉悟，李聃（老子）之李本就是一棵树啊。

小时候，老师在课堂上教我们画画，让大家画一个家。大多学生的画面是这样的：一座房子，旁边有一棵树，树的下面是人，树的上方是圆圆的太阳，房子前面有一只鸡或一只狗。这就是我们的家，家园里怎么能没有树呢？

草 的 事

农村长大的孩子跟草最有缘，他们几乎是一起疯长的。田间地头，院落街道，甚至房顶，到处都是草的芳踪，有草的地方就有小孩子的身影。在农村，树需要植，庄稼需要播，蔬菜需要种，这些绿色植物需要精心侍弄，浇水、施肥、管理、看护，唯独草，被称作野草、杂草，人们欲除之而后快，因此，孩子们的一大任务就是割草。

割草最憷头的是炎热的夏天钻进玉米地里，密不透风，闷热难耐，身上的汗水如小溪流个不止，玉米叶子刮到裸露的肌肤上，划出道道红印，被汗水蜇得又痒又疼。这个时候玉米地里的草，没法用锄头锄，只能用手薅，薅不动的就用镰刀割。而最惬意的是在苜蓿地里割草，尤其是傍晚时分，小风儿溜溜吹着，苜蓿地里平展展的，干起活儿来很清爽。阳光给簇簇狗尾草穗子镀上了一层亮色，它们在微风中有些嘚瑟地摇曳。记得有一次，割得累了，我躺在苜蓿上，像躺在绿色的毯子上，听着草丛里虫子的鸣唱，望着白云悠悠的天空，享受着清风蓝天。

割完草，用箩筐背回家，晾晒在场院里。青草的气息一直萦绕在空气中，甜丝丝的，很好闻。如果家里养着猪和兔子，就拿一些喂它们，多数情况下，是晒干之后，交到生产队牲口棚，算作工分。我们邻村有一个县里的马场，有时候我们把草打成捆用排子车拉过去，卖给马场，赚些家用。草是牲畜的粮食，称作草料。鲁迅说，牛吃的是草，挤出的是奶，是也。

草的种类繁多，可不像庄稼只有麦子、玉米、高粱、谷子等几类，草像天上的星星，不知凡几。小的时候，为了记住草的名字，也是为了消遣，我经常把草的名字跟村里人的名字连在一起，编成顺口溜，诸如，燕子荑，找修已；灰灰苔，找军涛；蒲公英，找建东；马齿苋，找福建……当然，许多草的名字我是记不住的。中国第一部诗歌总集《诗经》出现了大量植物（包括草）名称，孔子说，读《诗经》的功能之一便是“多识鸟兽草木之名”，这是对大自然最原始的亲近。据统计，《诗经》共三百零五篇，其中一百五十三篇写到植物，草字头的字满目皆是，如葑、菲、芾、荠、荼、蓼、苓、莪、茆、蒿、薇、蕨、芣苢……草色青青，绿意幽幽。古人生活的世界就是大自然的一部分，对种种草木抬眼即望，伸手可触，物我难分，浑然一体，不像现代人筑城而居，与自然暌违疏离了。屈原的作品中也充盈着草木的世界，尤其是开创了“香草美人”的文化传统，泽被后世。“朝饮木兰之坠露兮，夕餐秋菊之落英。”“兰芷变而不芳兮，荃蕙化而为茅。何昔日之芳草兮，今直为此萧艾也？”（《离骚》）屈原将草分为香草和恶草，与人的品行德操熔为一炉，设譬做喻，联想引申。读《楚辞》也每每从字里行间嗅到青草的气息。

草是最低矮的植物，匍匐在大地的胸膛之上。相较于蔬菜、庄稼、树木，草是最无用的东西，牛吃马嚼，任人践踏，与竹头木屑同类，因此地位卑微，遭人轻视。鲁迅在其《野草》中说，野草“当生存时，还是将遭践踏，将遭删刈，直至于死亡而朽腐”。所以，生活在最底层的人被称作草民、草根，上山的土匪被称作草寇。旧时代的平民百姓在上层统治者眼里就如同草芥蝼蚁，草菅人命是常有的事。

然而，卑贱者又何尝没有高贵的一面。草也是大自然之子，也是地球上的生命体，所有的生命应该一样得到尊重。怀有一颗大自然之心的诗人爱称其为“香草”“芳草”“幽草”，在他们笔下，这是一片美丽的风景。“天意怜幽草，人间重晚晴”（李商隐），“晴川历历汉阳树，芳草萋萋鹦鹉洲”（崔颢），“枝上柳绵吹又少，天涯何处无芳草”（苏轼），“天街小雨润如酥，草色遥看近却无”（韩愈）……英国博物学家理查德·梅比著有《杂草的故事》，对杂草予以辩护，他写道：“有时候，一种植物成为杂草，继而成为纵横多国的凶猛杂草，是因为人类把其他野生植物全部铲除，使这种植物失去了可以互相制约、保持平衡的物种。另有一些可怕的杂草则纯粹是人类的短视所致。如果我们想要作为一个物种生存下去，处理让我们‘不知如何是好’的杂草，我们别无选择。但我们也无法忽视它们的美、它们的丰茂，更无法忽视一个事实——它们正是我们生存所必需的大部分植物的原型。被人类忽视的最重要的一点是，许多杂草也许正努力维护着这个星球上饱受创伤的地方，不让它们分崩离析。”在这本书里，他将杂草比作我们的亲戚。其实，虽然杂草有时是多余的，甚至有害的，人类常常将其芟荑拔除，我们不能不承认这一点，但是，草却是人类生存必要的构成，如果没有草的存在，大地失去了植被，必会造成水土流失，土地沙化，山体垮塌，岂不最终和月球一样荒凉？

民间多有“仙草”的传说，比如《白蛇传》中，白素贞盗仙草（灵芝）救了夫君许仙。“神农尝百草”所形成的中草药，是中国对世界医学做出的巨大的贡献，现在普遍使用的中草药达五千种左右。人参、灵芝、枸杞、当归、黄芪、茯苓、白芷……这些草药的名字人们耳熟能详，如数家珍。明代医学家李时珍著《本草纲目》成为中草药的经典、人类的福祉。草成为仙草灵丹，挽救了无数人的生命，谁还敢小视睥睨？

如果说散落在世界角角落落的草，像散兵游勇，那么来到草原，就像来到草的根据地、大本营。“天苍苍，野茫茫，风吹草低见牛羊。”这是草的世界，草的海洋，莽莽苍苍，横无际涯，绿色的波涛汹涌起伏，草们恣意撒欢儿，自由自在，任风抚慰，任阳光亲吻，盏盏各色各样的小花仿佛星星点灯，叫人心醉神迷。

“离离原上草，一岁一枯荣。野火烧不尽，春风吹又生。”在草的身上，我们看到了生命的坚韧、顽强，打不垮，毁不掉，挫不败，这是人类需要向草致敬的最宝贵的品格。

谁在仰望星空

那年中秋，我在一家报纸头版看到一则新闻：今晚无法赏月。可能是根据气象台的预报得出的结论吧，于是当天不再做赏月想。可是，夜晚我在室内偶尔望向窗外，发现满世皎洁，一地银辉，圆圆的月亮高高挂在空中。显然，天气预报出了问题，新闻报道也过于武断，更大的问题是，我们已失去了仰望星空的习惯。

小的时候，最惬意的事情就是夏天夜晚在院子里铺一张凉席，躺在上边看星空，觉得那么神秘、浩瀚、广袤。满天星斗，数也数不清，有的明亮，有的暗淡，像眼睛一样一眨一眨的，闪闪烁烁。有时一颗星星划过一道白线，出溜一下消失了，我们叫它贼星。勺子一样的七颗星叫北斗星，密密麻麻灰白的一条长带叫天河，河两边有两颗亮晶晶的星星，一颗是织女星，一颗是牛郎星，牛郎星两侧还有两颗小星星，是牛郎与织女的两个儿女。于是又引出牛郎和织女的故事。

马齿稍长，听哥哥姐姐说，星星其实都是石头，本身不会发光，是折射太阳的光。这时心底里生出恐惧，既然是石头，从天上掉下来岂不会砸死人？后来知道古代的杞人忧天讲的就是这个。再后来，又听说太阳早晚得燃尽熄灭，地球也会像人有寿命一样最终死掉，心中除了恐惧还有绝望，一连几天，呆呆怔怔，睡不好觉。幸好，哥哥姐姐还说，不用担心，宇宙中除了太阳系，还有银河系，无边无际，总有一颗适合人类生存的星球，到那时科学发达了，宇宙飞船会把人类载到新的星球上去。

长大了，上学了，进城了，工作了，结婚生子了，每天关心的是柴米油盐、升薪晋职，关心的是脚步如何迈得更稳，人生如何更精彩。只顾埋头走路，不再抬头看天。再说，城市的星空不再璀璨，星星被灯光褫夺了光辉，不再明亮，无景致可赏了。那年五一，和朋友去山里度假，入夜，月亮明晃晃的，几乎灼人的眼睛，朋友五岁的小女儿说，怎么晚上还出太阳啊？一语惊人，恍如隔世。

谁在仰望星空？仔细一想，耐人寻味。如果不算职业天文学家、天文爱好者，除了儿童，就是古人。古人是人类的远祖，也是人类的儿童时期。这里说的“仰望星空”，实际上远不是表面上的闲情逸致，更深刻的内涵是指人类的好奇心、探究欲和宇宙观。战国时期的《尸子》云：“四方上下曰宇，往古来今曰宙。”宇宙就是空间维度和时间维度。远古时代，人类的先祖睁着好奇的眼睛打量着这个神秘的世界，一切都是未知，天上打个雷，都会惊悚觳觫，吓个半死，以为是老天爷发怒。于是，“天问”连连，上下求索。求索产生了四种结果，四种走向：科学（天文历算）、宗教（包括巫卜）、文学（神话传说）、哲学（宇宙观）。最早的时间刻度月、日、星期，你看，都是据星辰而来。人是世界的主体，人从哪里来呢？于是，有了上帝，有了古希腊神话、中国神话，有了亚当夏娃的故事、女娲伏羲的故事。大哲们开始“究天人之际”，“人法天，天法地，地法道，道法自然”（老子），“无极之外，复无无极也”（庄子），“三千大千世界”（释迦牟尼），“模仿创世说”（柏拉图），“地球是宇宙的中心”（亚里士多德），等等。有意思的是，这些先哲，差不多生活在同一时期，虽然不知道彼此的存在，却仰望同一片星空、同一个太阳、同一个月亮，思考同一类问题。

人类史是一部进步史。“嫦娥奔月”的神话变成了现实，人类的足迹留在月球上面。但同时，我们再赏月时，脑海里已没有了广寒宫、桂花树、小白兔，还有那寂寞的美女嫦娥，只是用高倍望远镜看月球表面的荒山和砂石，是不是有点大煞风景？没人再像屈子那样喋喋不休地发出“天问”，如果有这样的人，你是不是觉得他神经有点儿毛病？我们每天还会看天，但看的是蓝天否？雾霾否？风雨否？是最现实的关怀，最切身的关注。“形而上者谓之道，形而下者谓之器。”（《易经》）我们已经不习惯蹈虚凌空、心骛八极、神游万仞了。“北冥有鱼，其名为鲲。鲲之大，不知其几千里也。化而为鸟，其名为鹏。鹏之背，不知其几千里也，怒而飞，其翼若垂天之云。”（庄子：《逍遥游》）这样大气绝美想象力超凡的文字，而今还能看得到吗？“道可道，非常道，名可名，非常名。”“玄之又玄，众妙之门。”（老子：《道德经》）如此思辨“玄妙”横无际涯的思考，一如嵇康临刑前弹奏一曲《广陵散》，可堪绝响了。

前些年流传过一首诗《仰望星空》，极为轰动。诗作者说，一个民族有一些看天的人，他们才有希望；一个民族只是关心脚下的事情，那是没有未来的。仰望星空，是敬畏，是探究，是思考，即使如精卫填海、夸父逐日那样徒劳一场，虽死不惧；即使像一颗流星在夜空燃烧，也要划出一道炫目的光芒。

桃之夭夭

世有百花，我最喜桃花。

春暖花开的季节，怡人的春风轻轻吹拂，田野上，山坳里，一树树桃花正开得绚烂。粉的，红的，白的，朵朵，簇簇，鲜艳，妩媚，铺张，恣肆，在嫩绿枚枚张开的枝头招摇。不时有几只多情的蜜蜂和美丽的蝴蝶在花间盘旋、飞舞。站在桃林中、桃树下，空气中弥漫着桃花的馨香、土地的清新、暖暖的太阳的味道，让人心醉神迷。

在所有的植物中，我以为桃是属性最多重、含义最深广、文化最饱满的一种。桃木，纹理细腻，气味清香，被人称作可辟邪的神木；桃花，艳丽妖娆，香气袭人，常有美人之喻，如“人面桃花”；桃子，香甜可口，营养丰富，常食有延年益寿之效，故给老人贺寿要送“寿桃”。若从木质、花品、果蔬等单一品性来和同类相较，它或许不是最好的。譬如，论花品，它绝对比不上有花中之王之称的牡丹，牡丹雍容华贵，国色天香，差不多在人们心目当中就是国花了。然而，综合打分总体评定，我把桃推为第一名，因为它是全能冠军。

一、“千门万户曈曈日，总把新桃换旧符”

《太平御览》云：“桃者，五木之精也，古压伏邪气者，此仙木也。”

古代传说，射日的后羿有个徒弟叫逢蒙。这厮过河拆桥，恩将仇报，一天趁后羿不注意，用桃木棒猛击其后脑勺致死。这在《淮南子》里有记载，说后羿“死于桃棓”。后羿死后做了统领百鬼的官，被封为宗布神，经常在一棵桃树下，牵着一只老虎，每个鬼都经他检验，他一闻，如果是恶鬼，就让老虎吃掉。所以，桃木就成了鬼远远一望就心惊胆战的镇物。你想啊，百鬼的总司令都能被桃木砸死，小鬼儿就更不用废话了。后世因此把桃木当成降鬼驱邪的吉祥神木。

汉代，人们刻桃木印挂于门户，称为桃印。宋代，人们刻桃符（两块写着神荼、郁垒二位门神名字的桃木板）挂在门两侧，意在压邪。每逢春节，人们都用新桃符换掉旧桃符，于是就有了王安石“千门万户曈曈日，总把新桃换旧符”的名句。久而久之，桃符演变成了春联。

桃木可以做成桃印、桃符这样禳灾镇邪的吉祥器物，也可以做成除妖降魔的武器。《左传》记载昭公四年（公元前538年）发生的一件事情：“古者日在北陆而藏冰……其藏之也，黑牡、秬黍，以享司寒；其出之也，桃弧、棘矢，以除其灾也。”意思是说，古人冬天在北寒之地储藏冰块，藏的时候，要用黑色的雄性动物和黑黍子祭祀寒神，取的时候，要用桃木做的弓和荆棘做的箭举行仪式，除灾求安。看来桃木质地很柔韧，能做成弯弯的弓。当然，用桃木做成的剑就大大的有名了，桃木剑在中国古代小说中经常出场亮相，大多成为道家方士的贴身法器，和他们常手持的拂尘一样有名。《封神演义》中描述云中子帮纣王在宫中降妖用的就是桃木剑。这柄剑禀天地之正气，纳日月之精华，用千年的桃木做成，撅不断，踹不折，烧不着，坚硬无比，法力无边。云中子将其高悬宫中，让修炼千年的九尾狐妲己吓得魂不附体，如果不是女娲从中插了一杠子，几乎就要现出原形了。其实，再坚实的桃木也比不上钢刀铁剑，作为一种武器，它更主要的是文化原型赋予的精神符码，更具象征意义，所以称之为法器比较精准。《三国演义》中描述诸葛亮借东风一段，写他宽袍大袖，散发跣足，登上高台作法，没写他手里拿着什么。诸葛亮是个亦道亦儒的人物，这个时候他十足是个牛鼻子老道，“身披道衣”，登上高台装神弄鬼。既然作法，总不能两手空空，他平时不管五冬六夏一直手持一柄羽扇，羽扇这道具其实是在显示气定神闲、风神潇洒，不能做法器用。所以，后来的评书就给借东风的孔明老道手里塞了一把桃木剑，倒是合情合理的。

神话《夸父逐日》也将桃树神化。“夸父与日逐走，入日；渴，欲得饮，饮于河、渭；河、渭不足，北饮大泽。未至，道渴而死。弃其杖，化为邓林。”邓林，即桃林。夸父这个追赶太阳、喝干两河的非凡巨人，死后为何把他的手杖变成一片桃林？而不是松林、柏林或其他什么林？很显然，这些树林只能蔽荫，以供休憩。而桃林不仅如此，更重要的，桃林可以结出果实，让后继的逐日者解渴，补充继续前行的动力和能量。夸父是渴死的，唯其如此，桃林更显出对生命的重大意义。桃，也就成为生命之果、神仙之果，成为延续生命的神秘符号密码。桃，于是成了仙桃、寿桃，成为最吉祥美好的果品。《西游记》描述天宫的王母娘娘过寿诞，在瑶池召集各路神仙大开蟠桃会。说那蟠桃，有三千年一熟的，吃了成仙得道；有六千年一熟的，吃了长生不老；有九千年一熟的，吃了与天地齐寿、与日月同庚。民间最流行的寿星图就是一个鹤发童颜超大脑门的老爷子，叫南极仙翁，主宰人间的寿算，一手拄杖，一手擎桃，那桃子硕大，肉厚色艳，让人垂涎欲滴，食指大动。

《晏子春秋》记载了一个有名的阴谋故事：“二桃杀三士。”宰相晏子想帮国王齐景公除掉三个傲慢无礼、尾大不掉的猛将，故意三个人赏赐两只桃，挑起纷争，造成三员猛士当场自杀身亡。一般来讲，国王赏赐臣子，多是金帛玉器一类的贵重物品，赏赐桃子吃，这不是哄小孩玩嘛，当然不是，而是体现了国王的特殊恩宠，可见桃绝非一般意义上的普通果品。

二、“去年今日此门中，人面桃花相映红”

“去年今日此门中，人面桃花相映红。人面不知何处去，桃花依旧笑春风。”唐人崔护的这首《题都城南庄》，是以桃花喻美人的最著名的诗作，脍炙人口，妇孺皆能吟诵。这首诗不仅写出了“人面桃花”的经典比喻，其实还隐藏了一个感人的爱情故事。

唐代孟棨在《本事诗·情感》里记载了这位河北老乡崔护的一段经历。崔护考进士落第，落落寡欢，心情郁闷，清明节这天独自一人出城踏青。走到一个村庄，见有一处宅院掩映在桃树之中，十分幽静，忽感口渴，便上前敲门讨水。片时，出来一个美丽的少女，听明来意，遂端出茶水给他喝。崔诗人一边喝水一边打量，只见站在门外桃树下的少女，美丽的脸庞与妩媚的桃花相互映衬，愈发动人，“妖姿媚态，绰有余妍”，叫崔诗人一见倾心，顿生爱慕。问题是，那姑娘也对崔诗人“目注者久之”，四目相对，情愫暗生。喝完水，那少女“送至门，如不胜情而入”，“崔亦眷盼而归”。过了一年，崔护想必是脑海中忘不掉那迷人的“人面桃花”，又在桃花灿烂的清明日故地重游。只见门户紧锁，那个桃花一样美丽的面孔不见了，而不解风情的桃花却依旧在春风里绽放着朵朵笑脸，心中便滋生几分淡淡的怅惘，在门板上提笔写下这首诗，怏怏而归。

后世的文人对这首诗以及崔护的经历保持高度的欣赏和同情。柳永《满朝欢》云：“人面桃花，未知何处，但掩朱扉悄悄。”邓雅声《无题》：“崔郎能否能相见，怕读桃花人面诗。”晏几道《御街行》：

“落花犹在，香屏空掩，人面知何处？”袁去华《瑞鹤仙》：“纵收香藏镜，他年重到，人面桃花在否？”

然而，故事并没有到此为止，《本事诗》有“本事”按照生活应有的逻辑写下去。原来那天恰巧少女跟老父亲出门去了，与崔护失之交臂。等回家后看见了门板上的题诗，一年来原本情丝缕缕，此时情更稠更浓，心中的遗憾和思念又无人诉说，竟至一病不起，奄奄一息。就在此时，心有所念的崔护又一次来到这个小院，对着垂死的少女深情呼唤，我来了，我来了！那少女香魂悠悠回转，一下子病就好了。最终，有情人成就了一桩美好姻缘。

梅艳芳有一首歌叫《女人花》，因为花是美的，女人是美的，两个美的事物因缘际会常常被世人联系在一起。屈原的“香草美人”已深入人心，李白更是直言“美人如花”。一直到终老都喜欢美女的大诗人白居易，留下了“芙蓉如面柳如眉”“梨花一枝春带雨”的名句。另有曹植“含辞未吐，气若幽兰”（兰花），李清照“人比黄花瘦”（菊花），韦庄“暗想玉容何所以，一枝春雪冻梅花”（梅花），唐寅“一片春心付海棠”（海棠），现代诗人戴望舒“丁香一样的姑娘”（丁香），等等，这样的以花喻人的例子实在不胜枚举，几乎所有的花都有美人之喻。“云想衣裳花想容”，不同的容貌就会有不同的花相匹配。中国古代四大美人西施、王嫱、貂蝉、杨玉环，分别有沉鱼、落雁、闭月、羞花之喻。原来那姹紫嫣红开遍，如花美眷，似水流年，一部美女史，几乎就是一部花史。但在这些林林总总的以花喻人中，崔护的“人面桃花”是最著名的，影响也最大。缘何？窃以为有几个原因：一是“人面桃花”滥觞于《诗经》桃花名句“桃之夭夭，灼灼其华”，并将其发扬光大；二是桃花盛开在春天，是万物萌动、生命勃发的季节，与少女的青春之美相吻合，不像菊花、梅花开在秋冬，万物肃杀，傲霜斗雪，若喻人的精神品格则相埒，若喻人之美则有残花败柳之嫌了；三是杜甫云“感时花溅泪，恨别鸟惊心”，崔护此诗是根据亲身经历即兴所作，句由心生，真实真切，非无病呻吟，强赋新词；四是这首诗隐含着一个感人的爱情故事，据说这位“人面桃花”的女子叫绛娘，聪明贤惠，知书达理，嫁给崔护后一心做丈夫的贤内助，不仅使崔护进士及第，还一路仕途顺遂，官至岭南节度使，这无疑增加了诗传播的附加值；五是从哲理层面上，此诗表达了“桃花依旧，物是人非”的人生感悟和生命体验，从而超越时空，和历代读者产生共鸣。

由此可以说，桃花是最能代表女人的花，于是便衍生出令天下男人想入非非的一个词：“桃花运。”当然，桃花运是多义的，人们交好运可谓之，女人淫邪可谓之，男人风流可谓之，但最主要的是指男人被女人喜爱，或产生婚外情。当一个神秘兮兮的八卦先生给你测测八字，观观面相，低声说，老兄，你命犯桃花啊！你千万不要窃喜，也可能是在告诉你，你的大麻烦来啦！“桃色”新闻对走桃花运的人来说，可能意味着鸡飞狗跳、鸡犬不宁、一地鸡毛、鸡飞蛋打……老杜有句：“癫狂柳絮随风去，轻薄桃花逐水流。”（《绝句漫兴》）此之谓也。

三、“寻得桃源好避秦，桃红又见一年春”

给桃花赢得至高文化意义的，不是吉祥的桃木，也非美丽的桃花，而是由桃花营造的一处仙境——世外桃源。东晋大文人陶渊明作《桃花源诗》和《桃花源记》，主旨相同，合为双璧，影响尤以后者为巨，原文不长，抄录如下：

晋太元中，武陵人捕鱼为业。缘溪行，忘路之远近。忽逢桃花林，夹岸数百步，中无杂树，芳草鲜美，落英缤纷。渔人甚异之。复前行，欲穷其林。

林尽水源，便得一山。山有小口，仿佛若有光。便舍船，从口入。初极狭，才通人。复行数十步，豁然开朗。土地平旷，屋舍俨然，有良田美池桑竹之属。阡陌交通，鸡犬相闻。其中往来种作，男女衣着，悉如外人。黄发垂髫，并怡然自乐。

见渔人，乃大惊，问所从来。具答之。便要还家，设酒杀鸡作食。村中闻有此人，咸来问讯。自云先世避秦时乱，率妻子邑人来此绝境，不复出焉，遂与外人间隔。问今是何世，乃不知有汉，无论魏晋。此人一一为具言所闻，皆叹惋。余人各复延至其家，皆出酒食。停数日，辞去。此中人语云："不足为外人道也。"

既出，得其船，便扶向路，处处志之。及郡下，诣太守，说如此。太守即遣人随其往，寻向所志，遂迷，不复得路。

南阳刘子骥，高尚士也。闻之，欣然规往，未果，寻病终。后遂无问津者。

有人说，陶渊明爱菊花，称他为"菊花诗人"，大抵是因为他有"采菊东篱下，悠然见南山"的名句。这也没错，作为"田园诗"的杰出代表，菊花的确与陶渊明孤芳自赏、淡泊雅洁的君子品格款曲相通，甚至可以作为田园诗派的"徽花"。"梅兰竹菊"被称作花中四君子，对应傲、幽、坚、淡四种品质。但陶渊明最爱的花应该是桃花，因为他把他心目中最理想的人间社会称为"桃花源"，而不是"菊花源"。"忽逢桃花林，夹岸数百步，中无杂树，芳草鲜美，落英缤纷。"多么令人神往的一幅景象！桃花生在树上，可有桃花林，郁郁苍苍，生气勃勃，蔚为大观，很有气势，与这样一处温暖美好的人间仙界相偕相得。

而菊花是秋菊，让人感觉有些凉意，有些萧瑟之气，且是低矮灌木，用在这里显然不合时宜。可以说，对陶渊明而言，菊花关乎其个体品格，桃花则关乎其社会理想，境界显然高了一层。

我们称陶渊明是一位伟大的诗人，“吾不能为五斗米折腰，拳拳事乡里小人邪”——傲岸的骨气；“羁鸟恋旧林，池鱼思故渊”——他追求自由、向往自然的风神；“晨兴理荒秽，带月荷锄归”——本真平实，彰显了他的伟大。鲁迅先生说，陶潜并非浑身肃穆，所以伟大。然而最能体现陶渊明伟大的就是他创造了一个人类精神的栖居地——桃花源。在这个虚构幻想的世界，没有战乱，没有倾轧，没有痛苦，没有悲伤，只有淳朴，只有和谐，只有安宁，只有快乐。后人把这种人人向往的理想之所称为“世外桃源”。在西方，也有一个可与之差可比拟的所在叫“乌托邦”，为英国空想社会主义创始人托莫斯·莫尔所创造。虽历代有人批评其为消极避世，却不能不承认，其为凡俗尘世各种苦难纠结折磨的人们提供了一处精神家园和灵魂慰藉，成为疗治心灵创伤的一剂良药。

陶渊明因此成为后代文人的精神导师，影响深远。以桃源为题吟诗作文探究者不知凡几，或寄托浩茫的心事，或抒发心灵的共鸣，或探究桃源的本事。如唐代田园派代表诗人王维就写过《桃源行》的长诗，是诗歌版的《桃花源记》，末尾几句是这样写的：“当时只记入山深，青溪几度到云林。春来遍是桃花水，不辨仙源何处寻。”当时王维十九岁，他后来成为田园派诗人跟陶渊明有直接的渊源。另外，韩愈作《桃源图》，王安石作《桃源行》，苏轼作《和桃花源诗序》，梅尧臣作《桃花源诗》，等等。深受南宋战乱之苦的诗人谢枋得，对《桃花源记》更是心驰神往，他的《庆全庵桃花》如此写道：“寻得桃源好避秦，桃红又见一年春。花飞莫遣随流水，怕有渔郎来问秦。”处境与心境明白无遗。

桃之夭夭，灼灼其华。
之子于归，宜其室家。
桃之夭夭，有蕡其实。
之子于归，宜其家室。
桃之夭夭，其叶蓁蓁。
之子于归，宜其家人。

——《诗经·周南·桃夭》

这首诗可谓桃诗的鼻祖。桃花灿烂，桃子硕大，桃叶繁茂，在这美好的春天里，一名女子就要出嫁了，桃的花、果、叶都在祝愿姑娘幸福美满，吉祥如意。在这里，桃花是“兴”，也是“比”，开创了以桃花喻美人甚至以花喻美人的先例，清代学人姚际恒在其《诗经通论》中说：“桃花色最艳，故取以喻女子，开千古词赋咏美人之祖。”

桃花是女人花，桃树是文化树。一棵植物包含如此丰富繁复的信息和能量，窃以为在植物界罕有其匹，令人惊叹！本文以李白诗《山中问答》做收梢：“问余何意栖碧山，笑而不答心自闲。桃花流水窅然去，别有天地非人间。”

数的事

20世纪90年代初，还需要储存大白菜过冬。一天，奉夫人之命，我和单位一个同乡，也是河北师大中文系的师弟去买大白菜。在路边，一个菜农拉着一大车白菜，我们和他讲价。我问，多少钱一斤？菜农说，八分八。我和师弟合计了一下，说，一毛吧，好算账。菜农看了我俩一眼，欣然答应。回家后复命，媳妇先是愕然，接着大笑，说，你俩可真是中文系毕业的，有你们这么讲价的？我想了一会儿才明白，只好挠挠后脑勺嘿嘿一笑。

这事过去二十多年了，至今仍是媳妇打趣我的笑柄。

数的事，好麻烦。

母亲告诉过我，我几个月大时，辍学的大姐便经常背着我去学校玩，看同学们跑操。所以我最早学会的完整的话是“一二一”，虽含混却也清晰。按说我那么早接受数的启蒙，应该有数的天分，谁知造化弄人，长大之后最怕数字，一算账，一个头两个大。

高考那一年，我怕数学拉分，一段时间，我放下最拿手的语文，全力攻读数学。结果，数学考了76分（满分100），还算不错。但这也只是权宜之计，我依然对数学保持着敬畏之心，敬而远之。

20世纪70年代末，作家徐迟写了篇报告文学《哥德巴赫猜想》，数学家陈景润的名字家喻户晓，还有数学家华罗庚、杨乐、张广厚的名字也人人皆知。那时，“科学的春天”来了，数学就是树梢上最早的那抹鹅黄，数学家是全民的偶像。虽然我对数学不感兴趣，却也对数学家充满景仰。尽管不懂陈景润为什么费那么大劲证明“1+2=3”，却依然对他的科学钻研精神赞佩不已。陈景润在街上走，脑子里全是数，碰到了电线杆，以为撞到了人，高度近视看不清，赶紧道歉，连声说对不起。这个故事很经典，现在还有这样全身心投入的书呆子吗？中国的新时期，从“学”这个角度说，是从数学发轫的，文学的勃兴还稍欠半个身位。但数学的领衔，却是文学推动的结果，想想十分有趣。

作家王蒙赞成“不争论”，用数的事做喻。古时有两个人就三七二十一还是三七二十二争了起来，官司打到县官那里，县太爷问清了缘由，喝令衙役将说三七二十一的人拖出去痛打，此人不服，说县官糊涂，怎么打坚持真理的人？县官说，你跟一个说三七二十二的混账争论不休，不打你打谁？

你看，心中有“数”不见得非说出来，更没必要无谓争论，谁心里没有个“小九九”呢？九九归一，世上任何事情都不是二一添作五那么简单，弄不好，三下五除二，屁股挨了板子，真成了二五眼了。

多年前有个小品，说一个近亲结婚生育的傻小子卖鸡蛋，梗着脖子吆喝一块钱俩，五毛钱不卖。为啥？一根筋，不识数呗。

数的事，不简单。

我们生存的世界，原本“混沌”，天地鸿蒙，状如鸡子。《庄子》又云，中央之帝名混沌，目无七窍，被“倏”“忽”二友凿七窍而死。混沌莫名的状态因为“七”这个数字而被打破。同样，时间茫茫无限，也被“七”这个数字弄成了一个周期。中国人死了之后要过“七”，西方人七天要做礼拜。年月日，都是因为数字，世界建立了生存的秩序。

在中国，五行、八卦、十二生肖、二十四节气，建立了自然的秩序，四书五经、“三百千”（《三字经》《百家姓》《千字文》）建立了文化秩序和政治伦理秩序。公元纪年，环球同此凉热，全世界统一使用着阿拉伯数字（其实是印度人发明的），日历、钟表、航班、门牌、球衣、比分等等，将天涯拉到了比邻，消除了隔膜。

老子云：“一生二，二生三，三生万物。”一是元始，二是相对，三是无量，宇宙就是这样生成的。辩证是“二”的哲学，“有无相生，难易相成，长短相形，高下相倾”（《道德经》），阴阳、男女、祸福、吉凶、天地、乾坤、大小……佛经是“不二”的哲学，“不生不灭，不垢不净，不增不减”，“色即是空，空即是色”（《心经》），讲无分别，不二法门。我们看到的佛像都是雌雄同体，亦男亦女。有个故事，一位僧人夜行，口渴难耐，在旷野中微弱的星光下，看见一汪水，便掬起狂啜，如饮甘霖，倒头便睡。翌日天光熹微，却见那汪水竟是棺材里流出的“尸水”，于是哇哇狂吐不止。为什么会这样？起分别心了，“二”了。道家和佛家，一个要“二”，一个要“不二”，对世界的不同认识都在数上体现了出来。

古代兵书总结出“三十六计”，“数中有术，术中有数”。军师运筹帷幄之中被称为神机妙算。“数”与“术”同体，要不数学怎么还叫算术？毛泽东总结出游击战“十六字诀”：“敌进我退，敌驻我扰，敌疲我打，敌退我追。”灵活机动，百战不殆。水泊梁山有一百单八将，孙悟空有七十二变，隆中对三分天下，魏蜀吴乃成鼎足之势。

当今时代是市场经济时代，经济就是贸易，贸易就得算账，不识数咋算？国内生产总值、居民消费价格指数、利润、收入、赤字、逆差、消费、投资、工资、奖金……全是数。云计算、大数据，还是数。数码相机、数字电视、数字电影、支付宝、信用卡、网上银行……哈，这个世界简直就是数的世界，不识数咋活？识数和识字哪个重要？当然识数重要。小的时候，在农村集市牲口交易市场，经常看见买方卖方两个老农讲价。他们的方式很特别，不是用嘴直接讨价还价，而是双方将手伸进袖筒里，用手指头交流，捏七撇八之类，神秘而又好笑，在驴马高亢的嘶鸣和屎尿骚臭的气息中完成交易。我相信，他们肯定是目不识丁的文盲，但他们不乏聪明和狡猾，只要识数就可以过平常百姓的日子。至于识字，那是将物质层次上升到精神层次了。鲁迅说过："人生识字糊涂始。"识数是不可以糊涂的。在当今数的时代，要过好富足小康的生活，数的事才是最重要的事。

书 的 事

记忆中接触最早的书是连环画，我们那儿叫画本。父亲在县城工作，偶尔回家给我带回几本画本，虽然还不识字，但书中的故事能看个七七八八，特别是《南征北战》啦，《地道战》啦，村里演电影都看过，看画本只能算是“重温”。这种阅读，给我带来新奇，也带来荣耀。我因为拥有了这些“书”，在小伙伴中便拥有了讲故事的资本，便拥有了一伙儿忠实的听众和拥趸。

真正看到的书是课本。老师发下崭新的课本，拿到前会将手在衣服上蹭蹭，心中如小鹿乱撞，书页散发着醉人的清香，忍不住用鼻子使劲嗅嗅。回家之后第一件事是让哥哥姐姐帮着包书皮，多年之后知道，作家孙犁也喜欢包书皮，雅称“书衣”，听听，书也穿上新衣，多宝贝。

上学的时候，把课本学好是顶要紧的事，课外的书谓之闲书。我大量读闲书是在四五年级的时候，尚处于“文革”中，还没有高考的压力，主要读长篇小说，号称大部头。《小砍刀》《盐民游击队》《林海雪原》《闪闪的红星》《战斗的青春》等都是那时看的，年纪尚幼，读书过度，时常头痛，有一段时日常喝“补脑液”，甚至担心以后脑子废了，不能再看书。

自由读书则是在上了大学后，图书馆、教室、宿舍，沉浸书中，还算勤奋，不爱玩，只爱读。大学毕业后，以教书为业，更是一门心思读书，那时节校园里夜晚最后熄灭的那盏灯肯定是我办公室的。改换职业后，依旧酷爱读书，成了一种习惯和癖好，无法想象一日不读书日子咋过。宋代黄庭坚说，三日不读书，则语言无味、面目可憎。对我来讲，有书看，则感觉充实幸福，一旦手头没了新书，就感觉没着没落，魂不守舍，没精打采，生活乏味。在家里，除了书房的书柜横亘一面墙外，床头、枕边、沙发扶手，满坑满谷全是书。其实，我的藏书不多，大概三四千册而已。台湾作家李敖据说藏书十万册，顶得上一个图书馆了，不知他的房子有多大。

不禁想到古人说的“才高八斗，学富五车”。“才高八斗”一词源自南朝诗人谢灵运，这人超级自负，称，天下才气如果有一石，那曹植独占八斗，剩下的两斗谢某占一斗，余下一斗天下其他人分吧。“学富五车”出自《庄子》，说战国人惠施“其书五车”，藏书多，能装五车。那时“书于竹帛，镂于金石”（墨子），主要的书籍形式是竹简，五车书现在看来还真没多少。不过，春秋战国时代，中华文明刚刚滥觞，能有多少前人的书籍呢？诸子百家，不是读书的时代，而是写书的年代、创造的时代。至圣先师孔丘连写都懒得写，“述而不作”，喷金吐玉，舌灿莲花，大言炎炎，春风化雨，说完了，挥挥手，咄，小子们，认真领会精神好好记录整理去吧！不独孔子，印度的释迦牟尼，希腊的苏格拉底等大师都是口授。

书的繁体字“書”，从聿从曰，意思是拿笔说，本意是写，写出来的东西即谓之书，手段和结果都用一个字表示，很有趣。所以，现在“书”的意思既指书籍，还指书法，写得贼好，还叫“法书”，书法俩字调过来就成了经典，古人懒，省事，好玩。汉代以前没纸，最早把文字刻在龟甲上、石头上、铜器上，太费劲，后来有了毛笔，可以写在布帛上、绢缣上，太贵，成本太高，于是就地取材，竹子、木片派上用场。竹子表层有“油”，太光滑，不易书写，还得用火烤烤，像皮肤一样出汗，叫“汗青”。文天祥一句“人生自古谁无死，留取丹心照汗青”让世人记住了“汗青”，用书写的工具代指历史了。书籍的“籍”字是竹字头，“册”是象形文字，一看就是用绳子联结的竹简。东汉宦官蔡伦发明了纸，唐代发明了雕版印刷，宋代毕昇又发明了活字印刷，我们看的书越来越轻便，越来越方便，越来越美观。中国古代四大发明（造纸术、指南针、火药、活字印刷）有两项跟书籍有关，故此说中华文明是书香文明当不为过。现在，由纸质书发展到电子书，也是时代进步的必然吧。

阿根廷作家博尔赫斯说，书是人类的记忆。如果没有书的存在，人类的文明就像狗熊掰棒子，掰一个丢一个，恐怕至今还停留在蛮荒蒙昧时代。孔孟老庄是谁呀，没记载啊，怪不得古人有言“天不生仲尼，万古如长夜”，有了仲尼没有《论语》传世，仍然如长夜。所以曹丕视文章为“经国之大业，不朽之盛事”（《典论·论文》），历代文人都有著书立说“藏诸名山，传至后世”的梦想，“三不朽”（立德、立功、立言）中即有“立言”。

秦朝之所以被人称为“暴秦”，其中一大罪恶就是“焚书坑儒”。秦始皇下令，三十天内将秦以外的列国史记、诗书及百家语上交并付之一炬。司马迁说“焚诗书，坑术士，六艺从此缺焉”（《史记》）。冲天大火中文明被野蛮摧毁，诗书的芬芳被血腥凌辱，这是一次文化浩劫，是一次试图消灭人类记忆的恶行，罪不可逭。

法国作家都德的小说《最后一课》写军事入侵带来的文化入侵，勒令学校改母语教学为德语，试图消灭种族记忆，这同样是文化的劫难。世界四大文明古国只有中华文明硕果仅存，绵延赓续，不曾中断，文化的重要载体书籍的保存和流传是最直接的原因，厥功至伟。“敬惜字纸”的祖训仿佛一句咒语，令后世子孙奉若神明，不敢违逆，文明的种子才得以世代永续。即如一棵古老的参天大树，虽屡遭困厄打击，却根深蒂固，莽莽苍苍，并不断抽出簇簇新鲜的枝叶，生命力越发强劲勃旺，荫庇子孙，无远弗届。

头发的事

幼年懵懂之时，对头发一个最直接的认知，是长头发的是女人，短头发的是男人，女人头发长遮住了耳朵，便认为女人是不长耳朵的。还有一个深刻的记忆是，母亲将她和姐姐们梳头后落下的头发拢起来，打成卷，塞到墙缝儿里，积攒多了，便卖给走街串巷的货郎，换些针头线脑，所以，那时家中的墙缝儿里常可见到一卷卷头发。头发是有价值的，虽然只是蕞尔之微。

而古代，头发的事可谓天大的事。

《孝经》云："身体发肤，受之父母，不敢毁伤，孝之始也。"剃去某人的头发是一种刑罚，故古代有"髡刑"之谓，虽然较之肉体损害不太严重，却带有侮辱性质。《晋书·陈寿传》载："寿父为马谡参军，谡为诸葛亮所诛，寿父亦坐被髡。"寿，即《三国志》作者陈寿。说的是他父亲受马谡株连，马谡被诸葛亮杀了之后，他被处以髡刑，实际上就是羞辱。"文革"期间，许多"黑五类"被批斗，不管男女，都被剃了"阴阳头"，即剃光一半留一半。还有很长时间，罪犯都是被剃成光头，游街示众。这些应该是古代髡刑的余绪遗韵，"谬种流传"。

《三国演义》中描写曹操在麦收季节引兵过麦田，下令践踏麦田者一律诛杀，谁知，偏偏他的马被突然飞出的一只鸟惊吓，踏坏了麦田。

曹操便欲抽剑自刎，被属下苦苦劝止，于是他“割发代首”，完成了军纪处置。或有人说，曹阿瞒太爱作秀，削一绺头发算得什么？这不是糊弄老百姓吗？我们明白了髡刑的道理，对于老曹同志“割发代首”的行为，在那个时代实属难得，不仅不应指责，还应点个大赞。

头发的事在明清易代之际，成为滔天大事，事关种族的尊严，关乎人的性命。满人入主中原，强力推行“剃发易服”，所谓“留头不留发，留发不留头”，遭到汉人的激烈抵抗。在汉人看来，异族统治或许是可以接受的，清之前也有过金、元的先例，但“剃发易服”改变了几千年的传统和祖制，是对先人和祖宗的大不敬，是一种对道统的亵渎和人格的侮辱，因此抵抗的烈度前所未有。清廷曾经在政权未稳的情况下将“剃发令”一度从宽，“剃武不剃文，剃兵不剃民”，但很快就又霸王硬上弓，一律剃发，惨绝人寰的“嘉定三屠”便这样发生了，血流漂杵，尸塞河道，两万余人成为冤魂。嘉定人民为捍卫民族尊严，宁可抛掉大好头颅，绝不苟且，绝不妥协，唱响一曲人类历史上罕有的慷慨悲歌。然而，历史的吊诡之处让人无语，这些为了“护发”而拼死抗争的先人，他们的后代在清廷灭亡之后，却为不肯剪掉辫子而拼死抗争，同样为了头发，后人与祖宗的行为弄得拧成了麻花，真不知让我们说什么才好。

头发如此宝贝，自己是绝不肯随便剃削的，但佛教徒僧尼除外，皈依佛门的第一道程序就是剃度，不管和尚、尼姑都是光头。这个仪轨来自佛教发源地印度，由佛陀释迦牟尼所定，据说有三个含义：一是印度和中国一样头发如同生命般神圣，精心护发就难免生骄矜之心，有所牵挂，故剃之；二是头发被称作三千烦恼丝，无发则心净，故剃之；三是僧尼俱光头，在人群中好辨识，是一种与众不同身份的证明。如果说剃发是一种羞辱，中印皆然，尤其是比丘尼，难免被尘世俗人指指点点，侧目而视，那么佛教教义中的“六度”之一就是忍辱，这也是必修的课程，守得云开见月明，如此方能“究竟涅槃”，修得正果。

其实，头发不仅是生命中的一部分，更是上天赐予人类之美的一种形式，如同禽兽中鸡之冠、鸟之羽、虎之斑纹、马之鬃毛。人体上各个部位的毛发都很短，唯有头发可以长得很长。我有时非常惊奇，人的头部怎么能生出如此茂密如此纤细如此飘逸的长发？

据说人的头发一般有十万根，天！头发于女人来说尤为重要，如果一个女人披头散发，或者状如鸡窝，那肯定被人耻笑。女人每天的梳洗打扮，整头发占据重要环节。在古代，女人的发型五花八门，富丽多姿，都是爱美的女人变着法发明的。唐代段成式在《髻鬟品》中写道：“高祖宫中有半翻髻、反绾髻、乐游髻。明皇帝宫中，双环望仙髻、回鹘髻、贵妃作愁来髻。贞元中有归顺髻，又有闹扫妆髻。长安城中有盘桓髻、惊鹄髻，又抛家髻及倭堕髻。”唐代各式发型据说有百余种。宫中女人闲着没事，便捯饬着头发玩。即使百姓人家的女孩也要“当窗理云鬓，对镜贴花黄”，爱美之心人皆有之。古诗中描写女人头发之美的句子俯拾皆是，如“鬓发如云”（《诗经》），“一编香丝云撒地，玉钗落处无声腻”（李贺），“香雾云鬟湿，清辉玉臂寒”（杜甫），等等。头发还被称作“青丝”，谐音“情思”，常常和美丽的爱情有关。据说，杨贵妃和唐明皇闹别扭，被皇上逐回娘家，杨贵妃就剪下一缕青丝，托太监高力士转给皇上。皇上见到青丝，果然撩起情思，把贵妃接回，两人重归于好，“在天愿作比翼鸟，在地愿做连理枝”了，缱绻缠绵，旖旎情欢，直到杨贵妃香殒马嵬坡。一缕青丝，一块香帕，常常是爱情的证物。

母亲八十岁时在石家庄我的家里住过两个月，每天早晨起床第一件事，是坐在客厅茶几旁边的小凳上梳头。有一天我起得早，看见母亲正坐在那里，一条胳膊弯起来仔细地梳头，安详端庄，娴静温婉，我的心中一荡，突然明白母亲也是一个女人啊，年轻的时候一定很美。母亲生我时，已过了四十岁，所以，在我眼里母亲从四十到八十似乎从来就是一个样子，没有变过。而今，母亲去世已经八年了，她弯起胳膊梳头的样子，永远定格在我的脑海中。

胡子的事

《红楼梦》有云："何我堂堂须眉，诚不若彼裙钗哉？"这里，"须眉"是男子的代称，"须"即胡须，"眉"即眉毛，女人虽然也有眉毛，但"淡扫蛾眉"，不若男人以粗重为美。胡子是男人的第二性征，是男是女，首先看脸看胡子，即使今人不留胡子，脸部剃得精光，那铁青的皮肤也散发出雄性的气息。

想当年，我的青春期来临，伴随着嗓音变粗，身体的一些部位包括上唇、下巴开始"冒芽"。对于长胡子这件事，一开始是抵触的，有羞耻感。抵触的办法就是对着镜子拔，冒出一根拔一根，不敢用剃刀剃，据说越剃长得越猛。但后来不是一根一根冒了，而是像雨后的青草簇簇生长，也不敢拔了，且不说疼，还有可能得毛囊炎。于是，用小剪刀剪，尽量贴近皮肤，让露出的胡子茬短些。成年后，开始使用剃须刀，电动的那种，对着镜子滋滋啦啦溜一圈完事。曾经用过剃刀，给脸上打上香皂沫，一丝不苟地刮，但每次总是割破皮肤，渗出血来，于是与剃刀彻底告别。

我的人生经历中，有两次留了数日的胡子，任其飞毛奓翅。分别是父母去世居丧期间，没再每日刮胡子。也不是信奉"身体发肤受之父母"的古训，而是没有心情。父母的遗体停放在堂屋，天人永隔，哀哀戚戚，很难想象还能够在一旁悠闲地揽镜剃须修面。父母离世，也带走了魂魄的一部分，留在世上的这具躯壳失魂落魄，胡子拉碴与披麻戴孝一样不觉其丑，反而觉得这个样子最合适、最匹配。直到过了“头七”，要回单位上班了，再不剃须就是矫情了，没有必要向全世界展示你的哀痛。

我国男人不留胡子大抵是从民国肇始的吧，尽管南朝时期男人也“熏衣剃面，傅粉施朱”，但毕竟是异端。民国时期，西风东渐，割辫子，剃胡须，身着西装革履，成为社会风尚，革命先驱孙文就树立了典型的新形象。可以想见，穿着西装，留着山羊胡，总是不搭，如鲁迅，既然留着“一”字胡须，就得与长袍马褂相配。18世纪俄罗斯彼得大帝全面学习西方，实行改革，其中一项措施就是勒令国人剃须，拒不从命者征收蓄须税。改变国民形象，先从脸面开始，所谓“洗心革面”是也。

而中国古代男人“美须髯”，以拥有一部蓬勃的胡须为美。东汉刘熙云：“髭，姿也，为姿容之美也。”髭，是上唇的胡子，古人喜欢留八字胡，尾端或下垂或上扬。北洋军阀时期的军阀多将髭尾上翘，透着一股飞扬跋扈的劲儿，而且喜欢边说话边捋巴，牛气哄哄，不可一世。下巴上的胡子叫须，多数人比较短，名之山羊胡，也有人很长，如明朝首辅张居正“须长至腹”，其子张敬修“髯皆过膝”，南朝诗人谢灵运更长，“须垂至地”，天爷，这不成了妖怪？《三国演义》中称关羽为“美髯公”，有一段详细的记述：“操问曰：‘云长髯有数乎？’公曰：‘约数百根。每秋月约退三五根。冬月多以皂纱囊裹之，恐其断也。’操以纱锦作囊，与关公护髯。次日，早朝见帝。帝见关公一纱锦囊垂于胸次，帝问之。关公奏曰：‘臣髯颇长，丞相赐囊贮之。’帝令当殿披拂，过于其腹。帝曰：‘真美髯公也！’因此人皆呼为‘美髯公’。”关羽乃盖世英雄，赳赳武夫，对胡须竟如此悉心呵护，百般珍爱，仿佛女人珍视其头发，让人觉得有一股柔肠婉约而出。大英雄也并非都是粗汉莽夫，内心也藏有一片旖旎的风景。

西方旧时男人也以胡须为雄性之美的象征。中国人最熟悉的革命导师马克思、恩格斯，还有大文豪列夫·托尔斯泰、雨果等人都是大胡子。而英法之间曾因胡子引发了长达三百年的战争，被称为“胡子之战”。法国路易七世娶了公爵的女儿埃莉诺，陪嫁是两个省的土地，后来路易七世将胡须剃掉，艾丽诺嫌难看，因此与路易七世离婚，改嫁英国国王亨利二世，并将两个省同时转嫁。路易七世不答应，亨利二世因此同法国宣战，双方拉锯扯锯打了三百年没有结果方和解，这也算是人类战争史上的奇葩吧。可见，一把胡须，不仅男人自珍，也是女人的心头之爱。

当今的男人，除了那些特立独行、标新立异的艺术家、导演、画家、诗人等，大多已不留胡子，一般人如果胡子拉碴，会被视为不修边幅、邋遢不洁，甚至是神经不正常、落拓不堪的人，人们会投去好奇不屑的目光。一个男人的美，已与胡子无关，牵引女人目光的是精神气质、言谈举止，还有磊落的男人襟怀。

五色炫乾坤

小时候，对颜色最直接的感知是白与黑，白天，黑夜。后来，慢慢发现，土地是黄的，树叶是绿的，天空是蓝的，火是红的，葡萄是紫的，原来，我们生活的世界如此色彩斑斓。忽然有一天，看到雨后天空出现一道美丽的彩虹，赤橙黄绿青蓝紫，七彩全聚一块了，煞是好看。

其实，七彩的概念是西方的。1666年，牛顿，对，就是那个被苹果砸了脑袋的牛顿，用三棱镜发现太阳光的照射搭起了一座七色的彩虹桥，光学里边竟隐藏着如此大美。这个科学发现震撼了世界。而在中国，却将颜色分为五色，青、白、赤、黑、黄，五色又与五行、五方紧密相连。《礼记·考工记》曰："画缋之事，杂五色。东方谓之青，南方谓之赤，西方谓之白，北方谓之黑，天谓之玄，地谓之黄。"因玄即黑，故略去，五方中为黄。青为木，白为金，赤为火，黑为水，黄为土。当然，这五色是基本色，被称为正色，其他被调和、皴染的色种称为间色，其细微的差别构成了世界万物的绚烂多彩。天地间的五颜六色，既有事物本身的自然呈现，也有人类的发现和创造，如染织、绘画等，"青出于蓝而胜于蓝"说明青从蓼蓝中提取，作画谓之丹青，丹（砂）和青（雘）是两种矿物颜料。从五色与五行、五方紧密绾结可以看出，在中国，颜色自古洎今就不单纯是色彩，几乎涵盖了政治、社会、文化、审美等多重意蕴。

五色中，中国人最喜欢的无疑是红色，以至于红色被西方人称为中国红，红色成为中国的象征符号和代表性颜色。甲骨文中最早出现“赤”字，是火的颜色。“红”字出现晚一些，见于金文（钟鼎文），从它的偏旁部首可以看出，跟丝织有关。《礼记》记载，夏朝人喜欢黑色，殷商人喜欢白色，周朝人喜欢红色。可见中国人喜欢红色有悠久的历史。而且，红色比较鲜亮醒目，格外受到尊崇。《礼记》里边有句话：“礼楹，天子丹，诸侯黝垩，大夫苍，士黄之。”意思是，房子的廊柱天子用红色，诸侯用黑色，大夫用青色，一般的士只能用土黄色了。颜色有了贵贱之别，而红色备享尊贵。春秋时期齐桓公喜欢穿紫色的衣服，被孔子批评“恶紫夺朱”，认为紫是杂色，红才是正色。到了唐代，红取代赤，成为红色系列中的普遍叫法。有明一朝，皇帝姓朱，红色进一步受宠。皇家建筑红门、红墙、红柱子，清朝也沿袭如此。民间老百姓也以红色为喜庆、红火的吉祥色彩，过年门上要贴红对联，挂红灯笼；结婚称为“红事”，从着装到房间布置红彤彤一片，里里外外透着一股热烈、兴奋、欢快的氛围。

按说，中国人应该更喜欢黄色。赖以生存的土地是黄土地，华夏民族的发祥地是黄河流域，始祖被称作黄帝，黄色皴染了我们的皮肤，黄色是大地收获的颜色，还是金子的颜色。我想，古人非不喜也，是不能也。想想看，在古代除非你是赵匡胤，否则随便披一件黄袍试试？肯定咔嚓一下脑袋搬家。因为从汉代开始，黄色就成为皇家的宠儿了。汉代大儒董仲舒在《春秋繁露》中云：“左青龙（木），右白虎（金），前朱雀（火），后玄武（水），中央后土（土）。”他把五方中的“中”称之中央，被四方拱卫，地位显赫。三国时，曹丕接受了他的这一观念，将黄色定为正色之首。到了隋朝，“开皇元年，隋主服黄，定黄为上服之尊，建为永制。”（《读通鉴论》）从此，黄色成为历代皇帝龙袍专用色。清朝将柘黄改为明黄，色彩更亮、更鲜、更炫。有意思的是，皇帝并不反对民间老百姓喜欢红色，红是火，黄是土，从五行上说，火生土嘛！

青色，是我国一种特殊的颜色。《说文解字》谓：“青，东方色也。”《释名》云：“青，生也，像物生时色也。”从这些古代典籍的解释中可以明确，青色，是万物生长的颜色，是生命的颜色。青春，青年，寄寓了多么生机勃勃的希望。但具体而言，青色又较为模糊。“杨柳青青江水平，闻郎江上唱歌声”（刘禹锡），这里，青是绿色；“镜湖俯仰两青天，万顷玻璃一叶船”（陆游），这里，青是蓝色；“朝如青丝暮成雪”（李白），这里，青又成了黑色。从《荀子》“青，取之于蓝，而青于蓝”一言可知，青色是从蓼蓝中提取的，却比蓝色更深。西方光谱学的三原色是红、黄、蓝，可以对应中国的红、黄、青，青主要是蓝色，属于五色中的正色，而绿色是黄与蓝的调和色，属于间色。最能代表青色的是享誉世界的青花瓷，如蓝宝石一般的色泽，圆润光滑，瑰奇高雅，其始于唐，熟于元，至明已名扬四海。以至于外国人称中国为“China”，与瓷器同名。

白色和黑色，没有列入西方的七彩之中。在牛顿的光学看来，白色是一切光谱的正混合，黑是负混合，二者都不是彩色。但是在中国的五色中，白和黑却赫然在列。不过，白色在我们的话语系统中多负面，丧事为白事，孝服为白色的衣服；没文化的人叫白丁，没功名的人叫白身……黑色也同黑暗联系起来，“风雨如晦，鸡鸣不已”；老百姓也曾被称作“黔首”。然而，在古文化尤其是道学的体系里，白与黑却胜过任何色彩。孔子云：“素以为绚兮。”老子更直接：“五色令人目盲。”庄子亦质疑：“天之苍苍，其正色邪？”太极图是由白与黑两鱼构成，白鱼的眼睛是黑色，黑鱼的眼睛是白色，白中有黑，黑中有白，循环往复，运行无极。老子又云，“知其白，守其黑”，“玄之又玄，众妙之门”。玄，即黑色，是天的颜色（天谓之玄），“人法地，地法天，天法道，道法自然”，天道即自然之道，遵从自然即为玄妙。由此可知，黑色在道学里边是多么重要的颜色，并由此对中国文人“笔墨”的传统产生重大影响。我们看西方油画，色彩是多么绚丽，中国画原本也叫丹青，自唐始，水墨画成为中国画的主流，且墨分五色（干、湿、浓、淡、焦），实在令人惊叹。道学崇尚简约、平淡、朴素，认为声色之娱会迷乱人的心智。故艳则俗，淡则雅。水墨传统固然体现了中国文人的精神和风骨，但不能不承认，其辜负了天地造化赋予的缤纷色彩，岂不是一种反自然?

好在水墨传统并没有涵盖整个中国文化，诸多优秀的文学作品还是一如姹紫嫣红的大观园，浓烈的色彩增添了艺术的大美。这样的例子俯拾皆是。如杜甫诗云：“两个黄鹂鸣翠柳，一行白鹭上青天。窗含西岭千秋雪，门泊东吴万里船。”（《绝句》）一首短诗出现了黄绿白蓝四种颜色。李白诗云：“暮从碧山下，山月随人归。却顾所来径，苍苍横翠微。相携及田家，童稚开荆扉。绿竹入幽径，青萝拂行衣。欢言得所憩，美酒聊共挥。长歌吟松风，曲尽河星稀。我醉君复乐，陶然共忘机。”（《下终南山过斛斯山人宿置酒》）这首诗更绝，只写绿就细致到了五种！碧、苍、翠、绿、青，从色阶、亮度写出其间细微的差别，一幅浓淡相宜、深浅分明的绿色画卷在我们眼前打开，让人为之击节赞叹，李太白，真大诗人、大手笔也！曹雪芹更是色彩大师，《红楼梦》书名中就带有颜色，怡红公子、绛云轩、浸茜纱、猩红汗巾、石榴裙、胭脂红……千红一窟（哭）、万艳同杯（悲）。《红楼梦》不仅充满着繁复浓烈的色彩画面感，而且对颜色的搭配也有精妙的高论，如第三十五回一段描写：“莺儿道：‘大红的须是黑络子才好看的，或是石青的才压得住颜色。’宝玉道：‘松花色配什么？’莺儿道：‘松花配桃红。’宝玉笑道：‘这才娇艳。再要雅淡之中带些娇艳。’莺儿道：‘葱绿柳黄是我最爱的。’”鲁迅的《故乡》有一段描写给我留下极为深刻的印象：“这时候，我的脑里忽然闪出一幅神异的图画来：深蓝的天空中挂着一轮金黄的圆月，下面是海边的沙地，都种着一望无际的碧绿的西瓜，其间有一个十一二岁的少年，项带银圈，手捏一柄钢叉，向一匹猹尽力的刺去，那猹却将身一扭，反从他的胯下逃走了。”蓝黄绿白，四种颜色在夜晚依然浓烈，的确感觉是一幅着色“神异”的“图画”，所以给人以强烈的视觉冲击。

颜色，从字面上说就是脸色。中医望闻问切中的“望”就是看脸色，人的哪个部位患病都能从脸色上显现出来。五色与五行、五脏有着紧密的联系。中医经典著作《黄帝内经·灵枢·五色》云：“青为肝，赤为心，白为肺，黄为脾，黑为肾。”看病如此，养生亦如是。养肝要多吃青菜、绿叶菜；养心补血要多吃西红柿、红枣、胡萝卜等；养肺要多吃白百合、白萝卜、豆腐等；养脾胃要多吃小米、玉米、山药、黄豆等；养肾要多吃黑豆、黑芝麻等。

司马相如《长门赋》云：“五色炫以相曜兮，烂耀耀而成光。”意指五色炫耀，光彩夺目。史上有一个著名的“江郎才尽”的故事，说的是南朝文学家江淹，年轻时文采斐然，后来却文思枯竭，何故？据说他晚上做梦，有美男子索还了五色笔，“尔后为诗绝无美句，时人谓之才尽。”（《南史·江淹传》）这个故事很有些象征的意味，天地有五色，故亦贻文人以五色笔，用来描绘世间的五彩斑斓。这里，五色为才气的代名词，暗淡枯瘠即为才尽。马克思说，“色彩的美感是一般美感中最大众化的形式”，色彩缤纷是我们生存的这个世界最自然的呈现形式，我们应该尊法自然，用上天赐予的五色笔写出绚烂文章，绘就美丽人生。

兄　　弟

在以前的冀南老家，父母最头疼最棘手的事情，莫过于兄弟分家。越穷越怕分不公，怕一碗水端不平，引起兄弟们纷争。这时候，往往请来舅舅坐镇主持，娘亲舅大，吼得住。尽管如此，分家以皆大欢喜结局的寥寥，满肚子怨气的居多。据说，有一家分家，剩下一个小板凳无法断定归属，兄弟们谁也不肯相让，只好劈成劈柴分了了事。在农村，同胞兄弟因为妇姑勃豀、竹头木屑、蝇头小利而反目成仇的不在少数，关系相好的反而是外人。

我的一个堂哥讲过这么一件事。有一家人，老大和老五不睦，见面不说话，但老大和村里的一个壮汉是好哥们们。一天，老大背着粪筐拿着粪叉出门拾粪，在街上看见那个壮汉和老五打架，壮汉把老五压在身下，你猜老大怎么做？老大走上前，也不言语，用手中的粪叉将壮汉从老五身上一下一下杵下来，然后在壮汉诧异和不解的目光中掉头走开。堂哥感叹说，老大虽然和老五不说话，但还是见不得别人欺负，即使是再好的哥们儿也不行。堂哥没文化，不知古代有句话叫“兄弟阋于墙，外御其侮”，就是此意。

“兄弟阋于墙”这句话，出自《诗经・棠棣》。这首诗是写兄弟情的，“凡今之人，莫如兄弟。”但也承认，有“兄弟阋于墙”这种事，

“虽曰兄弟，不如友生（朋友）”。中国古代讲究人伦，“五伦”中即有兄弟，讲“兄友弟恭”，孝悌连在一起说，也说明兄弟之情的重要。然而，人性是复杂的，有人孝，也有人不孝；有人悌，也有人不悌。中国历史上既有兄弟友爱、手足情深的，也有同室操戈、骨肉相残的。这样的故事每朝每代都有上演，或感人，或叹惋，或欢欣，或悲哀，或明媚，或阴森，人性的善与恶丝丝缕缕透露出来。

翻检史籍，居然兄弟相残的故事不可胜数，让人实在为人性的阴暗捏了一把汗。这里只举几个名例。曹魏时期，哥哥曹丕逼弟弟曹植七步成诗，不然死啦死啦的，“才高八斗”的天才诗人曹植不等迈步，一首千古绝唱便应声而出：“煮豆燃豆萁，豆在釜中泣。本是同根生，相煎何太急。”曹丕面有愧色，遂放了弟弟一马。抗战时期，国民党发动皖南事变，围剿新四军，致其全军覆没，周恩来愤然写出：“千古奇冤，江南一叶，同室操戈，相煎何急！”用的就是曹植的典故。唐朝时期，爆出著名的“玄武门之变”，李世民杀死了太子大哥李建成、四弟李元吉，逼父皇李渊逊位，夺得大宝。值得一提的是，这哥仨是一母所生。还值得一提的是，据载李世民亲手用箭射杀了乃兄，一箭封喉，登时毙命。李建成、李元吉被杀后，还被李世民手下士兵割去了脑袋。其凶残，令人发指；其手段，令人胆寒。宋朝时期，“斧声烛影”成为千古疑案，宫中雪夜，弟弟赵光义被指用斧头砍死皇兄赵匡胤，烛光摇曳中，幢幢的身影投射在窗纸上，给世人留下一帧罪恶的剪影，新加冕的皇冠上透着斑斑猩红的血痕。清朝康熙晚期，上演了一场波诡云谲的“九子夺嫡”大戏，兄弟之间钩心斗角，互相倾轧，皇位就像一根肉骨头，逗引得群犬狺狺，奔竞追逐，昏天黑地，一片狼藉，所谓孝悌，所谓亲情，全抛诸脑后，节操碎了一地，不知伊于胡底，亲情一文不值了。

兄弟手足相残的故事不特为中国独有，外国也不乏其例。莎翁的名剧《哈姆雷特》讲的就是这样的故事。弟弟觊觎哥哥的王位，趁老哥在花园熟睡之机，给他耳朵里灌了毒药，杀害了哥哥之后窃取王位，又娶嫂为妻，才引发了王子哈姆雷特为父报仇、同归于尽的悲剧。“To be or not to be”（生存还是毁灭）成为人类在灵魂深处最艰难的选择和困惑。《哈姆雷特》尽管是戏剧，却是人生最真实的反映。

兄弟相争、骨肉相残，之所以这样的人间悲剧上演不衰，置道德、伦理、亲情于不顾，唯一的原因是人性贪婪、利益驱使、私欲作祟罢了。太史公司马迁说过：“天下熙熙，皆为利来；天下攘攘，皆为利往。”一语道破其中的奥秘。人一旦欲火焚身，猪油蒙心，哪管山崩地裂，哪管洪水滔天，即使是万丈悬崖也要闭着眼睛纵身一跃了。人性深处最邪恶的怪兽就在这里潜伏着，一遇时机便露出獠牙，跃跃欲试，蠢蠢欲动。

有黑暗就有阳光，有邪祟就有磊落。春秋时期，伯夷叔齐的故事彪炳千古，成为后世兄弟相亲的楷模。伯夷叔齐是商末孤竹君的两个儿子，孤竹君打算死后让叔齐继位，俟其殁后，叔齐以长幼有序让位于哥哥伯夷，伯夷以不能违背父命坚拒，而且跑路了。叔齐见状，认为自己接位对兄弟不义，于礼制不合，也跑路了。后人评价说：“能以国让，仁孰大焉，伯夷顺乎亲，叔齐恭于兄。”不仅如此，老哥俩一起跑到首阳山，相依为命，饿死不食周粟，建立了中国历史上士子保名节守道义的最早的精神道统。相让而不是相争，相亲而不是相残，这本是骨肉兄弟的应有之义，却变得十分难得了。人性，本善乎？本恶乎？

说到兄弟相亲、相敬、相爱、相让，宋代苏轼、苏辙兄弟的故事历来被人津津乐道，世代传颂，尊为范例。苏轼、苏辙兄弟加上父亲苏洵，史称“三苏”，均居唐宋八大家之列。苏轼更是出乎其类、拔乎其萃、绝世独立的大文豪。苏轼大苏辙两岁，从小两人一起玩耍，一起读书，一起成长，同一年在父亲的带领下出川应考，同时一举及第，名动京师。哥俩虽为亲兄弟，性格却迥异，大苏豪放旷达，小苏内敛沉静；大苏率性自由，小苏稳重谨慎，所以小苏怕哥哥祸从口出，有一个习惯性的示意动作——捂嘴。兄弟俩心心相印，患难与共，感情之深，异乎寻常。苏轼说："嗟余寡兄弟，四海一子由。"苏辙则说："手足之爱，平生一人。"苏轼一生有不少诗词是写给苏辙的，最著名的是《水调歌头·明月几时有》，"但愿人长久，千里共婵娟"就是由怀念苏辙而生发的。这首词大家都会背诵，却常常忽略了写在前边的几句话："丙辰中秋，欢饮达旦，大醉，作此篇，兼怀子由。"《宋史·苏辙传》如此评价："辙与兄轼进退出处，无不相同，患难之中，友爱弥笃，无少怨尤，近古罕见。"苏轼与苏辙的兄弟情义，光风霁月，春风骀荡，真正诠释了骨肉情殷，血浓于水，人性美好，世间温暖。

《幼学琼林》云："兄弟既翕，谓之花萼相辉；兄弟联芳，谓之棠棣竞秀。"人既有自然的属性，更有社会的属性；既有本能的驱使，更有道德的规范。祛恶扬善，去伪存真，葆兄弟的真意，由家庭及社会，视同事为兄弟，视战友为兄弟，视邻居为兄弟，视路人为兄弟，笃诚守信，友爱相加，这世界就会花萼相辉，棠棣竞秀，成为美好的人间。

折一枝柳，送君远行

春天来了，最早传递春消息的大略是柳树吧。民谚云：“五九六九沿河看柳。”当世间万物仍处在冬天的枯涩萧条之时，柳树却冒着严寒抢先报春。河边的柳枝悄悄吐出金黄色的嫩芽，让人在不经意间一瞥，好像柳树上笼罩了一层淡淡的黄色烟雾，心中立马涌上欢喜，春天来了！

柳树还是棵文艺树，如同文艺青年，多愁善感，脆弱婉约。柳树同长亭一道成为古代寄寓送别的两大物体，说不得，一说满眼都是泪。

现代世界由于科技的高度发展，时空的概念已与古代大不相同，天涯变成咫尺，一日可以秒杀。唐代时期，宰相李德裕被贬发配到海南岛，写了一首诗《登崖州城作》：“独上高楼望帝京，鸟飞犹是半年程。青山似欲留人住，百匝千遭绕郡城。”从帝京长安到海南岛若是鸟飞就需要半年，在那个时代，海南岛简直就是天之涯，海之角，远在天边，遥不可及。如果从长安出发，即使骑驴坐车，走走停停，到达海南岛也差不多需要一年时间。所以，在农耕时代，整个社会的节奏是缓慢的，甚至是停滞的。而今，从西安坐飞机到海南三个来小时即可到达，连构思一首诗的时间都不够，欻一下，到了！因此，现代人的离愁别绪被大大稀释了，到哪儿去，拎包就走，“也无风雨也无晴”。即使你的亲人远在地球另一端的美国，也可随时视频通话，宛在眼前。如果实在思念难遏，只要不差钱，坐上飞机十几个小时即可团聚。

现代的生活方式也改变了人类的情感方式，我们已很难理解古代何以将送别看得如此重要，那种依依不舍，那种执手相看泪眼，那种行行复行行，那种长亭更短亭。因为啊，“此生不相见，动如参与商”，这一别，可能经年不见，或许就是永诀了。比如，李白二十五岁“仗剑去国，辞亲远游”，父母依依不舍地送行，谁能想到，儿子远去的背影竟是永远消失在尘世中了，再也没有团聚的机会了。那个时代，交通不便，音问相隔，生命无常，加上战乱匪患，人生常有忽忽如寄的无助与空茫感。所以，“悲莫悲兮生别离”，送别仅次于永别，成为古人最伤感的事情。“多情自古伤离别，更那堪，冷落清秋节。”（柳永）“桃花潭水深千尺，不及汪伦送我情。”（李白）往往是送了一程又一程，分外珍惜眼前的分分秒秒，说不完的话，诉不完的情，实在难以开口道再见。杜甫寓居成都时，受到朋友严武的悉心关照，严武奉旨上调京城做官，杜甫深情相送，从成都一直送到绵州，成都距绵州多远呢？二百七十里！在绵州，地方长官设宴招待二人，二人本欲就此别过，但实在难舍难分，杜甫又一直送到绵州城外三十里的奉济驿，方依依惜别，留下一首《奉济驿重送严公四韵》：“远送从此别，青山空复情。几时杯重把，昨夜月同行。列郡讴歌惜，三朝出入荣。江村独归处，寂寞养残生。”哎呀，老弟你走了，我独自回到居处，残生就在寂寞中打发度过吧。此诗表达了一种极其深厚的友情，令人动容。有句话叫“送君千里，终有一别”，看来也并非夸张，送别，在古代是一件非常隆重的事情。不像现在，能把友人送到机场、车站已是十分难得的了。

古人送别，因情感浓烈，特郑重其事，特有仪式感。秦汉时期为驿传信使提供馆舍和给养服务，大约每十里设一亭，以后便成为游人驻足和送别的特殊场所。“长亭”不仅是信使驿站，更是情感驿站，成为饱含浓郁情感内涵的送别符号。《西厢记》有一折“长亭送别”，老妇人说道：“今日送张生赴京，十里长亭，安排下筵席。”接着是一段著名的小令：“碧云天，黄花地，西风紧，北雁南飞。晓来谁染霜林醉？总是离人泪。”古时的长亭送别诗很多，近代大文人李叔同那首脍炙人口的“长亭外，古道边，芳草碧连天……”题目就是《送别》。

除了在长亭这样一个特殊的地点深情相送，古代还有折柳枝赠予远行人的习俗，以表达内心的祝福。为何要折柳枝？柳，“留”也。柳枝柔软，随风飘拂，有一种依依不舍的眷恋之态，与离别的心态相吻合，《诗经》即有“昔我往矣，杨柳依依”的句子，景与情合，情景交融。清朝褚人获在《坚瓠广集》中云“送行之人岂无他枝可折而必于柳者，非谓津亭所便，亦以人之去乡正如木之离土，望其随处皆安，一如柳之随地可活，为之祝愿耳。”这个解释或许有些道理。农村出来的人都知道，在所有树种里柳树是最容易成活的，随便插个枝，不久就冒芽了，生命力很是旺盛。似乎在唐代折柳枝送别最流行，长安城外灞桥两岸，十里长堤，柳树遍植，送别经常在这里进行。李白《忆秦娥》词曰：“箫声咽，秦娥梦断秦楼月。秦楼月，年年柳色，灞陵伤别。”折柳送别成为一种文化习俗，沉淀在文人墨客的诗情文意中。还有一首无名氏的《折柳》云：“跋山涉水轻别离，天涯芳草亦萋迷。只因登程常折柳，桥畔岸边皆秃枝。”王之涣《送别》云：“杨柳东风树，青青夹御河。近来攀折苦，应为离别多。”送别的事情太多，大家纷纷折柳相赠，弄得柳枝都秃了。

当然，送别的感情是复杂的、多重的，有伤感、不舍，也有劝慰、激励等等。但有一点是共同的，就是感情真挚、浓烈，所以情动于衷，妙句迭出，有许多名句都出自送别诗词。如：“劝君更尽一杯酒，西出阳关无故人。”（王维：《送元二使安西》）“海内存知己，天涯若比邻。”（王勃：《送杜少府之任蜀州》）“洛阳亲友如相问，一片冰心在玉壶。”（王昌龄：《芙蓉楼送辛渐》）“莫愁前路无知己，天下谁人不识君。”（高适：《别董大》）“接天莲叶无穷碧，映日荷花别样红。”（杨万里：《晓出净慈寺送林子方》）……所谓愤怒出诗人，离别也出诗人，愤怒和离别都属于情感浓烈时的喷发点。我们看古代诗文，题目带有“送”“别”字眼的不可胜数，如繁星点点，烛照了人们情感的幽微深处。

如今，我们很难再看到现代人写的送别诗文了，这一类的作品似乎已经与我们离别，渐行渐远了。在现实生活中，离别似乎是一件很轻易的事情，再也难以激起情感的涟漪和火花。即使送别友人，还能否再去折一枝柳？

时间之笔

大年初三，天气有点儿阴冷，小北风溜溜地刮着，裸露的肌肤感受到刺骨的凉意。我的面前即是史上声名赫赫、如今却鲜为人知的沙丘平台遗址。地处河北广宗县大平台村南，距离我的平乡县老家只有二十里之遥。尽管之前我在网上看过遗址的照片，但真正到了实地，还是大失所望。所谓的沙丘平台遗址，只不过是一片稍微隆起的土地，最南端的高台只是两米高、五六米见方的土丘而已。土丘前竖着两块碑，一高一矮，标明这就是大名鼎鼎的沙丘平台，而且是河北省重点文物保护单位。看到“省保”字样，我不禁笑了，一方土疙瘩，连个残砖碎瓦的影子都看不见，还怎么保护？无非是告诉村民和来访者，这块土疙瘩是宝贝，别给铲平就是了。

我登上土丘，放眼望去，平展展的田畴向远处延伸，暗绿色的麦苗蜷伏着等待春天的召唤，灰黄的枯草在风中摇曳，青褐色的树木晃动着光秃秃的枝丫，脚下的黄土板滞而坚硬。我忽然想起《红楼梦》《好了歌》中那句“古今将相在何方，荒冢一堆草没了”。还有甄士隐的注解：“陋室空堂，当年笏满床。衰草枯杨，曾为歌舞场。蛛丝儿结满雕梁，绿纱今又糊在蓬窗上。”沧海桑田，斗转星移，陵谷变迁，两千多年过去，谁能想到，这片毫不起眼的土地竟然也曾经书写过富丽堂皇、金戈铁马，竟然也埋藏了云诡波谲、惊心动魄。这片沙质的黄土地竟然也如此厚重苍凉?

我还有一个很大的疑惑，这里位于冀南平原，地势平坦，一览无余，没有丘陵的起伏，也没有山岭的高峻，附近只有一条漳河流经，可以说毫无风景可言，当年的沙丘苑台、沙丘宫怎么会选在此地?一般而言，古代帝王无论建筑皇宫行宫，还是构筑陵寝墓地，都会选择风景优美的风水宝地。依山傍水，无论是从欣赏美景角度，还是从战略考量都是不二之选。显然，我眼前的这片土地不符合这个要求。历史上人称沙丘平台为“困龙之地”，三个帝王在此“折戟沉沙”，以此证明此地果然风水不好，也说得过去。但是，情况并非如此。我翻看资料，终于明白，两千多年前的此地地貌与现在迥然有异。那时，这里地处大陆泽畔，大陆泽是古代北方第一大湖泊，北起宁晋，南至任县，长达一百多公里，黄河等九条河水注入，水面辽阔，气势浩渺。那个时候，北方气候温暖，竹翠林密，黄河故道还有大象出没。沙丘平台既然名“丘”，就有地势蜿蜒起伏之妙。据载，沙丘宫是一片偌大的建筑群，连绵十多公里，宽三四公里。在平乡县境内有一村名“王固”，是“皇故”的音转，当年秦始皇东巡死于此，当地也称是沙丘平台遗址。王固旧称王固冈，其实冈应为岗，高起的土坡曰岗，而冈为山脊，平乡域内并无山脉。光绪年间修订的《平乡县旧志》将“沙丘树色”列为平乡八景：“沙丘台，旧传在邑东北三十里，即今王固冈。环冈数里外，枣杏成林，俱经年老树。复有椿槐之属，干霄蔽日。登冈四望，郁郁葱葱……”由此可知，先秦时期，此处沙地堆积隆起丘陵，起伏有致，草木茂盛，水清林秀，气候宜人，风景优美，说是风水宝地，应该没有问题，故此吸引了数代帝王在这里建筑苑台离宫并驻跸休憩。

此刻，让我们拨转时间的指针，走进历史的云烟深处。

一、商纣王“酒池肉林”

“酒池肉林”，这个香艳淫逸又臭名昭著的故事竟然发生在这里？我捧起一抔黄土，试图嗅出酒的气息，当然闻见的只是土腥味，自然明白，即便是一百度的烈酒深埋地下历经三千来年也会挥发殆尽。

《史记·殷本纪》有如此记载：“（纣王）益广沙丘苑台，多取野兽蜚鸟置其中。慢于鬼神。大聚乐戏于沙丘，以酒为池，悬肉为林，使男女倮相逐其间，为长夜之饮。”这段短短的文字，却赋予巨大的想象空间，画面感强烈，令人浮想联翩。商纣王此人，本名子受，又称帝辛，纣王是后人给他的恶谥，残义损善谓之纣。此人聪明机敏，能言善辩，尤其是力大无穷，文武兼备。司马迁《史记》谓之“材力过人，手格猛兽”，皇甫谧《帝王世纪》谓之“能倒曳九牛，抚梁易柱”，端的是天生神力。尽管作为一代君王，纣王在事功方面有所建树，比如像毛泽东说的他在经营东南、巩固东夷和中原的统一上是有功劳的。但是，中国传统文化的“三不朽”中第一就是“立德”，以此观之，商纣王实在是大德有亏，恶贯满盈。其“好酒淫乐，嬖于妇人”，“北里之舞，靡靡之乐”，先在都城附近修筑鹿台，又在几百公里之外的沙丘建苑台花园，极尽奢欲；而且，发明了“炮烙”酷刑，因大臣比干劝谏惹毛了他，怒剖其心视之是否七窍，几次杀人后竟将其做成醢或脯，残暴之极，罄竹难书，是历史上与夏桀齐名的暴君。所以，这厮成为殷商末代亡国之君也是必然的事情。

古人饮酒有杯、盏、觥、爵等酒器，而纣王用“池”！即便豪放如绿林好汉大碗喝酒、大口吃肉，较之酒池肉林也只能相形见绌，被甩掉十条街。据说，酒池肉林是纣王为博爱姬妲己的欢心而创，真是创意十足，别具匠心啊！男男女女光着身子在酒池中畅泳，美酒张口可饮；

在肉林中奔逐嬉戏，美味随口可吃。酒催情，肉发性，醉意矇眬，肾上腺激素上升……纣王简直就是三级片的鼻祖啊，所谓荒淫窳败，莫此为甚。不知裸体男女中纣王和妲己是否也溷迹其间，与人同乐。不管怎样，纣王成为荒淫无道、残暴凶恶的君王的典型，妲己成为“狐狸精”“女人祸水”的标签，这对男女被后世剥光了衣服钉在了耻辱柱上，被文人用笔墨一次一次“炮烙”，体无完肤。

另外，“多取野兽蜚鸟置其中”一句，可以证实，沙丘平台草深林密，风景绝佳，有了这些飞禽走兽愈加生机盎然，增添了大自然的野趣。

二、赵武灵王“沙丘宫变”

殷商亡国之后近八百年，来到战国时期的赵国。

赵国的都城是邯郸，国君却仍然看上了距此不远的沙丘平台，在这里修建了离宫别馆，即沙丘宫。我没有从史料上看到，商纣王时期的沙丘苑台经历数百年风雨是否倾圮，沙丘宫是在原地重建还是改建修葺。不过，这些并不重要，反正在沙丘平台这个地方发生的一起惊心动魄的宫廷政变，被载入史册。

《史记·赵世家》对“沙丘宫变”有较为详尽的描述。

赵武灵王是战国时期非常著名的人物，他的“胡服骑射”重大变革使赵国由弱变强，跻身战国七雄之列。如今在邯郸市丛台公园耸立着他的一尊雕像，身着胡服（非中原的宽衣博带），骑在战马上弯弓欲射，身形魁伟，威风凛凛。后世凡提到赵国，赵武灵王与“胡服骑射”必被提及，是为赵国最辉煌的人物、最著名的事件，影响之大，史不绝书，无出其右。但是，就是这样一位英明的君主，却在后期做了极其糊涂荒唐的事，事情最初又出在了女人身上。

赵武灵王原本立长子公子章为太子，后来他娶了“梦中情人”美女吴娃，十分宠爱，缱绻缠绵达到为之数年不离宫掖的地步。吴娃生了公子何，子因母贵，赵武灵王乃废公子章而改立公子何为太子。废长立幼，赵武灵王已犯了宫廷大忌，可这还没完，不知他是怎么想的，也许是脑袋让门板夹了一下，竟然才四十二岁就把王位也让给了公子何，是为惠文王，他自号为主父，也就是后来的太上皇的意思。我想，英明的赵武灵王可能是觉得自己处在盛年，新君尚年幼，大臣们还是自己的老班底，自己不当王还不照样说了算？事实上前三年的确如此，赵武灵王让惠文王主持国政，他把主要精力用于军事外交，第三年灭了心腹大患中山国，战功赫赫，一切尽在掌握。有一天朝会，他看到长子公子章在朝廷上北面为臣，匍匐于地，向弟弟行礼，高大魁梧的身姿面露颓靡之色，不禁心生怜悯。他忽然又想出一昏着，欲把赵一分为二，让公子章在代地称王，终犹豫不决而放弃。但是，以后事情的发展就不以他的意志为转移了，事物本身有它自己的运行逻辑，种下祸因，就只能收获祸果了。

赵武灵王一日带着惠文王和公子章游沙丘宫，他是想在两个儿子间做些协调工作，通过控制儿子继而继续掌控国家，到了沙丘宫之后，分头住下。这时候出事了。

一位名叫肥义的老臣，早年为赵武灵王先王所倚重，又是“胡服骑射”的有力推动者，惠文王接班后，赵武灵王令其做相国。这位老臣忠于国家忠于君王，只认职务不认人，唯新王马首是瞻。他敏锐察觉到公子章有不臣之心，此次来沙丘宫暗藏杀机，因此事先做了安排，对同僚说，如果主父召见惠文王，我先进去搪塞，若无事，惠文王方可进去，如我回不来那就是出事了。果然，公子章假借主父的名义召见惠文王，肥义先入，被杀。这位叫“肥义”的老臣果然像他的名字一样，义薄云天，以自己的生命保护了惠文王。赵武灵王的叔叔公子成和大臣李兑闻讯起兵勤王，将沙丘宫团团围住，公子章的手下悉数遭砍。公子章急忙寻求主父庇护，赵武灵王让大儿子进到自己宫中，但已经没有能力保护他了，还是被冲进来的士兵杀死了。公子成和李兑大呼：“留在宫中的人一律处死！”于是，宫中的仆从宫女纷纷奔涌而出，偌大的沙丘宫只剩下赵武灵王一人。惠文王的大军谁也不敢承担弑君的千古骂名，就采取了围困的办法，使其不得出，不得食，三个月后，一代英主赵武灵王被活活饿死，才四十六岁！

嗟乎！历史上有不少帝王能于外而拙于内，朝廷之上杀伐决断，雷厉风行，宫廷内却有妇人之仁，儿女情长，面对众多子女姬妾，遇事左支右绌，优柔寡断，致使祸起萧墙，骨肉相残，甚至危及社稷江山。唐朝的“玄武门之变”广为人知，赵国的“沙丘宫变”也是相当典型的一例。司马迁为之感叹：“犹豫不决，故乱起，以致父子俱死，为天下笑，岂不痛乎！”

沙丘平台的土地上，渗透了浓烈的酒液，也沉浸了殷红的血液。一岁一枯荣的荒草，在微风中默默摆动，你可嗅到这浸淫千年的历史味道？

三、秦始皇驾崩于沙丘平台

赵武灵王饿死数十年之后，沙丘宫又迎来了一个超级死魂灵——秦始皇。说起来也是机缘凑巧，秦始皇是赵国的外甥，本人出生于邯郸，最终又魂归赵地，岂不是冥冥之中自有天意？令人嗟叹不已的是，又一次骨肉相残的血腥政变在沙丘宫密谋完成，历史再一次被改变了轨迹。吊诡的是，相似的事件总是不知疲倦地重复发生，甚至在同一个地点。

公元前210年，秦始皇第五次巡游，至平原津而病，距都城咸阳有千里之遥，赶回去医治已是不可能的事情，好在赵国留下的沙丘宫不远，可以在此歇脚治疗。始皇一行进入沙丘宫，但病情愈发恶化。秦始皇本来是到东海寻求长生不老的琼枝瑶草、灵丹妙药的。作为一名皇帝，天下一尊，贵拥四海，要风有风，要雨有雨，可以为所欲为，没有办不了的事，但唯独在一件事情上一筹莫展，那就是死亡，和庶民百姓一样终了都得死。因此，成为不死的神仙成了他终身追求的终极目标。他讳言死，群臣都不敢说死亡的事。但秦始皇是个明白人，自知大限已到，给公子扶苏写了一封信加了皇帝玺印，曰“与丧会咸阳而葬”，意思是，让扶苏到咸阳主持葬礼。秦始皇虽然生前没有立太子，但此信很明显要传位于长子扶苏。他将信封好交给了太监赵高，还未及派人送出，“七月丙寅，始皇崩于沙丘平台”，终年四十九岁。

皇帝死曰“崩”，意指天崩地裂，可是一件不得了的惊天大事，估计沙丘平台之沙闻之也会簌簌下滑，觳觫发抖。夕阳西下，夜幕降临，沙丘宫笼罩在神秘鬼祟的气氛中，一场宫廷政变再次发生。

这次阴谋的领衔主演是太监赵高，“指鹿为马”的成语就是拜他所赐，是历史上著名的奸佞小人。他压下了秦始皇给扶苏的信，又动用三寸不烂之舌先后说服了胡亥和丞相李斯，秘不发丧，皇帝的死亡只有他们三人及身边的宦官五六人知晓。秦始皇有二十多个儿子，此次巡游只带了胡亥一人。赵高是胡亥的老师，两人自然交厚。丞相李斯原本是一位诤臣名臣，一篇《谏逐客书》名垂千古，为秦国一统天下居功至伟，但此时一为情势所迫，同时私心作祟，明白扶苏即位后定拜大将军蒙恬为相，而自己恐怕得终老乡下，甚至有性命之虞，于是成了这场宫廷政变的同谋。也是他咎由自取，同赵高此类小人合谋为伍不啻火中取栗、与虎谋皮，最终也被赵高所害，并夷三族。在推向刑场与儿子一起被执行腰斩时，他凄然对儿子说：“我还想和你一块牵着黄狗去老家田野追逐野兔，还能实现吗？”父子俩相对大哭。

胡亥、赵高和李斯三人在沙丘宫一番密谋，那一刻决定了大秦的未来命运。他们毁掉了秦始皇给扶苏的信，伪造了皇帝给丞相李斯的遗诏，立胡亥为太子，重新写了一封给扶苏和蒙恬的信，历数其罪，赐剑勒令其自裁。其结果，死的不只是扶苏和蒙恬，更是大秦王朝的气数和江山。短短几年后，秦朝就画上了休止符，始皇帝的千秋大梦就此灰飞烟灭。

有诗曰："年年游览不曾停，天下山川欲遍经。堪笑沙丘才过处，銮舆风起鲍鱼腥。"最后一句是指，当时正值七月酷暑，为掩盖秦始皇的尸体臭味，用鲍鱼随车同载，遮人耳目。本欲流芳百世，却不承想身体与魂灵与一缕鱼臭相随相伴，造化弄人，这真是莫大的讽刺！

俱往矣。几段惊心动魄的历史瞬间转眼即是空，如果没有史书记载，一切仿佛都不曾发生。几番血雨腥风，让沙丘平台成为不祥之地，后世君王似乎都不曾涉足。沙丘宫渐渐荒圮，任田鼠野兔窜游出没，终于在时间之笔无数次的涂抹勾画之下，成了今天冀南平原一处普通寻常的田野。

在一个草黄树枯的季节来到沙丘平台遗址，与凭吊历史的心境十分吻合，似乎也是天意。历史只存活于时间深处，存活于典籍之中，现实里早已无踪无影，既使荒草也没有了生命的律动。但历史不是虚空，既然存在过就会成为现实的镜鉴，曾经的鼓角争鸣也会在耳旁回旋盘桓。德国哲学家雅思贝尔斯曾说："从历史中我们可以看见自己，就好像站在时间中的一点惊奇地注视着过去和未来，对过去我们看得愈清晰，未来发展的可能性就愈多。"（《什么是教育》）历史已镌刻在碑石之上不会改变，但正如这沙丘平台的地貌可以天翻地覆，现实的书写一切皆有可能。我站在沙丘之上，细心谛听，仿佛听到春天的跫音已咚咚响起，慢慢走来，不久展现在我们面前的定是满目的绿色葱茏。

春天的风

风是一种自然现象，冷热空气交锋，造成空气流动，即形成风。小时候上地理课，就知道风有八个级别，从无风、微风、暴风到飓风。烟囱里冒的炊烟直直上升，那肯定是没风，如果树叶树枝落了一地，有小树折断，大树倒伏，那一定是遇到了狂风。我生活在内陆的平原，还没有见过台风、飓风的威力，连八级大风都很少见。风的级别现如今分得更细，都分成十二级了。

一年四季都有风，但和雨一样，风在不同的季节有不同的性格。春风和煦，秋风萧瑟，冬风凛冽，而夏风似乎常常和雨联袂而至，叫狂风暴雨，性情暴躁。这样一对照，春风就显出了它的旖旎和可爱。春天是一年的开始，人年轻谓之青春，生气勃勃，如朝暾初升，鲜花新绽，谁不喜欢？春天的风也带有青春的味道，吹拂于面，醉在心中。先秦宋玉曾在《风赋》中把风分作大王的雄风和庶人的雌风，有高下之分，贵贱之别。如此说来，春天的风独擅胜场，独享专宠，夏风、秋风、冬风只能臊眉耷眼，退避三舍。

人们对风的感知皮肤最先知道。夏风热，秋风凉，冬风又叫寒风，刺骨的冷，而春风是温柔地吹拂，像一双温柔的手抚摸脸颊。“沾衣欲湿杏花雨，吹面不寒杨柳风。”（志南）“暖风熏得游人醉，直把杭州作汴州。”（林升）真是沐春风如饮醇醪，都能沉醉其中。谚语云：七九河开，八九雁来，九九艳阳天。太阳从赤道以南开始往北方移动，空气中热分子渐渐活跃起来，次第增多，冷分子败退，风携带着温暖在大地游走。人们僵硬一冬的皮肤开始变得温软，风吹皱了一池春水，处于蛰伏状态的万物与生命都被春风唤醒，漾动活泛起来。有一首诗写道：河南的草绿了，河北的草还枯黄着，因为，春风吹拂了河南，还未吹到河北。这和王安石的“春风又绿江南岸”有异曲同工之妙。一场秋雨一场寒，同样，一场春风一场绿。“碧玉妆成一树高，万条垂下绿丝绦，不知细叶谁裁出，二月春风似剪刀。”（贺知章）“春风杨柳万千条，六亿神州尽舜尧。”（毛泽东）春风是春天的使者，是春天的翅膀。春风一度，人间从此五彩缤纷，气象万千。袁枚说得形象：“春风如贵客，一到便繁华。”

《论语》中有这么一段文字：“莫（暮）春者，春服既成，冠者五六人，童子六七人，浴乎沂，风乎舞雩，咏而归。”用现在的话说就是，暮春三月，穿上已做好的春天的衣服，约上五六个青年，六七个儿童，到沂水沐浴，到舞雩台让春风吹拂，一路唱着歌回家。这是孔子的学生曾点在谈他的志向时说的，老师喟然而叹，十分欣赏。这是古人的诗与远方，是一种快乐逍遥、浪漫理想的生活情态。春和景明，春风骀荡，在这样美好的日子，原野踏青，玩水登台，最后唱着歌返回，多么自在、快活！且莫说老夫子一本正经、不苟言笑，其实他很有诗意和情趣呢。

春风在哪里？在人们温润的脸颊上，在嫩黄的摆动的柳梢上，在起伏的绿的麦苗上，在摇曳的粉红的桃花上，在广袤的田畴上，在潋滟的湖面上……更在人们的心上。“昔日龌龊不足夸，今朝放荡思无涯。春风得意马蹄疾，一日看尽长安花。”以《游子吟》名世的唐代诗人孟郊，一生穷困潦倒，与贾岛并称“郊寒岛瘦”，46岁第三次科考终于进士及第，春天放榜当日即狂喜不尽，吟出这首《登科后》。“春风得意”是写实，更是写意，这缕春风真是吹得诗人心花怒放了。再比较他前两次落第写的诗，“弃置复弃置，情如刀剑伤”（《落第》），“一夕九起嗟，梦短不到家”（《再下第》），简直形如霄壤，在诗人眼里，今日微微吹拂的春风都在得意微笑呢。对于“郊寒”来说，太需要春风的温煦了。“春风得意”从此成为至今仍在沿用的成语。宋代词人程节斋有词曰：“满面春风，一团和气，发露胸中书与诗。”心中的喜悦呈现在脸上，仿佛漾起了一阵春风，“满园春色关不住”啊。“满面春风”，也是大家熟知的一个成语。

春天的风，多呈一种风姿，微微地吹，轻轻地拂，如果不细心体味有时几乎感觉不到它的存在，像春雨一样，润物细无声，像春草一样，遥看近却无。温暖、轻柔、和顺、怡人，是它带给人们的共同感受。所以，自古以来，人们以春风来比喻美好，形容心情，状譬恩惠，赋予它多重文化含义，留下的吟诵春风的诗词歌赋也不计其数。

但世上的任何事物都不会是完美无瑕的，即如那句俗话所说“泥人也有个土脾气”，温柔的春风也有肆虐的时候。唐代诗人李益诗云：“眼见风来沙旋移，经年不省草生时。莫言塞北无春到，总有春来何处知。”北方的春天，总有一些时日大风卷来的沙尘天气，的确有煞风景，成为春风的瑕疵。好在当今之世，人类懂得敬畏自然，与万物和谐相处，在遥远的北方蓄草植树，沙尘天气日渐稀少。当春天的风偶尔发发脾气的时候，人们不再蒙尘，那就愉快接受好了。毕竟，“等闲识得东风面，万紫千红总是春”（朱熹）。东风，即春风。

夏天的雨

雨，一年四季都下，但雨在不同的季节却有不同的性格，春雨温顺，夏雨暴烈，秋雨忧郁，冬雨冷酷。当然，在北方寒冷的冬天，主要是下雪，雨极少，几可忽略。虽然空气聚而为云，沛然成雨，四季皆然，然而，我却觉得，雨是属于夏天的，只有夏天的雨才有雨的模样、雨的气势、雨的风格。如果比作一出戏，春雨是序幕，秋雨是尾声，只有夏雨才是惊心动魄的正剧。

俗话说，春雨贵如油，说明春天下雨少。杜甫诗云："好雨知时节，当春乃发生。随风潜入夜，润物细无声。"韩愈诗云："天街小雨润如酥，草色遥看近却无。最是一年春好处，绝胜烟柳满皇都。"描写的都是春雨，温顺绵柔，润物无声，像处子一般安静恬然。而秋雨呢，总是带有些许缠绵悱恻的味道，下起来淅淅沥沥让人烦闷。一场秋雨一场寒，加上落英缤纷，叫人徒增感伤。苏辙诗云："禾田已熟畏愁霖，积潦欲干泥尚深。一雨一凉秋向晚，似安似病老相侵。"革命者秋瑾更是留下"秋风秋雨愁煞人"的名句。春雨给人以欢喜，秋雨给人以忧愁，同样是下雨，却给人迥异的情绪感受。

夏雨，才是真正的下雨，轰轰烈烈，痛快淋漓，大气磅礴，雷霆万钧。

夏天的雨，花样繁多，有阵雨、雷雨、大雨、暴雨，甚至是太阳雨，不管是哪种雨，都是一种脾气，爽快，奔放，自由，豪迈。“倾盆”“瓢泼”“滂沱”“如注”等这样的词语，形容的都是夏雨。

夏天的天气，多酷热、闷热，烈日当空，晒得树叶打蔫，禾苗焦枯，狗吐出舌头呼哧带喘。蓝天上白云朵朵，像极了棉花棉絮，时快时慢在空中飘移。民谚云：云彩向东，一阵风；云彩向西，一阵雨。忽而，仿佛在白棉絮中泼了黑墨，白云变成乌云，渐积渐厚，瞬间飘到头顶上空，一不留神，一阵大雨哗哗而下，等你抱着脑袋跑到屋檐下，刚刚立定喘口气，却云散雨收了。真是来得疾去得快，刘禹锡诗云“东边日出西边雨”，就是说的这种情形。民谚又云：谁知哪片云彩能下雨？以此来譬喻运气的降临不可预知。阵雨过后，太阳又在当空灿烂着，这时候往往会出现一道绮丽的景观——彩虹。科学的解释，是阳光照射空气中的水滴时，发生折射或反射，在空中形成七彩拱形的光环。毛泽东诗云：“赤橙黄绿青蓝紫，谁持彩练当空舞。雨后复斜阳，关山阵阵苍。”生动描摹了雨后彩虹的景象，同时，也说明彩虹的出现常在下午。冀南一带农村将彩虹叫作“绛”，“快看快看，出绛了！”但不能用手指，迷信的说法，会烂手指头。我想，农人对彩虹这种气象景观有神秘感，赋之祥瑞之意，是必须敬畏的，以手指之，则为不恭。

夏雨本就暴烈，如万箭齐发，直射地面，砸在屋顶、窗户、树叶上，发出砰砰啪啪的巨大声响。如此，还犹嫌不够，借风作威，借雷作势，狂风大作，电闪雷鸣，天地人间，一场大戏壮怀激烈，过足了瘾。其实，一场暴雨来临之前，已然是蓄足了势，做好了铺垫。乌云密布，天色如夜，“黑云压城城欲摧”，天空仿佛一口倒扣的锅。知了停止歌唱，燕子、麻雀惊慌地掠地而飞，啾啾哀鸣，蜻蜓也失去了平日的悠闲，莽撞地胡飞乱翔。雨点还未落下，空气已是湿漉漉的了。一道闪电，撕破天幕，一声惊雷，天际滚动，欻欻，咔咔，像吹响了进攻的号角，大雨倾盆而下。立时，天地相接，一片白茫茫、水蒙蒙。房檐挂起水帘，树木化为竖琴，地面汇成小溪。苏轼诗云："黑云翻墨未遮山，白雨跳珠乱入船。卷地风来忽吹散，望湖楼下水如天。"杨万里词曰："急雨打篷声，梦初惊。却是池荷跳雨，散了真珠还聚。聚做水银窝，泻清波。"两位大诗人都以"跳"做喻，以"珠"做比，夏雨的形状动态，跃然纸上。

实际上，雷和电，是夏雨的哼哈二将，多虚张声势、夸大其词、为虎作伥。民谚云，干打雷不下雨，或雷声大雨点小，也以此讽喻那些光说不练的人。真正可怕的夏雨，反而没有忽雷闪电，咋咋呼呼，而是内敛低调，不事声张，闷头下起来没完没了，没日没夜，好像要把银河的水都倾泻了。

夏天还有一种奇特的雨叫太阳雨。天空明明日头高悬，乾坤朗朗，却雨点子骤然掉下来，还没醒过神来，雨歇了，太阳没有眨眼，只是地面被打湿，爆出尘土热乎乎、潮乎乎的腥味，才确认刚刚下雨了。太阳雨是诗，句子短促，唯有惊叹；是小说，扑朔迷离，难以捉摸；是魔术，玩了个大大的障眼法。实际上，是那朵雨做的云飘到了太阳底下，挥洒了一下。

夏天的雨还属于童年。可以光着脚跑到雨中撒欢而不怕淋湿，雨后可以看彩虹、采蘑菇、捉泥鳅、逮青蛙，村里水塘蓄满了水则可玩水、游泳。夏天的雨，一如院落中的那只大瓮，储满了童年的记忆。

"不经历风雨，怎么见彩虹？"这是一句大家熟知的励志话，其中的"雨"，只能是夏天的雨。

秋天的月

小的时候，喜欢月亮，不喜欢太阳，因为太阳不能直视，万道光芒如金针刺眼，而月亮可以细细打量，看上面的桂树和玉兔，觉得月亮和人是亲近的。我们管月亮叫月亮地儿，有童谣云：“月亮地儿明晃晃，开开大门洗衣裳。”李白亦云：“小时不识月，呼作白玉盘。又疑瑶台镜，飞在青云端。”

春花秋月，夏雨冬雪，每个季节都有自己的独特个性、最美的征候。一年四季皆有月，而秋天的月，最亮，最大，最圆。所谓秋高气爽，一年之中，空气最干燥，一个漫长夏季的雨水把天空汰洗得干净，没有冷热空气对流，没有云雾遮挡，最为透亮、清澈、明净。秋天是月亮的道场。

入秋之后，天气渐趋凉爽。夏天轰轰隆隆的雷声远去，暴雨的喧嚣也消歇不闻，世界安静下来，仿佛一个暴躁的汉子摇身一变为娴雅淑女。白云悠悠，稀疏散淡，澄澈的天空十分高远。到了夜幕降临，夜凉如水，秋虫唧唧，一弯月牙早在天边悬挂，像夜色的笑脸，周边星星眼睛眨呀眨，既顽皮又可爱。不仅想起丰子恺的一幅漫画《人散后，一钩新月天如水》，一间雅舍，两把藤椅，木桌上三两茶壶茶杯，珠帘卷起，窗外有树影婆娑，一钩月牙悬在半空。画面上没有人，却感觉到人的存在，清幽的月光照在空空的屋内，给人一种寂寥和淡淡的忧伤之感。如果这月牙换成圆月，就情与景不符了。一般来讲人们多喜圆月，其实，月象中上弦月、下弦月出现更多一些，月牙，银钩，蛾眉月，等等，这些名字都充满了诗意和美，即使残缺也是一种美。“峨眉山月半轮秋，影入平羌江水流。夜发清溪向三峡，思君不见下渝州。”（李白）“一道残阳铺水中，半江瑟瑟半江红。可怜九月初三夜，露似真珠月似弓。”（白居易）“寻章摘句老雕虫，晓月当帘挂玉弓。不见年年辽海上，文章何处哭秋风。”（李贺）“多情自古伤离别，更那堪，冷落清秋节。今宵酒醒何处，杨柳岸，晓风残月。”（柳永）……这些诗句写的都是秋天的残月，寄托的却是诗人风一样饱满的情绪。

如果说春花、夏雨、冬雪在各自的季节独领风骚，但没有一个具体的节日，那么，秋天的月，却有一个属于自己的盛大节日——中秋节。那一天，丰盈圆满的月放射出清亮的光辉，玉兔跳舞，嫦娥舒袖，吴刚捧出桂花酒，钱塘江涌滔天潮。人们专门做出圆月一样的饼食称之月饼，在月下品尝，与豪华的月光一同沐浴欢乐。人们把月圆称作满月，取其团圆之意。“海上生明月，天涯共此时。情人怨遥夜，竟夕起相思。”（张九龄）在中秋节这一天，花好月圆，良辰美景，如果不和亲人在一起，是一件非常遗憾的事情。所以，在古代，月亮成为身居异地的亲人共同看到的参照物，天旷地远，明月入怀，思乡之情、思亲之情油然而生。“举头望明月，低头思故乡。”（李白）“露从今夜白，月是故乡明。”（杜甫）“西北望乡何处是，东南见月几回圆。”（白居易）……中秋节是月亮的节日，赏月是题中之义。有一个形容美貌的词语叫“花容月貌”，花容，可以想象，月貌是一个什么样子呢？皎洁，明净，清澈，朦胧，柔和，迷离。月亮的美，是女性的美，赏月，即是赏美人。清人张潮在《幽梦影》中云："楼上看山，城头看雪，灯前看花，舟中看霞，月下看美人，另是一番情景。"中秋的圆月像美人美丽的脸庞，柔和，静美；花前月下，举头赏月，低头看美人，更有一番曼妙不可言传，天上人间，美美与共，互辉互映。

月是星球，是地球人看到的仅次于太阳的宇宙存在天体；月是时间，太阳每天升落为一日，月亮亏了再圆为一月；月是诗是美，人类对月亮吟哦的诗篇远远超过太阳，英国作家毛姆的小说《月亮与六便士》便是以月亮代表诗和理想；月是哲学，苏东坡词云："人有悲欢离合，月有阴晴圆缺，此事古难全。"里边便包含着巨大的哲学意蕴。圆，代表着完美和理想；缺，代表着遗憾和现实。正如月盈的时间要低于月亏的时间一样，理想很丰满，现实很骨感。圆满是暂时的、短暂的，而缺憾却是经常的、常态的。譬如，中秋节、春节是阖家团圆的日子，而更多的时间，却是家人四散在各处。圆与缺，是一个不断转换行进的过程，也是一个相对的情形，月盈则亏，月亏则盈，相互依存，相互转化。故，不以圆为喜，不以缺为悲，顺应安适即是最自然的人生态度。

秋天的夜空高远、深邃，透着浩瀚无垠的神秘，一弯月牙或一轮圆月悬挂中天，给大地带来明亮的同时，也使人与宇宙之间有了一个连接，尤其是嫦娥奔月的古老传说，更增添了月亮的人间气息。秋天的夜，天凉如水，秋虫呢喃，月亮升起来了，像美人的笑脸，这是一个亘古不变的美丽的天上人间。

冬天的雪

若问一年四季最不喜欢的季节，在北方，恐怕十之八九得说是冬天。树叶落了，花儿谢了，草枯了，天地间一片萧瑟，只剩下灰突突的一个颜色，单调，黯淡，了无生机。西北风吹得大地寒彻，光秃秃的树枝成了风的口哨。严寒的天气，人们穿上臃肿的冬衣，缩身塌肩，表情僵硬，似乎平日的神采也被冻住了。

幸亏还有雪。雪是冬天最炫的风景。

不是冬天里百花凋零了吗？不，有一种最晶莹、最浩大、最洁白的花，它的名字叫雪花。哈，雪花，这个习以为常的叫法如今已经磨蚀了其中美的锐感，可当初称雪为花的人，我以为是天才，是大美学家。当雪纷纷扬扬从天空飘下来的时候，有譬之“大如席”（李白），或“大如拳”（华清淑），还有以“柳絮”喻之（谢道韫），都不如称之为花最具美感。所以，岑参的“忽如一夜春风来，千树万树梨花开”成为写雪的千古名句。

每年立冬之后的节气是小雪、大雪，预示着冬天的来临，天上的水汽要凝结为冰晶，就是要下雪了，所以雪也叫凝雨。小雪初下，多是雪粒，雪糁，似霰似霜，落在树上、地上簌簌作响，谢朗的“撒盐空中差可拟”喻之小雪倒也贴切。宋人释善珍诗云：“云暗初成霰点微，旋闻簌簌洒窗扉。最愁南北犬惊吠，兼恐北风鸿退飞。”写的就是小雪。由于地表温度尚暖，所以，小雪往往是夜降昼化，地面上似乎是雨后的湿润，只有在树梢上、灌木间看到留存的斑白雪痕，更像是霜了。

只有大雪，才是绽放的雪花。灰暗的天空仿佛铅一般沉重，厚厚的乌云低垂，似乎压到了楼顶，凛冽的空气能够把鼻子冻掉，嘴里呼出的热气立马变成了一团浓雾。酝酿，积攒，蓄势，这一切都在不动声色中完成，不经意间，一场大雪纷纷扬扬从天而降。冬天的雪，不像夏天的雨那样善于造势，借助狂风和雷电来一场声势浩大的宣言，而是不事声张，低调内敛，安静得可怕。而且，大雪纷飞，不像暴雨如注，仿若箭射鞭抽，直接刚硬，而是轻柔的、飘逸的，在空中打着旋、跳着舞，优雅从容地落到地面。如果说夏天的雨有阳刚之气，那么，冬天的雪则有阴柔之美。你看呀，雪花飘落的时候，用手掌捧住，可以分明看到雪花的形状，是六角形的花！西汉《韩诗外传》云：“凡草木之花皆五出，雪花独六出。”雪花是喻，也是实。而花，是属于女性的。大自然就是如此神奇，赋予每一种物什不同的审美属性。

犹记得，小时候的大雪。一夜醒来，打开屋门一看，天地浑白一色，亮得晃眼，厚厚的积雪掩住了门扉，高过地面盈尺，并随风起势、起伏有致，树枝上面已垒成条条雪臂，家家屋顶、墙头戴上了雪白的帽子。这时，先不忙清扫，兴奋之中将双脚踏进雪里，立时陷进去一只大脚窝，随着咯吱咯吱一串声响，雪地上留下一串深深的脚印。这一天，院子里会矗立起一个模样怪异的雪人，那是肯定的了。

人们都喜欢雪，因其美丽、洁净、纯粹。最白的颜色称为“雪白”，最亮的眼光称为“雪亮”，洗冤称为“昭雪”，高雅称为“阳春白雪”，机灵称为“冰雪聪明”，等等。农人喜欢雪，“瑞雪兆丰年”，冬雪像覆盖大地上的一床棉被，既防农作物被冻伤，又保墒；孩童喜欢雪，堆雪人，打雪仗，叮叮当，叮叮当，坐在雪橇上；茶人喜欢雪，烹茶用水，雨雪为天上之水，泉水江河井水为地上之水。《红楼梦》中妙玉取梅花上的雪以花瓮储之埋地下五年，用来烹茶，实在高雅至极；至于诗人墨客，对雪的喜欢更是行诸笔端，妙笔生雪花，不可计量。光对雪花的雅称就有二十多种，如“寒酥”“寒英”“琼芳”“琼花”“瑞叶”“玉蝶”“玉龙”等。咏雪的名诗有很多：“千山鸟飞绝，万径人踪灭。孤舟蓑笠翁，独钓寒江雪。”（柳宗元）“日暮苍山远，天寒白屋贫。柴门闻犬吠，风雪夜归人。”（刘长卿）“千里黄云白日曛，北风吹雁雪纷纷。莫愁前路无知己，天下谁人不识君。”（高适）“窗含西岭千秋雪，门泊东吴万里船。”（杜甫）……还有一句名句脍炙人口，即唐代张打油的《咏雪》：“天地一笼统，井上黑窟窿。黄狗身上白，白狗身上肿。”看似不雅，其实妙绝。在无数咏雪的诗词中，我最喜欢苏东坡的诗句：“人生到处知何似，应似飞鸿踏雪泥。泥上偶然留指爪，鸿飞那复计东西。”后来被人浓缩为成语“雪泥鸿爪”，其中有禅意，更有励志，人生似飞鸿东飞西奔，总得在雪泥上留下爪痕——不能虚度吧。因此我给书斋命名为“雪泥斋”。

史上留下“囊萤映雪”“程门立雪”等与雪有关的故事，西方也有白雪公主的童话。雪凝结了雨，也凝结了文化的千般姿态。“风雨送春归，飞雪迎春到。”（毛泽东）当皑皑白雪覆盖大地的时候，已隐隐听到了春天的脚步声。

文岸徜徉

第二辑

DANGLIZIGUAMANSHANYA

不死的柯灵先生

没有任何一个作家像您对我的写作产生如此深刻的影响。

没有任何一个作家像您对我的人生产生如此深刻的影响。

然而，您死了。您怎么会死？您怎么能死？您竟然死了，柯灵先生！

没有任何不祥的征兆，得知噩耗那天，窗外虽然阴云密布，风儿消歇，我们在以欣然的心情渴盼着酷夏的一场透雨；几天前，我还在新到的《散文·海外版》读到您写于今年1月的新作，尽管尾注有“在病中”字样，可文采依然风骨依然；一切都在猝不及防中骤然发生了。6月22日下午，我从同事那里取了一份《南方周末》浏览，在“一周人物”栏目看到刚逝去的郭超人、竹下登的报道，接着就忽然读到了您的名字，清清楚楚地写着19日病逝，我一下子张大了眼睛，屏住呼吸，脑袋轰轰作响，柯灵死了？这怎么可能？！我反复读着那段百字短文，倏忽间像有一群黑蝴蝶在眼前飘舞，热泪汹涌地迸流而出。

没有任何一个作家的死让我泪流满面！

您死了？您怎么会死？您怎么能死？您竟然死了？柯灵先生！

“河清不可俟，人命不可延。”您活至九十一岁，已近人瑞，已是高寿，且著作等身，妙文传世，巍巍然已是“三不朽”碑石耸立人间。然而，“生年不满百，常怀千岁忧。”您浩茫的无限心事和精神畛域，生理年龄如何负载得了？人生蹭蹬，九曲百回，历经霜风雪雨，灾斫难击，而如岩边孤松，独立不倒。两度入日寇监牢，尝尽流离之苦，后来，再罹铁窗之难。四凶剪灭，河清海晏，您已是白发盈巅，两耳几乎失聪，循古例应“致事”的垂垂老者。然而生命发生了奇迹，造化有眼，苍天开恩，老树绽新绿，旧枝结奇葩，您开始了创作生涯的“二度青春”。大量优美散文如天女散花，给文苑增添了一道奇异卓绝的景致。尤其语言的驱遣运用，有人说，胡适滥用白话，朱自清汉语欧化，更多的作家如丑陋粗糙的东施，让人舌挢难下。而只有到了您那里，母语才像清水洗过的中秋圆月，皎洁灵动，清光照人；文白结缘像一对千年佳偶，衣香鬓影，无限风情；蝉鸣树上，虫吟阶下，是天籁复天籁！您散文的情感深度，卓异识见，更是叫人如心弦拨动，如醍醐灌顶。《促膝闲话中书君》与钱锺书高山流水，心音相通，情理交融，如影随形；《遥寄张爱玲》更是大陆还张爱玲真面目的滥觞之作，持论公允，发为先声。您曾说过，您对张爱玲20世纪三四十年代的著作“大体搜集完全”，进而感叹道：“我自己忝为作家，如果也拥有一位读者——哪怕只是一位，这样对待我的作品，我也就心满意足了。”我可以告诉您，这样的读者何止一位，我所认识的几位青年作家都对您高山仰止，尊崇至迷。既不才如我，对您后二十年的著作也“大体搜集完全”了，包括您慨然惠赐题签的近九十万字的巨著《柯灵六十年文选》。可是，您的长篇呢？我这些年一直牵念而眼下最大的悬思是，您的长篇小说《十里洋场》可曾杀青？

我是在1994年第二期《收获》读到《十里洋场》的，只先行刊载了第一章，征求读者意见。那时，我正迷恋着您的散文，孜孜研读，受益殊深，写了一篇评论文字刊于当年年底的《人民日报》上，而后我将报纸和对《十里洋场》的感受，按照林非先生提供的地址寄往上海，从此开始了我们的文字交往。我在《文字因缘书作伐》一文中对此做了记述，您在回信中说："我太老了，又苦于尘网难逃，不能埋头文事。《十里洋场》一曝十寒，一年竟未着一字，倘竟能杀青成书，自当奉呈求教。"后来您将此信收在散文新著《天意怜幽草》中。在此后漫长又紧迫的时日里，关注《十里洋场》的写作进程，成了我一件无法割舍的心事。一次在《文学报》看到一篇关于您近况的报道，说您每天早餐后，挟包穿过熙熙攘攘的红尘闹市，到一个隐蔽的居所写作《十里洋场》，我心中的期盼就日甚一日。如今灯灺影杳，天人永隔，我再也不会收到您亲寄的新著了！

我那年由学校调到报社工作，乍始紧张忙碌一时难以适应，便写信向您述说，您回信安慰我"都是文化生涯，不算改行。但报馆与课堂不同，前者天地较广，活动余地较多。"并应我之请，为报纸题词："多一点文艺气息，添一份文明精神。"时隔不久又收到文汇出版社受您之托寄来您的散文新著《燕居闲话》，这些都给当时人地两生、茕影相吊的我，带来了温暖和快乐。茫茫人生，忽忽如寄，转若飘萍，任何一次机缘都有可能改变命运的轨道。林语堂先生尝谓："读书必以气质相近，而凡人读书必找一位同调的先贤，一位气质与你相近的作家，作为老师。"如此，"必胸中感觉万分痛快，而灵魂上发生猛烈的影响，如春雷一鸣，蚕卵孵出，得一新生命，入一新世界。"在读书写作上我自然是把您"作为老师"的，而我的投身报馆，莫不是潜意识中也因为您曾经是一位报人？

非洲一位学者说过，一位文化老人死了，等于一座图书馆毁灭了；胡适去世时，有人问梁实秋感想，梁未假思索，脱口而出："死者已矣，但恨不见替人！"上述都意在表达无法挽回的哀痛。柯灵死了，旷代才人飘然远引，一代风华随风而去，空谷足音，乃成绝响。

人已殁，书长在，您的呼吸、血脉、生命依旧在书中鲜活着，延续着，您的灵魂、才气、思想依旧在读书人的心中萦绕着，氤氲着，如奶酪和面包予人永久的滋养。

这几日，我重又打开您的书，清新刚健的生命气息扑面而来，我恍恍惚惚，心中充满疑问，您死了？您怎么会死？您怎么能死？您竟然死了？柯灵先生！不！我永远都不会相信！

张中行与“请勿改动”

在我二十多年编辑生涯中，遇到最“牛”的作者，无疑是张中行先生。为何这样说？每次来稿，他都会在稿纸上端空白处注明“请勿改动”。哪个作者拥有如此的自信和底气？他有“牛”的资本。但这个“牛”不是狂狷，不是乖戾，相反，是一种学者的严谨和责任，透着一种文化的馨香和可爱。行公归于道山已十余年了，“请勿改动”的故事，却清晰如昨，成为我编辑生涯最美好的一段回忆。

1998年初，我从一所高校调到省报做副刊编辑。岁末，我给张中行先生写了一封约稿函，并附寄了几张近期副刊样报，想请先生拨冗惠赐大作。先生那时在文坛刮起了“老旋风”，名高望众，为人亲善，素有“行公”的美誉。他的文字成为众多报刊文学编辑千方百计索要的目标。俗语有云，客大欺店，又云，小庙供不了大菩萨，先生的文章多发在《读书》《随笔》《光明日报》一类的大报名刊，而我供职的只是一家省级报纸，先生能肯青眼惠顾吗？信发出后，我一直惴惴不安，因为我先前曾向几位本省籍的名作家约稿，恂恂如奉若神明，希望其能念“桑梓之情，莼鲈之思”，结果却是碰扁了鼻子，担雪填井，水中捞盐，一场徒劳。所以，尽管行公也是本省籍人士，但我心中实在没底。

然而很快，1999年元旦甫过，新春的燕子便衔来行公的尺素，一看到信封上的地址和字迹，我的心就怦怦跳起来，仰天长叹，额手称庆。我小心地将信纸展开，九十岁老人的字迹依然遒劲有力：“江滨先生：寄下样报及手教拜收。承约稿，至谢。此前读评介拙文大作，奖掖太过，实不敢当。不才年事已高，而冗务不少，写文不多，如有，当呈上请正。匆匆，颂编安。张中行拜复99年元旦。”

虽然没有得到先生的稿子，一时有些怅然，但我仍然心情愉快。想想吧，一位九十岁的文化耆宿、泰山北斗，镇日文债如山，冗务如网，还能惦记着给一个小编辑复信，即使不给你写稿，光这种平等待人的谦谦君子风范，就足以让我侪小辈感动不已了。

先生信中所言“评介拙文大作”，是指我的《知性的美文》一文。彼时我还在高校任教，受散文家韩小蕙大姐之约，为她主编的《张中行精品欣赏》一书撰稿，鉴赏文撰稿人有季羡林、周汝昌、阎纲、牛汉等人，皆是学界名家，我忝列其中，至为荣幸。分给我的篇目是行公《我与读书》欣赏，此文我早已熟读过，且那几年我正在大量撰写读书一类的文字，因此写起来得心应手，按时交卷。尽管绠短汲深，不免浅尝辄止，未能深味先生浩渊博大的精神世界，更无法与季羡林等学界前辈、斫轮老手比肩相埒，但能写出一份属于自己的独到见解和体会，尤其对于自己所热爱的作家，也算了却了一桩心愿。况且此前先生有一书《顺生论》签名赐赠，书的第一篇文章（代序）就是《我与读书》。那时绝不会想到有一天还能给行公做编辑，充当他的第一读者，这是一件多么幸运的事。

仅过了十几天，行公的稿子来了——《题砚诗》，手写稿，端端正正，整洁清楚，不知端的的人根本不会看出这手字竟出自一位九秩老人之手。最引人注目的是稿纸上端空白处写着：“请勿改动。”我一看到这几个字，非但没有不爽，反而会心一笑。我看过行公写的一篇文章，对某些薄学寡识又想当然地随意乱改其文的编辑不客气地指斥批评，并声明以后决不再给这样的编辑稿子。比如，有一篇文章，行公谈某名家的法书，编辑以为“法书”乃“书法”的误植，便朱笔一挥，擅自改了过来。岂不知“法书”是指“有高度艺术性的可以作为书法典范的字”。编辑自以为是，佛头着粪，不仅损害了行公的文质，而且也给人留下笑柄。你说，哪个作家肯把心爱之作交给如此“文盲”去糟蹋。或许有人认为先生太牛，谁能保证文稿中不出现一次笔误？我以前也对此有一种神秘感和荧惑，但亲自为行公做编辑，才真正感到什么叫一丝不苟，什么叫滴水不漏，什么叫规行矩步，什么叫不刊之论！

为了避免在校对中出现疏漏而导致舛误，我将行公的原稿复印出来，在排出清样之后，对照原稿逐字逐句予以校雠。此时我才真正理解了“校雠”的本来含义，搞了一辈子汉字的行公视舛误为寇仇！文章发表之后，我给行公寄去样报，踧踖不安地附信请他审视有无错字。我深知，如果出现错舛，将永远失去行公再次赐稿的机会。

3月的一天，我又一次收到行公的来信，并附有一篇长文《各打五十板》。信是这样写的：“江滨先生：外出月余，返京始复大札，至歉。刊拙作无一错字，足见关照之诚。阅赠报，知众愤胡万林事。此前曾写一文，兼愤受骗者之无知，怜而变为动肝火，未发，寄上请审，如有挂碍，掷还可也。匆匆，颂编安。张中行拜99.3.24。”一个“无一错字”，又一篇稿件的惠赐，我觉得这是行公对我做编辑的最高奖赏。此后，行公每隔一段时间便有一篇新稿寄来，且都有“未发”字样，老人对我的信任及行事的自律由此可见。

因了编行公的稿子，我跑书店，翻辞书，查引文，懂得了学海无涯，懂得了做学问该如何坐实，认识了一位大学者的风骨与胸襟，这种人生的幸运恐一般人所不能拥有。人人慨叹编辑为人作嫁苦，埋于文山稿海而籍籍无名，殊不知那种近水楼台先得月、做优秀作品第一读者的幸福感不足以为外人道也。季羡林先生曾撰文称：“中行先生是高人、逸人、至人、超人。淡泊宁静，不慕荣利，淳朴无华，待人以诚。”又说：“在现代作家中，也不过几个人。鲁迅是一个，沈从文是一个，中行先生也是其中之一。”我忽然想起《论语》里颜回对孔子的一段喟然而叹：“仰之弥高，钻之弥坚，瞻之在前，忽焉在后。”张中行先生不是圣人，却是允称一代纯粹的知识分子。他把学问做成了生命，每一个字词都成为他的细胞、骨骼和器官，出现舛误即是对他肌体的伤害。

而今，这种严谨扎实的做派实在已成为一种稀缺的品格，有谁敢在自己的文稿中写上“请勿改动”的字样呢？

陈忠实与“剑魂琴韵”

电视台正在热播电视剧《白鹿原》，画面出现的第一个镜头即是原作者、著名作家陈忠实的头像，满脸沟壑，沧桑厚重，一如黄土高原。

我与陈忠实先生素昧平生，没有任何交集，我只是他万千寻常读者中的一个。但我手里珍藏着他写给我的一幅字，这寻常就变得不寻常了。

陈忠实先生的字是：“剑魂琴韵——刘江滨先生雅正，甲申冬陈忠实。”最后钤有他的阴文印章。尺幅是四尺整张，挺大，字里行间还有一枚闲章，是阳文篆字，惜我脑笨眼拙，一时还辨认不出是何字，待抽暇请方家掌掌眼。

这幅字是西安的一位作家朋友为我向陈忠实先生索要的，当时并未提前言明，一俟邮寄于我，打开一看，给了我一个大大的惊喜。陈忠实先生题款的时间是“甲申冬”，应该是猴年（2004年）冬天。对于书法，我是门外汉，既不会写，也不懂欣赏。小时候练过，但手笨，都付予秋风了，被刮成一地落叶；由于不会写，便影响了欣赏，索然了兴趣。然而审美眼光还是有的，美丑妍媸高下好赖自然能够分辨得出。陈忠实先生的字独出机杼，自有风骨。首先是认真，不草率，不敷衍，笔墨饱满，没有枯笔，一笔一画俱神情贯注，见“忠”见

“实”，字如其人；其次，字体颀长，风流潇洒，秀美俊逸，绝对如同一个仗剑走天下的多情书生。或许有人会说，陈忠实更像一个质朴拙讷的老农，如此评价是否卯榫不对呀？我不管别人怎么看，反正在我眼里，陈先生的书法就是这样，极美。而且，“剑魂琴韵”这四个字非常契合我人生追求的境界，与之相近的是“剑胆琴心”，还有“侠骨柔情”。作为一介书生，既向往李白那种“仗剑去国，辞亲远游”的豪迈，又羡慕戴叔伦那种“解佩临清池，抚琴看修竹”的优雅，侠气文气并存，豪放婉约兼得。陈先生书赠此四字，仿佛与我熟稔，懂得我的心，令我暗暗惊佩。其实，“剑魂琴韵”又何尝不是陈先生的夫子自道、本心内许呢？

陈忠实是大作家，长篇小说《白鹿原》真的可以说实现了他“枕头垫棺”的梦想。一位作家一生有这样一部作品，足矣，无憾矣。在我看来，《白鹿原》在当代文学史上绝对是一部划时代的史诗性巨著，排在长篇小说前五名恐无人置喙。我曾长期在高校讲授并研究当代文学，有底气下这个结论。至于书法，陈先生却是暴得大名之后，被人广为求索，“逼”得习书的。他为此谦虚地说：“我写的是毛笔字，不是书法。”他还作诗云：“洗笔调墨四体松，预想字形神思凝。神气贯注全息动，赏心悦目乐无穷。”他不像有些作家，成名之后，将书画作为挣钱的工具，作品不咋样，润格总暴涨。在陈先生那里，自己习书，是修身养性，予人酬赠，是友谊见证，对所谓润格费坚决拒绝，我所得到的这幅字即分文未付。

一切文字都是有能量的，故仓颉造字，鬼神哭之。因为“剑魂琴韵”这四个字，我与陈忠实先生冥冥之中发生了切实的关联，如同暗通了生命的款曲，传递给我一种神奇的力量。凝神先生既刚健又柔美的字，思接千载，高山仰止。

韩羽素描

一、杂说韩羽

对中国文人，有人喜欢用一句话概括，比如，当年人称作家汪曾祺为“最后一个士大夫”。对韩羽，我晤其面数次，读其书多部，写其文二三，可谓稍知其崖略。也能用一句话来概括他吗？

我苦思冥想，搔断数根头发，觉得太难。就像贴着多种标签的泥塑，被他顽皮地统统打破，然后重新捏合，弄得你中有我，我中有你。我是先读其文，后见其人。读书的时候，觉得这位先生是位高人、雅人、逸人，大有魏晋名士风度，施施然有林下之风，但似乎他又没有譬如王羲之坦腹东床、刘伶以屋为裈、阮咸与猪共饮的怪癖放诞，他放得开，但又能收得回来，有飘然出尘之态，又有针砭时事之功，很出世，也很入世，是道，也是儒。

他的文章很雅，引经据典，文白交缠如一对佳偶，相濡以沫，相偕相得，但绝非一味的“骸骨的迷恋”，经常也以土语方言入文，土得掉渣，所以很生动，很活泛，很有趣，颇有大和尚也说家常话的味道。他自己说过：“有友人要我题写斋名，我写了‘半俗斋’。自认此一生，雅不了了，但又不甘为俗。高不成，低不就，就半俗吧。实是夫子自道。”所以，他的文字，亦雅，亦俗。

初次见到“真人”，一下子乐了，老爷子穿得随随便便，松松垮垮，脚蹬布鞋，大奔儿头，面孔黝黑，一口浓重的山东腔，说到兴处，张开嘴仰面呵呵地乐，如果事先不知道他就是韩羽，换了谁都会觉得他不就是自己邻家二大爷嘛！他一开口，妙语连珠，妙趣横生，觉得这老头就是韩羽，端得不简单，他若不开口，就是借给你一双慧眼、火眼都瞅不出他的艺术细胞藏哪儿。四川鬼才魏明伦言之“画如孩儿体，貌如老农状”，北京藏书家姜德明说他“一副老农本色”，去北京出差，被宿舍管委会的大嫂们愣是当成收废品的不让进。看来大家是有共识的。所以，他的人与文，又如一对怨偶，对不上榫，背对着背。不过，我看到过一张韩羽去日本访问的照片，西装革履，打着领带，我眼前一亮，觉得很精神。那年我采访韩羽，要他提供一张登报的照片，他给的是坐在书桌（画案）前的一张，穿的花格子上衣，很洋气，很艺术的。后来我一琢磨，恍然大悟，原来我每次见他都是在他家里，在自己家里他当然穿得很随便了。所以，韩羽这个人，也土，也洋。

也道也儒，也雅也俗，也土也洋，这些矛盾体在他身上浑然融合，如盐溶水，如花着春。黄苗子先生这样说韩羽：“似村而雅，土极而洋到了家。”可谓知人之论。所以，想用一句话概括韩羽其人，端得很难。但不管道也罢儒也罢，雅也罢俗也罢，土也罢洋也罢，画也罢文也罢，有一种东西在他的骨子里一脉贯通，呈露无遗，那就是闲雅自适、悠然自在、意趣盎然。他是一个趣人、妙人。这趣，于审美，是一种愉悦；于思维，是一种智慧；于人生，是一种生气。我们说起鲁迅，便想到金刚怒目，匕首和投枪，一个战士的形象；说起陶渊明，便想到闲适优雅，菊花和桃花，一个隐士的形象；说起林语堂，便想到雍容幽默，西装和烟斗，一个绅士的形象；说起丰子恺，便想到空明澄净，梵音和孩子，一个居士的形象……我之所以说起上述四位大作家，是因为韩羽的文化基因里边对先贤前辈有着部分的承继，他有鲁迅的讽喻、陶渊明的闲雅、林语堂的幽默、丰子恺的童趣。你可能会觉得韩羽跟鲁迅最挨不上，其实韩羽的文章、韩羽的漫画，都是笑里藏刀、绵里藏针，调子平和淡泊而已，他作为作家获得的居然就是全国最高奖鲁迅奖，而且就是“杂文”（《韩羽杂文自选集》）！你说有趣不?

韩羽曾为自己的书屋写过两句话：“两管毛笔一方砚，八千里路半橱书。”两管毛笔，一管笔作画，一管笔作文，既是画家，又是作家，既然不好对韩羽“一言以蔽之”，那就花开两朵，各表一枝。

二、画家韩羽

画家是韩羽的基本标签，我抄一份简历在此：“韩羽，1931年生，山东聊城人。初中一年级辍学，继之学徒。1948年参加工作，先后从事美术编辑、创作、教学。中国美术家协会理事，河北美术家协会名誉主席，一级美术师。著有《闲话闲画集》《陈茶新酒集》《杂烩集》《韩羽画集》《中国漫画书系·韩羽卷》。”他的身份、他的职业都是美术。作为画家，他的业绩十分显赫，一部荟萃美术界顶级人物的作品集《中国现代美术全集》国画卷、漫画卷、书法卷、插图卷同时收入他的作品，能入其一卷已是荣耀，韩羽却占了四卷，煞是了的！如果你对美术的事不甚了了，由韩羽担任美术设计的动画片《三个和尚》可是名声大噪，妇孺皆知，该片获1980年文化部优秀影片奖，第一届金鸡电影节最佳美术片奖，柏林电影节银熊奖，还有丹麦、葡萄牙、马尼拉等国际电影节奖。另外，他还有一部动画片《超级肥皂》获第七届电影金鸡奖，全国动画节目展播一等奖。由此可以认定，韩羽是美术界的一位大家，一个响当当的人物。

韩羽的美术活动，据他母亲说是他还不会说话时就咿咿呀呀爬在地上开始画“唱戏的”了，他三姨更是认定“这孩子画画是天生的，八成是投生时没喝‘迷糊汤’”，于是，越传越神，名闻三里五乡，烘得父亲心热，买笔买颜料，下起本钱。（韩羽：《沾了迷信的光》）

韩羽从小爱看戏，还上台跑过龙套，所以，他的画就与戏结下不解之缘，漫画、国画皆有戏，成为与关良、马得齐名的中国三大戏画家。关良画戏，是着重纯视觉的绘画性；马得画戏，是着重于戏曲中的精彩情节与神态；韩羽画戏，与这两位不同，不是就戏画戏，而是“逢场作戏”，借画戏来表达他的思想认识，意不在戏而在戏外。比如《快活林》，如果就戏画戏，应该传神摩画出武松酒后痛打蒋门神的英雄神武，韩羽画《快活林》题了这么几句：“武松大闹快活林，只因饱吃了人家的酒肉，终难免脱‘打手’之嫌，‘无三不过望’欲以酒盖脸遮羞乎？”褪下武松英雄的光环，只不过一介打手而已。人家唱正调，他唱反调，这种反讽意味，和他的漫画有着内在的艺术关联与审美旨趣。苏东坡说：“诗以奇趣为宗。反常合道为趣。”“反常合道”即谓既令人感受奇特又合乎情理。他的另一幅戏画名画《韩信月下追萧何》亦充分体现了这种审美意趣。

除了戏画，韩羽更有名的是他的漫画，《三个和尚》更将他推向声名的顶峰。跻身于华君武、丁聪、方成、黄永玉、廖冰兄等漫画大家之列，而且他和这些漫画家关系甚笃，往来唱和，一派雅趣。去年丁聪先生去世，我和一位记者去韩羽家采访，韩羽讲了许多和丁聪交往的往事。丁聪对现代中国漫画艺术的影响和贡献是巨大的，是大师级的人物，韩羽称丁聪对他的影响和支持也是很大的。十七岁时韩羽在临清买了一本丁聪的《〈阿Q正传〉插画》，鲁迅的《阿Q正传》他是读过的，阿Q这个传神的形象在他的脑子里挥之不去，但究竟是个什么样子，还很模糊，看了丁聪的这本书，韩羽豁然开朗，阿Q就是这个样子！和他想象的对上了号。他油然而生对这个画家的敬佩，这本《〈阿Q正传〉插画》他精心收藏了，一藏三十年，直到见到书的主人。1977年，韩羽在经常去的北京老朋友米谷家和米府常客丁聪不期而遇，“恍如梦寐”。韩羽提到了《〈阿Q正传〉插画》这本书，说至今还珍藏着，想请书的主人题个字做个纪念，韩羽收藏的那本书是平装本，而且陈旧破损，丁聪便一边问米谷你这里还有没有好一点儿的，一边在米谷的书橱翻找，还真找出一本1946年出版的精装本，便在这本书的扉页上题字：“韩羽同志居然保存了一本‘阿Q’三十来年，嘱余题记，今在米谷家发现这本装订比较牢的，换给你并致谢意！”在韩羽家，老先生从书房拿出这本泛黄的书给我们看，丁聪用小楷字写的题记还很清晰。当时的情景仿佛就在眼前，让人觉得温暖，同时也很有趣。有一时期，韩羽的画被人批为“非驴非马”“旁门左道”，不被主流接受，但丁聪鼓励韩羽画下去，坚持自己的风格，并把他的画挂在客厅里，一挂二十年，这种精神上的支持给了韩羽巨大的支撑和抚慰。丁聪为韩羽画过一幅人头漫像，形神毕肖，韩羽在旁题字自述：“小时画画，觉得人不如我；而今画画，觉得我不如人。画了大半辈子，只是将俩字颠了个过儿。”珠联璧合，让人莞尔。

韩羽和著名漫画《武大郎开店》的作者方成的交往，也有一段佳话。1955年韩羽去张家口下乡，路过北京，顺便去《人民日报》投一幅漫画“碰碰运气”，那时国内大漫画家大多都在人民日报社，华君武、方成、苗地等，他们看后同意刊用，让韩羽描出墨线，方成端来一方砚台，说：“我给你研墨。”这是他们第一次认识。这次“研墨”事件，让韩羽看到了一个大报编辑、著名漫画家的高风亮节，受益终身，也使二人在以后漫长的岁月里成为莫逆之交。韩羽几乎每次到北京，都要住在方家。方成偶尔也来石家庄在韩羽家小住几日。1999年夏天，我去北京人民日报社，和伍立杨、彭程、祝勇、司马南等几位青年作家朋友小聚，伍立杨特意约请住在人民日报社家属院的方成老，说方老喜欢和青年人在一起。我们在他单元的楼下等，过一会儿，八十岁的方老迈着稳健的步子下来，和我们一起驱车去饭店。席间，方老话不多，慈祥和蔼地看着后生晚辈们，一副蔼然仁者的大师风范。可惜，那时我还与韩羽先生不熟，也不知“研墨”的佳话，否则，我肯定会当场请方老讲讲这个画坛文坛逸事。后来，我多次听韩羽说起漫画界的交往，文人相轻的积习旧弊似乎在漫画界不存在，他们相亲相敬，呼朋引类，豪饮奢谈，如切如磋，如琢如磨，酿造出一个清明澄和的艺术世界。

对艺术创作，创新要“胆大包天”，畏首畏尾、因循守旧不行；严谨要“心细如发”，粗枝大叶、马里马虎不行。韩羽的戏画、漫画自成一家，在国内跻身于一流高手之列，他既有“胆大包天”的创新，又有“心细如发”的严谨，他的作品很少轻易示人，一旦出手，不用署名即可知出自他的手笔，风格独特无二。

三、作家韩羽

对韩羽的“孩儿体”戏画，我是美术外行，只能矬子看戏，听别人论短长了。我只觉得拙稚有趣，憨态可掬，好玩而已。真正让我认识韩羽、佩服韩羽的还是他的散文。1997年我读了一本《韩羽杂文自选集》，感觉灵心巧舌，妙趣横生，文多精短，充满谐趣和智慧，逗人解颐，意味深长，在乱花迷眼的散文苑，一枝琼树玉葩崛然开放，格外照人眼目。我的感觉就像当年张中行老先生自我调侃的那样：唉，这是从哪儿冒出来的一位呀？于是，我写了一篇品藻文章《趣眼瞅韩羽》，投给《羊城晚报》，没想到《羊城晚报》编辑很快回信，说也很喜欢韩羽文章，让我找几幅韩羽漫画寄过去，配发我的文章。不多久，文章发了出来，配发了韩羽的漫画《逗狗·画狗》。且看韩羽的文字功夫：“狗的某些表情，譬如奴颜婢膝，简直令人作呕。一个小伙子从路的右方走来（大概是狗的主人），一只狗从路的左方斜穿马路相迎。不是走，也不像爬，是肚皮、四肢、下巴紧贴着地，浑身酥软得像是没了骨头，急剧地扭动着蹭了过去。尤其画龙点睛的是不能自禁地一路淅淅沥沥撒出尿来。”这段描写十分传神，光这段描写，还不是韩羽“杂文”，接下来一句才是“点睛”之笔，意味全出：“是否成了画犬不成反类人？”《羊城晚报》把我对韩羽杂文的整体评价摘出来放在标题上方：“韩羽的杂文，寓讽喻于平和，涵规箴于玩笑，寄辣味于淡泊，寥寥数语，活画出种种世相人态。”韩羽此书后来荣获首届鲁迅文学奖。

一个画家，作文本是客串性质，却一上来就登上顶峰，这是多少大大小小作家们孜孜矻矻焚膏继晷一辈子都难以实现的梦想啊。

艺术是没有界限的。有果必有因，所谓种瓜得瓜，种豆得豆。韩羽本是初中一年级辍学生，却酷爱读书，或许是从小喜欢“听书”形成的书瘾吧。他的《闲话家珍》一文，详细讲述了他买书、淘书甚至是“窃书”的经历，他对书的喜爱都到了“癖”的程度。比如，他从书店买回人民文学出版社出版的新书《契诃夫小说集》上下两卷，可下卷书脊发现斑痕，心里腻烦，就又买回一本下卷，却又发现皱褶甚多，心里又腻烦，就又买回一本下卷，最终弄成一本上卷，三本下卷的局面。不是真正的爱书人不会如此“神经”的。杜甫说：“读书破万卷，下笔如有神。”正因为读书多，不仅使他的画另辟一境，具有耐人思考回味的深邃，超越了一般的技术派画匠，更使他的作文独上高楼，书香满纸，雅气氤氲。

读书，使一个画家摇身一变成了作家，其实，还成就了韩羽成为一个理论家、评论家。如果仔细品读韩羽文章，会发现，谈文说艺，月旦臧否，品藻评骘，这类文字很多，哲思深广，理论底子十分扎实，但他写得很巧妙，一点儿也不晦涩难懂，胶柱鼓瑟，相反机智生动、饶有趣味。明末小品作家张岱《湖心亭看雪》有这样一段著名的文字："天与云与山与水，上下一白。湖上影子，惟长堤一痕，湖心亭一点，与余舟一芥，舟中人两三粒而已。"寥寥几笔，一幅绝妙的境界辽远的水墨画呈现在眼前。其中，以"粒"量人，韩羽说其"文有不通而可爱"，如改为"个"或去掉"粒"，通则通了，简则简了，但"平板呆滞，生气全无"，所以，一个"粒"字，"似量词，又似状语，恍兮惚兮，闪闪烁烁，给'两三人'罩上'粒'的影子：瑟缩蜷曲如豆如谷之状，而'渺沧海之一粟'了"（《文有不通而可爱》）。此类鉴赏评析在韩羽书中比比皆是。

陈丹青在《笑谈大先生》一文中，说鲁迅先生有两个特点，一是好看，二是好玩。其实，好玩就是真性情，有趣味，懂幽默。韩羽是个有趣的人，也很好玩。

作家铁凝和韩羽在河北画院住过对门，她有过一段非常生动有趣的记述，活画出韩羽的性情特征："韩羽和我是邻居，我管韩羽叫伯伯。我们住在城市的边缘，墙外有农民的菜园，有河坡闲地。晚秋的黄昏，常见韩羽在旷野散步。蹲在闲地上点火玩儿，他眼前的火苗欢乐地舔尽漫坡的荒草。我在房子里，遥望窗外，看见哪儿有火堆，便知哪儿就有韩羽。日子久了，便也相信，一个六十开外还喜欢蹲在野地里玩火儿的人，肯定还会让年轻人妒忌。"（《我画你写——文化人肖像集》）韩羽也有一篇写铁凝的，同样有趣，妙文互见："吾与其父同行，常访其家。与铁识，始自彼戴红领巾时。铁凝幼时似对吾印象不佳，尝曰：曾嗅得吾有一气味。诘之，笑而不答。吾自忖，大约系'牛鬼蛇神'类气味也。后读其小说，其对人物心理之剖辨，愈证其嗅觉之

敏。曾与光耀私议：铁凝八成要成精也。近数年间，叱咤文坛，果如所料。寄语铁凝：吾亦善嗅。”（《记铁凝》）

美术评论家黄苗子说：“谁读了韩羽的画和文，都感到兴趣盎然。”美学家王朝闻说：“韩羽作品之趣，往往出人意料，故其趣也浓。”漫画大师华君武说：“韩羽漫画的民族民间风格，妙趣天成，好似从娘胎里就带出来的。”大家都莫不从韩羽作品中得其趣也。何为“趣”？陶然欣然之乐即为“趣”，“趣”是中国传统美学之一种。明代美学家李贽尝言：“天下文章当以‘趣’为第一。”“趣”的种类繁多，情趣、理趣、事趣、机趣、兴趣、雅趣、别趣、奇趣、意趣、异趣、逸趣、真趣、生趣……古代诗文家关于“趣”的论述多多，不再赘述，其中晚明小品文大家袁中道有一段话好像说今人韩羽似的：“天下之趣，未有不自慧生也。山之玲珑而多态，水之涟漪而多姿，花之生动而多致。此皆天地间一种慧黠之气所成。”好一个“慧黠之气”，说的就是韩羽啊，老顽童之谓也！如此写出来的文章，则生气流宕，玲珑多姿，能不令人陶然欣然，为之莞尔，为之捧腹，为之绝倒！

柯灵和张爱玲

人海茫茫，熙来攘往。在一个时空下，总会有人无缘交集，动如参商，教人生发一丝浩叹和遗憾，譬如鲁迅和郭沫若，两位现代文学巨擘，年龄相差十一岁，却终其一生缘悭一面；而总会有人风云际会，萍水相逢，教人欣喜莫名，譬如李白和杜甫，一个诗仙，一个诗圣，年龄相差也十一岁，却相识相得，曾经共同度过一段同饮同醉、携手同游的美妙时光，给文学史平添了一段佳话。柯灵和张爱玲，一个旷世才子，一个绝世才女，在凄风苦雨腥风血雨的乱世"孤岛"上因文结缘，以文会友，虽时光短暂，却彼此成为两人人生绕不开的一段经历，为后世津津乐道。写到这里，我惊奇地发现，太巧了，两人年龄相差居然也是十一岁！

柯灵1909年生于广州，祖籍浙江绍兴。张爱玲1920年生于上海，祖籍河北丰润。两人的人生交集是在上海，1943年相识，1952年张爱玲离开大陆，飘然远引。两人结识之后在"上海屋檐下"共处十年时光。

一、初识

1943年，上海已全面沦陷。柯灵这位著名的编辑、编剧、作家在日伪的统治下曾经过着颠沛流离、东躲西藏、朝不保夕的日子。他是左翼作家，自然成为敌人“黑名单”上的人物。这年夏天，局势稍稳，柯灵受聘接编了商业杂志《万象》，赖以寄身糊口。柯灵是个敬业负责的编辑，开始寻求作家的支持。这天偶尔翻阅《紫罗兰》杂志，发现了张爱玲的一篇小说《沉香屑——第一炉香》，柯灵像发现“奇迹”一样高兴，尽管他还不知道张爱玲是谁，但张的小说已深深吸引了他，柯灵已迫不及待地想约张爱玲为《万象》写稿了。怎么才能找到她呢？柯灵想请《紫罗兰》老板周瘦鹃从中作伐，周他是认识的，但踌躇再四，觉得这样做不甚妥当，遂作罢。正当柯灵无计可施时，张爱玲却意外地出现了！来到了《万象》杂志编辑部送稿！

“那大概是七月里的一天，张爱玲穿着丝质碎花旗袍，色泽淡雅，也就是当时上海小姐普通的装束，胁下夹着一个报纸包，说有一篇稿子要我看看，那就是随后发表在《万象》上的小说《心经》，还附有她手绘的插图。会见和谈话很简短，却很愉快。谈的什么，已很难回忆，但我当时的心情，至今清清楚楚，那就是喜出望外。虽然是初见，我对她并不陌生，我诚恳地希望她经常为《万象》写稿。”（《遥寄张爱玲》）

这是柯灵和张爱玲二人初识的情形，很有点儿奇遇的意思。一个正在寻找，一个亲自上门，这不是缘分是什么！柯灵回忆当时的心情用了“喜出望外”一词，可见他的激动和兴奋。柯灵写这篇《遥寄张爱玲》岁在1984年，距事发时间已去四十多年，可他仍清晰记得张爱玲的穿着装束，这已充分说明柯灵对此时的情形印象多么深刻。从另一方面讲，张爱玲为什么要把自己的作品亲自送给《万象》？当时，在上海滩文坛，张爱玲只能说是崭露头角、初露锋芒，她还需要“投稿”，或许她选择《万象》是出于对柯灵的欣赏、对《万象》的信任？当事人没有留下文字记述，我们不好妄加揣测。此后，张爱玲又在《万象》杂志发表了小说《琉璃瓦》，连载了小说《连环套》几期后，因为发表了“迅雨”（傅雷）的文章《论张爱玲的小说》对张爱玲小说提出了指责而遭张爱玲“腰斩”，从此张爱玲不再在《万象》上发表作品。但这并未影响柯灵和张爱玲之间的友谊。

张爱玲很快就在上海滩大红大紫，胡兰成甚至评价说：“鲁迅之后有她，她是个伟大的寻求者。”“读她的作品，如同在一架钢琴上行走，每一步都发出音乐。”（《论张爱玲》）她的创作在这样一个特殊时代、特殊环境中旁逸斜出，横空出世，引起各方关注。“出名要趁早呀，来得太晚的话，快乐也不那么痛快。”张爱玲对于少年成名是很有些兴高采烈的。在沦陷区的上海，鱼龙混杂，良莠难分，各色人等如大街上的霓虹灯光怪陆离。日伪为粉饰太平，装点门面，也会故意营造文化“繁荣”的氛围。经常发表张爱玲作品的《杂志》是当时著名的文艺刊物，虽打着纯文艺旗号，后台却是日本人。严肃作家基于这样复杂的背景，对年轻的张爱玲有一丝担心，一旦附逆落水带来的就是万劫不复的千秋骂名，大作家周作人就是如此啊。郑振铎托柯灵给张爱玲带话，希望她多创作，但不要急于发表，小说可由开明书店存起来，稿费照付，等河清海晏时再出版。虽然柯灵感觉不便“交浅言深”，贸然相劝，但正好张爱玲写信来就出书征求他的意见，柯灵就“恳切陈词”了，然而风头正劲的张爱玲是听不进去的，反而主张“趁热打铁”。很快，她的第一部小说集《传奇》出版了，出版者正是《杂志》。

二、相侔

张爱玲在文坛崛起，作为编辑，柯灵慧眼识珠，可以说有“培土”之功，所以深得张爱玲信赖。张爱玲把她的小说《倾城之恋》改编成舞台剧本，因柯灵是上海电影界著名的编剧，于是请柯灵提意见，“过阴历年之前就编起来了，拿去给柯灵先生看。结构太散漫了，末一幕完全不能用，真是感谢柯灵先生的指教，一次一次的改，现在我想是好得多了。”（张爱玲：《走！走到楼上去》）小说和戏剧是完全不同的艺术品种，把小说转换成舞台剧则需要特殊的艺术手段，张爱玲写小说有一支魔力的笔，“写得华彩缤纷，细腻熨帖，引人入胜。但橘逾淮而为枳，小说里精雕细琢的描写，成套聪明俏皮的对话，到了舞台上，却成了多余的奢侈。”（柯灵：《衣带渐宽终不悔——上海沦陷期间戏剧文学管窥》）。张爱玲写小说是高手，但写剧本却还需柯灵这样的编剧高手帮助修改。剧本改好了，最终的目的是在舞台上演出，“若叫我挟着原稿找到各大剧团的经理室里挨户兜售，未尝不是正当的办法，但听说这在中国是行不通的，非得有人从中介绍不可。”（《走！走到楼上去》）柯灵于是成为这中间的“介绍人”，居间奔走。柯灵介绍的剧团老板是周剑云，战前的明星影片公司三巨头之一，在一家餐馆和张爱玲见面。张爱玲已是上海滩的风云人物，穿着自己设计的服装，颇有些惊世骇俗、气场强大，虽然周老板也不是等闲之辈，见多识广，在张爱玲面前竟也有些拘谨。

张爱玲担任编剧的《倾城之恋》在大戏院上演了，导演和演员都是名重一时的名导名演。后来，还拍成了同名电影，这是后话了。事后，柯灵得到了张爱玲馈赠的一件礼物：一段宝蓝色的绸袍料。柯灵拿来做了皮袍面子，还得到了著名电影导演桑弧的夸奖。在我们的印象中，张爱玲是一个特立独行、目无下尘、孤傲清高的人，世俗间的往来酬酢对她来讲不愿做不屑做，除了在爱情面前肯低到尘埃里，她就像庄子里的仙姑一样吸风饮露、不食人间烟火的，但从这件事看，她和柯灵之间的交往，给冷冰冰的人世间注入了一缕温情。

柯灵曾两次被日本宪兵队逮捕，第一次没有遭到严刑拷打，关了几天就释放了。回到家之后，他看到了张爱玲的留言，知道她曾在他受难时慰问过，就立刻回复了一个短笺，寥寥数行，他认为是他记忆中最好的作品之一，可见他在危难之时看到朋友的慰藉是多么激动和珍视，当时的情形我们至今是可以想象得到的。时隔四十年之后，柯灵读胡兰成的《今生今世》，发现了事情的原本真相，书中有这样一段文字："爱玲与外界少往来，惟一次有个朋友被日本宪兵队逮捕，爱玲因《倾城之恋》改编舞台剧上演，曾得他奔走，由我陪同去慰问过他家里，随后我还与日本宪兵说了，要他们可释放则释放。"这不是胡兰成吹大话，作为汪伪政权的重要官员，他是可以做到的。柯灵对胡兰成的人品文品有着清醒的认识，这段记载也可作为他投靠日本人的证据，但对于张爱玲，柯灵还是感激不尽的。

1950年，上海召开第一次文代会，张爱玲应邀出席。"季节是夏天，会场在一个电影院里，记不清是不是有冷气，她坐在后排，旗袍外面罩了件网眼的白绒线衫，使人想起她引用过的苏东坡词句，'高处不胜寒'。那时全国最时髦的装束，是男女一律的蓝布和灰布中山装……张爱玲的打扮，尽管由绚烂归于平淡，比较之下，还是显得很突出。（我也不敢想张爱玲会穿中山装，穿上了又是什么样子）"（《遥寄张爱玲》）张爱玲从穿衣到思想与整个社会完全格格不入了，属于张爱玲的时代已完全结束。尽管主管文艺的领导夏衍思想解放，有雅人之量，也惜才爱才，上海电影剧本创作所成立后，他兼任所长，柯灵任副所长，夏衍有意邀请张爱玲在所里担任编剧，但有人反对，只好稍待一时。柯灵与张爱玲差点儿成了同事，但历史是不可以假设的，任何事物都有自己的运行轨迹，柯灵和张爱玲是两股道上跑的车，在一个特殊的年代偶有交会，然后就各奔东西了，隔着时空的堤岸两人能够互相欣赏，留下一段温情的记录，就已是张迷和柯粉之福了。

1952年，张爱玲离开大陆，先到中国香港，后到美国，最终客死异乡。

张爱玲一生的创作高峰集中在1943年至1945年间，后来虽偶有作品，但成就稍逊。在这期间，柯灵是张爱玲创作的参与者和见证者，也堪称欣赏者和知音。长期以来，中国主流文学对一些闲适的、非革命的、不体现阶级斗争的作家作品采取摒弃、排斥态度，像胡适、林语堂、梁实秋、钱锺书等而今被尊为大作家大学者的几位都被视为异类，在尊贵的文学殿堂中是没有位置的。而像张爱玲这样的异禀天才，“非我族类其心必异”，不但作品内容非主流，而且发表的园地有日伪嫌疑，还是一个地地道道的“汉奸婆”，至今还有人对此不依不饶，耿耿于怀，所以张爱玲在新中国成立以后长时期湮没无闻便是情理中事了。1984年，河清海晏，坚冰消融，柯灵一篇《遥寄张爱玲》似初春萌芽，似林中响箭，似空谷足音，在海内外引起强烈反响，“张爱玲热”由此发轫。在文中，柯灵视张爱玲为“老友”“知己”，深情款款，温情依依，既回忆了两人交往的来龙去脉，又对张爱玲的作品予以中肯客观的评价。如果说，世上有“张迷”，那么，可以说柯灵就是最大的“张迷”，他不仅把张爱玲的书“大体搜集完全”，连有关张爱玲的研究著作、相关资料都搜集阅读，他自己感慨说：“我自己忝为作家，如果也拥有一位读者——哪怕只是一位，这样对待我的作品，我也心满意足了。”除了《遥寄张爱玲》，柯灵还在《与于青谈张爱玲》《衣带渐宽终不悔》《打开金锁》《张爱玲“畸情小说”赘言》《第三个十年》等多篇文章中论及张爱玲。1995年，张爱玲在美国去世，八十六岁高龄的柯灵在病中写了《悼张爱玲》：“一代才女，从此永诀。广陵散已成绝响，遗音长留人间。爱玲老友，魂兮归来！”

三、公案

如果此文到此结束，柯灵和张爱玲之间的叙述就很完美，成为另一段文坛佳话。可是世间的事情往往并不以人的意志为转移，常常有出人意表者。尤其像张爱玲这样不按常规出牌的怪才，常会做出惊世骇俗的事情，让人挢舌难下，颇费思量。《遥寄张爱玲》发表以后，让张爱玲重新浮出水面，一时间洛阳纸贵，张爱玲再度大红大紫，尤为重要的是，此文在思想上打破了坚冰，一洗泼在张爱玲身上种种腌臜污水，还张爱玲纯粹作家的本来面目。按说，张爱玲对柯灵的“遥寄”应该有所回应，但可惜没有。据说，张爱玲作品在大陆重新出版后，她的姑父李开弟曾提过找柯灵帮忙，张爱玲拒绝了。为什么没有回应？为什么拒绝？没有人知道。

2009年，在张爱玲和柯灵均归于道山后，张爱玲的遗作《小团圆》突然面世。身为张爱玲文学遗产执行人的宋以朗在“前言”中披露了张爱玲的“遗嘱”——“《小团圆》小说要销毁。”张爱玲为什么要销毁这部小说呢？宋以朗还刊载了张爱玲写给他父母的几封信，其中写于1975年11月6日的信这样写道：“《小团圆》是写过去的事，虽然是我一直要写的，胡兰成现在在台湾，让他更得了意，实在犯不着，所以矛盾得厉害，一面补写，别的事上还是心神不属。”这部小说与胡兰成有关系吗？原来，《小团圆》是一部自传体长篇小说，明眼人一眼就可看出，小说中的人物九莉和邵之雍就是以张爱玲和胡兰成为原型的。而小说中的另一个人物荀桦却与柯灵有着惊人的相似度。编辑的身份，九莉去送稿，荀桦被日本宪兵队逮捕，邵之雍给宪兵队说情，之后被释放。

小说中一段描写，成为聚讼纷纭的一个公案。九莉乘电车，半路上遇到荀桦也在车上。

很热络的招呼着，在人丛中挤了过来，吊在藤圈上站在她跟前。

……

荀桦趁着拥挤，忽然用膝盖夹紧了她两只腿。

她向来反对女人打人嘴巴子，因为引人注目，迹近招摇，尤其像这样是熟人，总要稍微隔一会才侧身坐着挪开，就像是不觉得。但是就在那一刹那间，她震了一震，从他膝盖上尝到坐老虎凳的滋味。

她担忧到了站他会一同下车，摆脱不了他。她自己也不大认识路，不要被他发现了那住址。幸而他只笑着点点头，没跟着下车。刚才没什么，甚至于不过是再点醒她一下：汉奸妻，人人可戏。

荀桦调戏或者说性骚扰九莉。这已经非常不堪了。在小说中，荀桦在上海有一妻一女友同居着，乡下还有一个原配，抗战胜利后又统统休掉，另娶一个。显然，对这位荀桦先生作者是十分鄙视的。

索引派往往喜欢对号入座，从小说中找到现实中的原型，于是有人就把荀桦安在了柯灵头上，心理阴暗的人更直接地说柯灵曾骚扰过张爱玲。读过《小团圆》并熟知柯灵的人，的确会产生一个联想，因为荀桦和柯灵的经历有高度的吻合度。那么，张爱玲为什么这么写呢？理由不外乎两种：一、确有此事；二、完全是小说家言，情节完全是虚构的。事情的真相到底如何呢？由于事情发生在两人之间，外人是无法知晓的，又由于张爱玲写的是小说而不是回忆录或自传，更不能由此证实。更关键的是，当事人双方都已故去，无法就此做出解释。但兹事体大，关乎柯灵先生一生的清誉，有必要做一番认真的分析。我认为，这件事情完全是小说家的虚构，理由如下：一、从柯灵和张爱玲两人有关的记述中从来没有发现二人有任何矛盾龃龉之处，是朋友，而非对手，柯灵对张爱玲更是揄扬有加，张爱玲怎么会无故伤害老友呢？对于小说中所谓“汉奸妻，人人可戏”，柯灵却从来没有把张爱玲视为汉奸妻，在《与于青谈张爱玲》一文中特别指出：“冷静地看张胡关系，张不是天真无知的女孩子，当然很难说受骗上当，但她那时毕竟太年轻，最后又受到感情上最冷酷无情的打击，成为恋爱悲剧的主角，却是事实。……希望你特别注意，不要无意中对张有丝毫伤害。张爱玲是我国文坛值得一见的才女，应该着意珍惜。”不允许别人对张爱玲有丝毫伤害的柯灵会做出伤害张爱玲的事吗？二、柯灵在《遥寄张爱玲》中客观指出张爱玲的小说《秧歌》《赤地之恋》是“坏作品”，“致命伤在于虚假，描写的人、事、情、境，全都似是而非，文字也失去作者原有的美。”莫非这些评价惹恼了“家有敝帚享之千金”的张爱玲？当年傅雷写《论张爱玲的小说》有褒有贬，引得张爱玲不快，遂写了《自己的文章》一文加以辩解，应了那句俗话：“老婆是别人的好，文章是自己的好。”柯灵此文写于1984年，《小团圆》虽然1976年就已大体完成了，但张爱玲晚年一直不断修订，1993年还在给编辑的信中说“《小团圆》一定要尽早写完”。所以不排除张爱玲以小说这种形式对柯灵的一种“回应”。当然，这只是一种猜测。但小说就是小说，不能与现实混为一谈。三、张爱玲是个不善交际的人，她的朋友很少，除了炎樱、苏青、姑姑外，在她的散文中几乎看不到其他人的身影，男性朋友就更少。这样或许就可以理解在张爱玲的自传体小说中，她很容易将熟识的人作为原型写进作品。但原型不等于小说人物，这是文学常识。所以，将荀桦和柯灵画上等号，荀桦骚扰九莉，等于柯灵骚扰张爱玲，是完全违反文学常识的。

20世纪30年代冰心曾写过一篇小说《我们太太的客厅》，被指讽喻另一位女作家林徽因，据说，林对号入座十分恼火，让人给冰心捎去山西老陈醋。因为那个时期的北平，林徽因家中每周举行“沙龙”，风流云集，鸿儒谈笑，在北平广为人知，且冰心小说将太太的女儿唤作“彬彬”，而林徽因的女儿小名就叫“冰冰”，还有一个多情的诗人，明眼人一看即知是徐志摩，难怪包括林徽因在内许多人对号入座。但所谓的“客厅”以及客厅女主人自恋的照片，冰心晚年对人说，实际上是指陆小曼。说法不一，这就形成文学史上一个著名的公案。

历史常常吊诡拧巴，想走进一个房间，却打开了另一扇门，播种了龙种却收获了跳蚤。柯灵一生都在为张爱玲张目鼓吹，奖掖扶持，却在故去之后因《小团圆》给两人之间的关系，甚至自己的人生蒙上了一层阴影，甚至形成了一个文坛“公案”，是让人始料不及、惊诧莫名的。

转在弘一法师围墙外面

最早无意中走进弘一法师的精神世界，是在20世纪80年代，电影《城南旧事》有一首插曲《送别》，记忆深刻。

长亭外，古道边，芳草碧连天。晚风拂柳笛声残，夕阳山外山。天之涯，地之角，知交半零落。一觚浊酒尽余欢，今宵别梦寒。

曲子舒缓婉转，歌词优美蕴藉，很有些宋代婉约词的味道。那时还不知道词作者是谁，也没听说过弘一法师的名字。后来读书多了，方知，这首著名的歌词竟出自一位大和尚之手——当然，那时弘一法师还未出家，他的名字还叫李叔同。

弘一法师的一生极尽传奇色彩，他的前半生与后半生反差之大判若两人，令人深思其中不尽的人生况味。胡宅梵云："综观大师之生平，十龄全学圣贤；十二岁至二十，颇类放诞不羁之狂士；二十至三十，力学风流儒雅之文人；三十以后，始渐复其初性焉。"此说不完全准确，但大体仿佛。

弘一法师出生于天津一个富足的盐商之家。他的父亲李世珍是富翁，也是清朝进士，六十八岁生下他，过了四年就撇他而去。虽然缺少父爱，但他一直过着锦衣玉食的生活，家资巨厚，足以让他保持优游卒岁的少爷公子哥习性。少年的李叔同到上海后，同一干文人往来酬酢，走马章台，厮磨金粉，秦楼楚馆消遣，风月场中寄情，还留下缠绵旖旎的风流诗词。到日本留学期间，花钱大方，衣着考究，“高帽子，硬领、硬袖、燕尾服、史的克（即stick，手杖）、尖头皮鞋，加之长身、高鼻，没有脚的眼镜架在鼻梁上，竟活像一个西洋人。”（丰子恺）为演话剧，他制一套戏服花一百多元，对一般普通留日学生来讲，一百元相当于半年的生活费用。在日本，他还娶了一个日本妻子（在天津老家有妻俞氏，育三子），家中雇有保姆，过着上层有钱人的生活。

弘一法师艺术兴趣广泛，善书画，工诗词，喜金石，能篆刻，在中国现代戏剧、油画、音乐等多个方面，他都可谓开创者和先驱。晚弘一法师一岁的鲁迅很喜欢法师书法，从日本朋友内山完造那里间接获得“弘一上人”的一纸字，日记中用了一个“乞得”字样，其恭敬态度由此可见。在日期间，李叔同与欧阳玉倩等人成立了中国第一个话剧团“春柳社”，演出话剧《茶花女》《黑奴吁天录》《热泪》等，在《茶花女》中，李叔同扮演“茶花女”玛格丽特，盈盈细腰，手可掬握，令人惊叹莫名。回国之后在浙江第一师范任教，他教授的主要是音乐钢琴课和美术课，这在当时都是开时代之先河的。著名文艺家丰子恺、曹聚仁、刘质平等都是他培养出来的高足。杭州西湖的湖光山色对李叔同的艺术气息的熏染也非同小可，他经常在西湖中流连泛舟，在给一友的信中做了如此描述：“山色如娥，花光如颊，温风如酒，波纹如绫，才一举手，不觉目酣神醉。山容水态，何异当年袁石公游湖风味！”

李叔同年轻的时候，“异常的孤僻”，脾气很各色。欧阳予倩记述了留日时期的一件事。一次，李叔同与欧阳约好8点钟见面，欧阳住所距那里较远，赶电车耽搁了些时间，到了后，递上名片，不多时，李叔同开了楼窗，对欧阳说："我们约的8点钟，你迟了五分钟，我现在没工夫了，下次再约吧。"欧阳知道李叔同的脾气，只好掉头走了。浙江师范的同事、一生好友夏丏尊回忆了一件事，学生宿舍丢了东西，作为舍监，夏丏尊十分苦恼，李叔同出主意，劝其贴布告以自杀逼小偷自首，但如果小偷不为所动，那只好真自杀"以死殉教育"，夏丏尊认为这招太狠，没有接受。

李叔同年轻时候写过一些慷慨壮丽、雄奇豪放的诗词，如《满江红·民国肇造》："皎皎昆仑，山顶月，有人长啸。看囊底，宝刀如雪，恩仇多少？双手裂开鼷鼠胆，寸金铸出民权脑。算此生不负是男儿，头颅好！// 荆轲墓，咸阳道；聂政死，尸骸暴。尽大江东去，余情还绕，魂魄化成精卫鸟，血花溅作红心草。看从今，一担好山河，英雄造！"这首词填于1912年，距李叔同1918年出家仅有六年。

1918年，三十八岁的李叔同到杭州虎跑寺出家，一个多月后在灵隐寺受比丘戒。至1942年六十二岁圆寂，他的一生庶几被平分成僧俗两个世界，他也奇迹般创造了两个高峰：现代中国文艺先驱李叔同和律宗一代宗师弘一大师。这，的确是一件令人不可思议的事情。

1918年，发生了什么事情？让曾经的风流才子、曾经的公子少爷、曾经的豪放文人毅然断然决然皈依佛门？我试图在国内大背景和弘一法师的个人经历中寻得一点儿蛛丝马迹，但苦苦思索不可得，只好相信大师自己的自述，他有一篇《我在西湖出家的经过》，讲述了出家的过程。这个过程是渐变的，不是突变的。究其故，大抵有如下几个：一、深受马一浮的影响。马一浮，浙江绍兴人，曾留学美日，饱读诗书，学贯中西，是民国时期著名的国学大师，同时又是佛学家，自号"马一佛"，他早年在上海与李叔同相识，在杭州交往频繁，李叔同视其为精神导师。在佛学上，“渐有所悟”，遂“世味日淡，职务多荒”。二、“断食”的因缘。1916年，李叔同在日本一本杂志上看到一篇关于“断食”的文章，说“断食”是身心“更新”的修养方法，自古宗教上的伟人如释迦、耶稣都曾断过食。因李叔同身体一直不好，患神经衰弱、肺结核，还咯血，所以，在这年年底，他跑到清幽之地虎跑寺断食十七天，虎跑寺后来成为他出家的地方，他自己也把此次断食视作他出家的近因。1917年下半年，李叔同开始吃素，房间里有了佛经、佛像，天天烧香，过年他也没回家，而是跑到虎跑寺过年。三、夏丏尊的“敦促”。夏丏尊与李叔同是一生的知交，友谊超乎寻常。1918年春节过后，李叔同皈依三宝，以演音为名，以弘一为号，原本打算以居士身份修行，寄住虎跑寺，暑假后辞去教职。夏丏尊见老友如此，心中寂寥，十分苦闷，有一天，对李叔同说：“这样做居士究竟不彻底。索性做了和尚，倒爽快！”这原本是心中难过的性情之言，却促使李叔同下了最后的决心。几年后，在一个场合，李叔同指着夏丏尊对大家说：“我的出家，大半由于这位夏居士的助缘，此恩永不能忘！”

俗世中的人们往往私心揣度，遁入空门的出家人，肯定是在现实中遭遇重大变故或打击，遂产生幻灭感、绝望感，看破红尘，剃度出家，著名如贾宝玉者即如是。这样的人确也所在多有，但不尽然，有些人完全是机缘巧合，一切随缘，瓜熟蒂落，水到渠成。有人把李叔同出家的原因归于世事板荡，时局混乱，中国知识分子在苦闷中寻求不到出路，精神颓唐，于是，醉心于青灯黄卷；有人归于江南寺庙众多，佛教气息浓郁，儒家的修身与佛教的修行合二为一……这些都是外在的情由，对于李叔同来说，绚烂之极归于平淡，烟雨江南，歌榭楼台，红粉佳人，妻孥家人，都化作了“空”。当了和尚，对别人是“出家”，对他是“回家”，找到了最终的灵魂停泊地。李叔同的父亲李世珍晚年信佛，曾撰一联：“今日方知心是佛，前身安见我非僧。”这话应在儿子李叔同身上，其间似有微妙的因缘。

我在想，作为一个文人，而且曾是一个放诞不羁的文人，李叔同为什么不选择禅宗，而选择律宗？一般来讲，禅宗讲究顿悟，更适合文人修行，饭来即食，觉来即眠，自由度高，而且参禅、谈禅也是件有趣的雅事。而李叔同选择了戒律非常严格的律宗，说白了，就是选择做苦行僧。律宗是佛教的一个派别，以研习和传持戒律而得名，对僧人生活要求持戒严谨，不得稍有违越，因而修习甚难。他之所以选择律宗，是因为，在他看来，近世所以佛门不昌，僧人不严格遵守戒律是一个重要原因。他认为，僧人的道德品行，应该在一般人之上，如果仅与一般人相当，甚至不如俗家人等，社会就难免对佛教徒鄙视。因此，弘一法师精心研习，持戒甚严。他一直保持过午不食的戒律，俗界朋友请他吃饭也非常尊重他这个习惯。穿不过三衣，即使严冬也是如此，所以冬天他的手上经常生有冻疮。

弘一法师有一张照片，穿着一身破旧的袈裟，头上戴着帽子，眼神悲悯、慈祥，给我心灵以强烈的撞击，有一种泫然欲泣的感觉，悲悯情怀油然而生。如果仔细看法师的照片，你会发现，他的衣服几乎都很破旧。一次，他在南普陀寺给青年佛教徒做演讲，第一条就是惜福，以他自己的衣着为例，一双僧鞋穿了十五年还要穿，一把雨伞用了十三年还要用，一条毛巾用了五年还舍不得扔。在他过五十寿辰时，他的学生刘质平在他的房间细细数过他蚊帐上布缝纸糊的洞共有二百多个。夏丏尊曾约弘一到白马湖小住几日，期间弘一的生活境界，让这位老友慨叹不已，“在他，世间竟没有不好的东西，一切都好，小旅馆好，统舱好，挂褡好，粉破的席子好，破旧的毛巾好，白菜好，莱菔好，咸苦的蔬菜好，跑路好，什么都有味，什么都了不得。”安泰、静默、谦和，随遇而安，构成了弘一一贯的生活态度。弘一不仅生活至简至朴，而且对声名地位更是淡如云烟，甚至视为累赘，对达官贵人避而远之。一次去青岛讲律，青岛市市长晚间求见，弘一小声叮嘱他人说：“就说我已睡觉了。”第二天上午市长又来，弘一只写了一张纸条送出去，还是不见。但弘一却有一颗悲悯的菩萨心肠，他每次坐椅子都要将椅子颠一颠，唯恐上面有虫子，不小心将其压死。为了宣讲戒杀护生的教义，他与学生丰子恺合作——丰子恺绘画，弘一撰文——出版了《护生画集》，1929年上海开明书店出版。他经常去开元慈儿院、温陵养老院、晋江平民救济院等这样的慈善机构，给他们说法，安慰他们孤苦的心灵。

弘一精研律宗，著述甚丰，代表作有《四分律比丘戒相表记》《南山律在家备览（略编）》等。研习律宗，苦持苦修，使他成为一位纯粹的和尚，一位真正的僧人，一位德高道深僧俗两界均高山仰止的大师。他被佛门弟子奉为律宗第十一代世祖。现代女子奇才张爱玲，一向清高自许，目无下尘，却对弘一法师如此恭肃：“不要认为我是个高傲的人，我从来不是的，至少，在弘一法师寺院转围墙外面，我是如此的谦卑。”

1942年春天，郭沫若写信请求弘一法书，弘一写《寒山诗》相赠，诗云：“我心似明月，碧潭澄皎洁。无物堪比伦，教我如何说！”上款题“沫若居士澄览”，郭沫若收到后复信致谢，称弘一法师为“澄览大师”。此诗写作距法师圆寂还有几个月时间，可以看作法师对自己一生的自我评价。明月皎洁，碧潭无尘，澄澈如许，光照后人。

1942年10月10日，弘一法师圆寂前三天，写下人生最后四个字：“悲欣交集”，留下偈语般的人生总结，令人玩味不尽。叶圣陶对此解释为：“悲见有情，欣证禅悦。”为众生苦海无边而悲，为修者回头有岸而悦，有大慈悲，有大欢喜，“悲欣交集”，一切的人生况味尽在其中了。10月31日，夏丏尊收到弘一法师的一封挂号信，里面是弘一法师的遗书——两则著名的偈语：

君子之交，其淡如水。执象而求，咫尺千里。

问余何适，廓尔亡言。华枝春满，天心月圆。

何意？不可说，说不得。叶圣陶说：“此境胜美，亦质亦玄。”善哉。此时，只觉得有春风拂过，淡云梳过，清水涤过，花香熏过，明月照过，内心澄澈如一泓碧潭，无痕无尘。

丰子恺在弘一法师圆寂几年后，在厦门佛学会做过一次《我与弘一法师》的讲演，他把人生比喻成三层楼：“一是物质生活，二是精神生活，三是灵魂生活。物质生活就是衣食，精神生活就是学术文艺，灵魂生活就是宗教。”“我们的弘一法师，是一层一层走上去的。弘一法师的‘人生欲’非常之强！他的做人，一定要做得彻底，他早年对母尽孝对妻子尽爱，安住在第一层中。中年专心研究艺术，发挥多方面的天才，便是迁居在二层楼了。强大的‘人生欲’不能使他满足于二层楼，于是爬上三层楼去，做和尚，修净土，研戒律，这是当然的事，毫不足怪的。”在所有的人中，没有谁比丰子恺更懂得他的老师了，他的这番话，是对弘一法师一生最好的诠释。

竹下君子

——我所知道的彭程

在我的作家朋友中，彭程是非常令我敬重的一位。他善良、平和、内敛、儒雅，颇有君子之风，像一个宽厚的兄长，在我的眼中和心里他都是一个追求道德自律和自我完善的人、一个纯粹的人。彭程出生于河北景县，那块土地文化肥沃，曾孕育出大儒巨宿董仲舒，余荫繁茂，泽被后世。我与彭程因为不在一座城市工作，彼此见面不是很多，偶尔打个电话问候一声，聊聊近况，更多的是从某个报刊上面又看到了他的新作，很欣喜地找来拜读，引为一次愉快的享受。我和彭程都属冀南人，有着相似的家庭背景和成长经历，生于乡村，后随父母举家迁到县城上学，再到城市读大学，所以对他的文字常常能从心灵深处产生遇合，荡起涟漪。

我与彭程初识于1992年，那时我们都还不到三十岁，正是激扬文字、高蹈踔厉的年纪，转瞬已是鬓毛染霜、波澜不惊的中年人了。近日，我翻箱倒箧找到几封当年彭程的来信，情景清晰如昨，又恍若前世。“子在川上曰：逝者如斯夫！”由不得让人生发岁月不居、韶光易逝的浩叹！彭程的信札雅意氤氲，言简意赅，文珠意锦，十分的漂亮，文字风格直追晚明小品。从读信我就惊叹这位老兄读书真多，到底是在燕园浸淫过的人，按知名学者陈平原的话说：“北大毕竟是北大。”只可惜，可作小品读的文人尺牍鱼雁如今真成了前尘影事。

有一个有趣的插曲，彭程第一封寄给我的信，凭着印象寄到了邯郸，那时我在邢台教书，他外出回来发现信被退回，上面贴了一个小纸条，写着：查无此人。他就重新给我写了一封信，陈说此事，并自嘲说可以写入“糊涂列传”了。现在想来，如果彭程发现信被退回，一笑置之，觉得我俩没有缘分，不再理会，那我俩的“革命友谊”可能就此被扼杀在摇篮里，此生失之交臂了。说到底，彭程是个认真的人，负责任的人，那时我只不过是一个小城市籍籍无名的教书先生，他则是首都一家赫赫有名的大报的编辑，地位身份完全不对称，他不理睬也无话可说。但彭程不是那种趾高便气扬、得意便猖狂的人，他不仅重新写信，还道歉，还自嘲，所以，彭程给我的第一印象就是此人是一个诚实宽厚的谦谦君子。

与彭程第一次晤面已是六年之后的1998年仲夏。我们共同的朋友伍立杨要从北京远调海南，那一年我也从邢台调到了石家庄供职于一家报社，于是我乘火车专程到北京为立杨送行，这样在人民日报社立杨寓所终于见到了彭程。理着小平头，方圆脸，鼻梁上架着眼镜，文质彬彬，一副20世纪30年代老派文人的样子，话不多，却平和，觉得很容易接近。晚宴是在一家民俗风情风格的饭店进行的，在座的还有祝勇、凸凹、司马南以及八十高龄的《人民日报》著名漫画家方成老。因是长亭送别，气氛有些沉闷，笼罩着一种离愁别绪，大家只是默默喝酒吃菜，都不怎么说话。性格豪爽的司马南见状打破沉默，说：“立杨要走了，你们都是他的好朋友，怎么都不说话呀？让我猜猜，你们应该都是A型血！”果然一报，立杨、彭程、祝勇和我四个人是A型血。其实，作为文人，这种离别场合是最能煽情的，诸如“莫愁前路无知己，天下谁人不识君”呀，“桃花潭水深千尺，不及汪伦送我情”呀之类，大家即可出口成诵，可是大家都不约而同地选择了沉默，“此时无声胜有声”，最真切最深厚的感情是不需要用言语来表达的，说了反而觉得生分，觉得别扭，觉得虚伪，觉得多余。物以类聚，人以群分，这几人能成为好友，彼此引为同调，便不足为怪了。饭后，立杨和彭程把我送到人民日报社招待所办好登记，在房间又闲聊了一会儿，彭程由于距家尚远，先行离去。这次北京之行来去匆匆，与彭程没有深入交谈。由于此前信稿往还已有六年，所以初次见面丝毫没有陌生感，与想象中的完全一样，内敛、理性、平和、儒雅，身上有很浓的书卷气。

这一年的年底，彭程领衔策划主编的“绿阶读书文丛”由河南大象出版社出版，计有五册，作者分别为：凸凹、冉云飞、姜威、彭程和我。彭程倡引“读书随笔”，并在题为“绿满窗前草不除”的总序中对这一文体有着精妙的阐述：“……这样的文字就不会仅仅局限于复述、阐述原书，而是处处结合了作者自己的所感所思，浸润了他的心性魂魄，读后分明会感觉到作者的脉跃。乍看谈论的是人家的书，其实表达的完全是自家心意。再者，和一般的书评不同，它并不担负对书籍作系统评论的任务，而完全从作者的喜好出发，这就使得在写法上大可随意，既可天马行空洋洋洒洒，亦可择其一点，不及其余，舒卷自如，有流水行云之妙。另外，它的清醒的文体意识，对语言的强调，也使其避免了‘言之无文，行之不远’的弊病……”那些年，在散文大热的情景下，读书随笔（亦称书话随笔）作为散文抑或随笔的一个分支，旁逸斜出，摇曳生姿，另辟一道迷人的风景，格外引人瞩目。彭程应该说是20世纪90年代国内这一文体最早的觉悟者和践行者。除了策划主编这一套丛书，彭程的另一个贡献，是他在编辑《光明日报》“读书与出版”时，向读书随笔一体倾斜，骤然增加了版面的文化韵味和可读性，团结归拢了一大批喜好读书随笔的作者。我也算是其中之一吧，《围炉闲话的韵致》《文人与茶》《大学者的家学渊源》《书话之话》等文章都是经彭程之手见报的，其中《围炉闲话的韵致》还被列入当日报纸的一版“导读”，让我大受鼓舞，很是得意了一阵子。后来，《人民日报》书评版编辑王力军给我写信，也约写“书味斋”（栏目）一类的文字，可见此种文体在当时大受欢迎，已蔚成风气。

时隔不到两年，2000年春暖花开的时候，我和彭程实现了第二次晤面。这一次，彭程和凸凹、祝勇哥仨驱车专门来石家庄看我。是彭程亲自驾着他的富康轿车，那时会开车的很少，不比现在，人人皆司机，所以，我觉得很新奇，觉得彭程很了不起。记得读过李敖的文章，记述他喜欢驾车享受风驰电掣的快感，并且在后备厢放满书籍，他这种现代文人的生活方式让我羡煞，充满憧憬，不想我的朋友中就有这样的人！这事让我对彭程的认识又多了一层，这个看似文质彬彬不事张扬的书生，骨子里有很前卫的意识，对新生事物能快速接受并融合到行动中，并非胶柱鼓瑟的冬烘措大可比。在他的散文作品中也可看到他对于中西方文学的兼收与博取，连许多读书人视为畏途的海德格尔、加缪、萨特等西人著述，他都读得津津有味、口齿生香。入夜，在石家庄一家酒店，我邀请了河北青年作家刘向东、刘燕燕等与彭程他们一起喝酒聊天，畅怀尽兴。我注意到，彭程喝酒不多，许是酒量不大，但依他的性格，更主要是节制，可以想见他是一个在任何场合都能很好把握分寸的人。那晚，我与彭程住一房间，天南海北一直聊到深夜，对他的博学有了更深切的体味。给我最深刻的感觉是彭程的谦逊，时至今日，他的地位高了，名气大了，依然如此。他从不盛气凌人牛皮哄哄天下第一舍我其谁，总是人淡如菊气定神闲菩萨低眉清甘自守。在他的散文《十渡夜话》中有一段典型的记述：“我们两个（指彭程和凸凹）的童年田园经历，让20世纪60年代末出生、始终在城市长大的祝勇和周晓枫十分向往，那种认真倾听的神态颇像两个听话的好学生。而在平常，在其他的话题上，他们开阔的视野、丰厚的学识、敏捷的思维，以及量多质佳的作品，一直让我们钦羡不已、自愧不如。”

有一次去北京出差，我第一次到了他的家里，他夫人带着女儿去了同城的娘家，所以没有得见。不知怎么回事，我到如今都清清楚楚记得他曾经给女儿取名贻彤，是一次电话闲聊中他告诉我的，取自《诗经·国风·邶风·静女》：“静女其娈，贻我彤管。彤管有炜，说怿女美。”这包含他对女儿人生美好的祈愿，用作女孩名恰如其分。因为其来有自，所以印象极深，尽管后来因三字都是阳平调，此名未被采用。还记得在《市场报》副刊读过彭程写的记述小女情趣的散文《最喜小儿无赖》，题目典自辛弃疾的词《清平乐·村居》：“最喜小儿无赖，溪头卧剥莲蓬。”“无赖”即顽皮，文章写出了一个年轻父亲的欣悦感受。《钢琴课》一文写道，为给女儿买钢琴，他几乎倾尽了一年的积蓄。2007年第7期《文学界》刊出彭程散文小辑，刊登的几张照片中，就有一张他与女儿在儿童游乐场骑在木马上的照片，让人想起鲁迅的诗句：“无情未必真豪杰，怜子如何不丈夫。知否兴风狂啸者，回眸时看小於菟。”可以想见，彭程在生活中一定是个慈爱的父亲，做他的女儿应该是幸福的。走进他居住的塔式高楼（后终于搬进板楼），十八层，记得房间不是十分宽敞，印象最深的就是满眼皆书，几个大书柜贴墙而立，书桌上也堆放着书籍杂志，一室卷帙，暗香浮动。彭程在圈子里阅读量大是有名的，在他的文章中我们可以感受到那种五步一楼、十步一阁的繁密景致，连一向谦逊的他也坦称“这一点我有把握”。这固然与他的职业有关，但更主要的是源自他的习性，倘若写作与读书二者只能取其一，他更愿选择当一个“纯粹的读者”。在他看来，阅读带给他巨大的幸福感，“浸骨入髓一般透彻”。彭程还让我参观了他的

“笔”——一台电脑和打字机，那时许多文人包括我都还搦管笔耕呢，彭程领先一步使用上了X86，即如他的驾车，总是领风气之先——写到这儿，我又想起20世纪90年代初，彭程曾应邀到改革开放桥头堡深圳办一张新报，尽管“梁园虽好，莫若还家”，干了几个月他还是回到北京，但这些都表明表面看来很安静、沉着的彭程，骨子里一点儿都不保守，反而有着胡适所谓“成功在尝试”的欲望，内心涌动着破隘闯关的冲动。

这点反映在他的散文写作上，他提倡“有难度的写作”。“选择陌生，选择独特，选择新鲜的感受、思索和言说，选择对于昨天的自己的超越——我用‘难度’二字，来概括所有这些目标。”我认为追求“有难度的写作”，应该成为引起散文界警觉的一个共识，或者散文写作者寻求的一个方向目标，因为那些人云亦云、率尔操觚的写作者如恒河沙数，在自鸣得意、孤芳自赏中无谓消耗散文蓬勃的生命。追求“难度”，是自设门槛，唯如此，才有创新和超越，故彭程写得很少，写得很慢，他曾把写作过程喻作女人的“分娩”。——为写出属于自己的夏天，“有两年的时间，我热衷于做一件事情，就是描绘对夏天的感受，记满了一个笔记本。我记录下有关这个季节的许多，晴天和雨天各自的风景，清晨、正午、黄昏和深夜的种种画面。有许多地方，我的探测达到了工笔画般的精细，比如皮肤黏涩的触觉，风中树叶的闪光；比如响晴的日子和云彩淡薄的时辰，光与影呈现哪些变化；比如在烈日暴晒下，槐树和柳树的不同气味。我的感官耐心细致地触摸了季节的全部，从六月初到八月末，从少女的清新到少妇的丰润。”（《急管繁弦·周围》）试问散文作者衮衮诸公，有谁下过这样的苦功？如此认真精细，百炼钢化为绕指柔，一榫一卯不肯凑合，产量岂能很高？——“每一篇都下过不少功夫，题旨的提炼运思再三，在结构的布设、字句的把握、节奏的控制上，也都反复挑选、斟酌、比较，不肯敷衍。”（《追求“有难度的写作”》，《文学界》2007年第7期）正如当代散文大家柯灵先生所谓：“不经过雕琢的文笔，不成其为文学作品，正如未经雕琢的大理石，不能成为雕像。”这种“心源为炉，笔端为炭”锻造成色极高的金粒，岂能很快？所以，彭程虽然写得很少，写得很慢，但一篇是一篇，质量匀整，金黄的谷子地极难看到莠草。数年坚持下来，他也有《红草莓》《镜子和容貌》《漂泊的屋顶》《急管繁弦》等多种散文集问世，收获也并不菲薄。彭程是一个内心细腻、敏感、丰富的人，在他的眼里，散文的最高境界是诗与思的结合，在我看来，彭程是用感性的方式表达他的理性思考，所以，彭程的散文虽然多表达的是些诸如生死、善恶、美丑等理念的东西，但呈现出来的文本并不艰涩和滞重，诗意氤氲，意象丰饶，一派婉然。我为彭程写过两篇评论，《在季节中寻找诗意》《在感性中捕捉生命的意蕴》，我用了“寻找”“捕捉”这样的动态字眼，可能正好揭橥了彭程散文的一种生命情态。彭程曾用西西弗斯来激励自己，仿若推巨石上山，纵然失败，也从不懈怠，周而复始，从头再来，西西弗斯是悲壮的，但用加缪的话说他更是幸福的。

愧对楼肇明先生

忽然想起楼肇明先生。

自1994年年底结识楼肇明先生，二十三年过去，至今缘悭一面。

严格说来，1998年之后联系就中断了，但我在心里一直对先生怀有深深的愧疚，恐怕这种情结一生无法释怀了。岁月的河流不舍昼夜地东去，河床中的那块巨石却一直显露着，无法湮没。

我从箱子里翻出楼先生的来信，共计九封，我一封一封地重新阅读，时间倏忽回到了往日的时光。

1994年末，我接到编辑、作家韩小蕙的来信，说，著名散文理论家楼肇明先生读了我的两篇文章后，十分欣赏，有意认识我，希望我主动给先生写一封信。1992年，散文热刚刚兴起，我在邢台一学校教书，兼任《散文百家》特约编辑，在韩小蕙的鼓励下，共同商议后在刊物开设了一个专栏“散文革新笔谈”，试图推动散文写作的深层次变革。我写了一篇《营构散文大品》发在当年《散文百家》第九期，另一篇《散文走向略论》发在《西北军事文学》四五期合刊“散文专号”，并被《文艺报》“文摘版”头条摘发。我没有想到，这两篇文章引起了楼肇明先生的注意。韩小蕙的来信，让我十分兴奋，马上给先生写了信。很快先生就回信了，洋洋洒洒写了三大张，称结识我是他1994年大收获之一，是岁末最令他高兴的一件事了，称赞我在同龄人中，甚至与年长一辈人相比，最具备搞散文研究的气质、心态和实力。此信让我诚惶诚恐，我当时仅三十岁，初出茅庐，偏安一隅，而先生长我二十六岁，是国内著名学者、顶级专家，能够青眼相加，其幸何极。

从此，鱼雁往返，不曾中辍。先生开始称我为“小刘”，后改称“江滨兄”，我们成了忘年交。先生多次在信中希望有机会“面晤”，至今令我后悔不迭的是，虽然邢台到北京只有三个多小时的车程，我却一直没有进京面聆謦欬。究其原因，一是我性情内向，不善交际，懒于见人，更深层的原因，是内里空虚，没有底气，怕觌面之后，露了底馅，让先生失望，而不见面可以藏拙掩短。现在想来，如果当时我有足够的勇气，当面向先生请教，做先生的私淑弟子，也可能会改变我的命运走向。

但先生并不因此见责，依然鼓励、揄扬、提携。

1995年，楼肇明出版了他的散文集《第十三位使徒》，虽然先生在散文研究方面卓有成就，散文数量却并不多，这是他的第一部散文集。尽管如此，这部书完全体现了他的散文文体论的三个基本论说：复调、悲喜剧和非情境化，把西方审美和东方意境贯穿糅合起来，把散文的知性和诗性结合起来，把中国古代的典雅和现代的自由融合起来，从散文的创新意义和审美境界上说，至今罕有其匹。阅读这部书时我一直处于极度兴奋的状态，“犹如一枚落叶，被强大的飓风裹挟着，悬浮于形而上的天空，随之俯仰，不能自制”，读毕便写了一封长信寄给先生，将我的感受与分析详尽道出。不久，收到了先生的回信。他在信中写道：“你的这封长信，其实是一篇极有境地、拥有自身价值的别具一格的评论。你对散文作家角色定位的理解——存在的质询者和诠释者，你对‘精神家园’两种不同内涵的阐发，你援引卡西尔对古典美学和现代审美不同的分析，这些不仅抓住了我的要害所在（你是在这些基本理论前提下来解读拙著的），故而后面的本体论象征、隐喻等等也就落到理论基石之上了。我希望你能同意将这封信也公之于世，因为你的这基本理论主张，已超越了对一本书的评论，对我们目前的散文界（作家和评论家）也将是一种启迪。关于精神家园一节，则更是超越许多新派理论家了。”“我非常感谢你。我的这一声谢谢包含谢谢上帝的一层涵义在。”我那封信很快在《中华工商时报》发表。由于先生的鼓励，我又将“家园”的思考进一步深入，写成一篇随笔《关于家园》，在《工人日报》“家园”副刊头条发表。

搞文学评论的人大体上都有一个共同的感受，就是评论文章的优劣常跟被评论的作品有关，好的作品常常能够激发评论者的才情和思考，做进一步的深入与延展，有意想不到的收获。我对楼先生的评论如果还有可取之处的话，那也是拜先生的散文文本所赐。一个在散文理论方面卓有建树且能够在创作中完美支撑自己观点的作家是非常稀有的，楼先生的确令我敬佩。

这封被当作评论文章发表的信，让我获得了先生的绝对信任，他对我的提携、揄扬不断加码。他鼓励我在散文理论和散文写作方面双向发力，并把我的几篇散文选入《新生代散文选》；在他与人对谈系列的文章中将我与蔡江珍列为未来可期的新生代评论家；还把我拉入《北京文学》年度排行榜的推选委员会成员之中，那是新时期中国文学最早的排行榜，1998年第一期刊出推选委员会成员名单，皆是重磅的作家、评论家，如白烨、雷达、陈晓明、陈思和、李陀、戴锦华等，小可厕身其间，真有沐猴而冠之感了。先生为让我尽快登堂入室可谓不遗余力。

更重要的信任还在后边，先生要主编一部总结20世纪90年代散文之路的学术著作，名为《繁华及其遮蔽下的贫困》，共分十章，其中

第五章、第六章，先生把撰稿任务分到我的名下，分别论述一批“归来者们”老生代作家的散文和一代中年学人的知性散文。我知道，这对我来讲是一次极为重要的机遇，很好地完成它，中国散文评论界的一颗新星可能就此升起了。

然而，恰在此时，我的命运之船拐了一个弯儿，离开了既有的航道，进入了另一条河流。我离开了邢台的学校，调到了石家庄的省报工作。虽然按照柯灵先生在信中所说，讲堂和报馆都是文化工作，不算改行，但对我来讲，却是人生职场一次重大的位移。

新的工种，陌生的环境，不熟悉的人群，都需要我去适应，而做学问需要安下心来，心无旁骛，显然，先生交给我的任务没有时间也没有心思去完成了。我给先生写信说明了情况，表示有负先生重托，请先生原谅并另找他人完成课题。没有想到，先生在表示理解的同时，仍然坚持让我写其中一章。我只好再次请辞，心乱如麻，如蛇咬噬。在我散文评论事业如朝日喷薄欲出的时候，突然抽身而退，先生的失望可想而知。从此，他不再理我。我写信，寄明信片，一概没有回复。我明白，人生有一扇大门永远对我关闭了，从此，天涯海角，动如参商。

我一点儿都不抱怨先生，内心只有感激，只有愧疚，是我辜负了一位文学前辈对一个年轻后学的殷殷厚望，辜负了一颗热忱的拳拳之心。当然我也并不后悔当初的职业选择，而且，这么多年来我一直保持着敏锐的文学感受，保持着相当数量的阅读，保持着新鲜的文字感觉。人生可能常常如此，想走进一扇门，却进入了另一个房间，该怎样就怎样罢了。

我在百度上搜索过先生的资料，寥寥数语，极简，几近于无。搜他的图片，似乎只有一张年轻时的照片，他好像很少参加社会活动或者作品研讨会之类。以他的社会名望和学术地位，这似乎是不可想象的。我感觉他是寂寞的。读他的信、他的作品、他的理论，我能感知到他是一个特立独行的人、不肯从俗从众的人，有一颗孤独而高贵的灵魂。在文学的荒原上，他踽踽独行，高昂着头颅，上下求索，不盲从，不屈就，不妥协，一任狂风吹乱他的头发，衣袂飘飘，眼神坚定地探究着彼岸的世界。

楼肇明先生1938年生人，今年虚岁八十了，在此，唯有献上我的一瓣心香，默默祝福。

顾炎武的商才

顾炎武是明末清初三大思想家之一，“天下兴亡，匹夫有责”这句在中国妇孺皆知的名言，即源自他的著作《日知录》。原文为“保天下者，匹夫之贱与有责焉耳矣”，经梁启超先生提炼概括，从此腾博众口。但顾炎武为世人所不知的是，他与传统的文人不同，他还是一个具有商业头脑且能力颇强的经营大才。

中国古代社会一贯重农轻商，商人即使拥有大量财富也没有社会地位，为人所鄙薄，明代即有商人不得穿绸缎的律条。文人清高，恃才傲物，更是瞧不起商人，对金钱好像也有仇似的，讽之为“孔方兄”“铜臭”“黄白之物”。《世说新语》里那个王夷甫眼睛挂在脑顶上，以致说钱好像脏了口，称为“阿堵物”。但这些文人同样也让人瞧不起，被称为“措大”“冬烘先生”“腐儒”“书呆子”，顾炎武说得狠：“一为文人，便不足观。”

顾炎武思想的核心观点是“经世致用”，他对文人的清谈、玄学深恶痛绝，对王阳明的“心学”也嗤之以鼻，认为这是误人、误世的学问。顾炎武一生致力于对天下苍生有用的学问，《天下郡国利病书》《日知录》《军制论》《田功论》《钱法论》等，研究的都是“当世之务”，凡赋税田亩、钱币权量、河漕水运、盐铁地理等，无不是最切实际、最接地气的论说。他痛斥明代亡国亡就亡在明代理学脱离实际、空疏抽象、虚无缥缈的清谈上了，“今之所谓理学，禅学也！”认为整天坐在屋子里胡思乱想，于现实毫无裨益。

有经济论说的文人儒生已是十分少见，身体力行者、卓有成就者就更稀世罕有。顾炎武这一点，真乃当今文人之楷模。顾家在当时的昆山是名门望族，家有田产八百亩。三十八岁那年（顺治七年），他被迫剃发，“稍稍去鬓发，改容作商贾”，开始做生意，贩卖绸丝布匹药材。后来他弃家北游，把老家的田产全部典卖，带了一千两银子到了山东章丘。这银两不能总带在身上，不方便也不安全，且时间久了，总有花完的时候，便高息借贷给了当地一个地主。这个地主没有按期归还本息，违约了，经过一场官司，地主被判将一千亩田产做抵押，于是，顾炎武在章丘拥有了自己的良田沃土。一千亩啊，顾炎武成了大财主。他可以种田植树，也可以养禽牧畜，还可以像陶渊明一样采菊东篱，悠然见南山。没有了生存压力，顾炎武能够一心做他的学问，还能秘密从事反清活动。可以想见，如果顾炎武没有经济头脑，也没有经营能力，那么，他的银两花完之后，就只有在他乡靠朋友接济活着，或者穷困潦倒，流浪乞讨，冻馁而死，他的人生理想只有远隔蓬山千万重了。

在章丘生活了二十年，顾炎武后来离开山东，到了山西。他与朋友李因笃等二十余人一起，筹措资金，招募农工，在雁北垦荒。他采取的是“股份制”方式，行之有效地管理和分配。他从南方聘来了能工巧匠，引来水车水磨，教会了农民水利灌溉，并和年轻人一道披荆斩棘，筚路蓝缕。有顾炎武这位经济学家的擘画，贫瘠的土地变成了肥沃的良田，蛮荒之地长出了葱茏茂盛的庄稼。顾炎武的垦荒大获成功，“累之千金”，发了大财。当然，富了的并非他一人。他顾念的是天下苍生。他将江南的丝织设备和技术引进西北，在开矿、发展畜牧业、工商业等方面都提出自己的主张。

在山西他还结识了另一位著名的反清同志、大学者大书法家傅山，两人结下了亲密的友谊。傅山见顾炎武单身一人在外，没人照顾，又没有子嗣，就从中作伐，让顾炎武娶了一个小妾。更重要的是，两人合伙干了一件彪炳中国金融史的大事——创办票号。《清稗类钞》载："相传明季李自成掳巨资败走山西，及死，山西人得其资以设票号。其号中规则极严密，为顾炎武所订，遵行不废，故称雄于商界者二百余年。"梁启超在《清代学术概论》、章太炎在《顾亭林先生轶事》中皆认为票号为顾炎武、傅山所创。谁都知道，有清一代，山西票号掌握着国家的经济命脉。如此说来，顾炎武既会做实业，还懂金融，可称中国近代银行的老祖宗。

顾炎武坚守民族气节，绝不仕清，所以终其一生只是一介布衣，平头百姓。然而他的胸怀廓大，心系天下，"拯斯人于涂炭，为万世开太平，此吾辈之任也。"他被人称为"通儒"，清代经学之祖。他的"经学"，不是空头讲章，不是纯学术理论，关键是"致用"。先己用，后他用，先利己，后利民，理论和实践相结合。当年读《红楼梦》，公子哥贾宝玉厌恶"仕途经济"，斥之为"禄蠹"，因为林黛玉的欣赏，我也清高地点赞，且这样的读者所在多有。而今看来，一个男人既不"仕途"也不"经济"，镇日在女人堆里厮混，岂不是吃闲饭的废物？我们社会不需要贾宝玉式的"百无一用"的所谓清高书生，恰恰缺少的是顾炎武这样的大才通儒。

如好风来自天外

想想看，你有多少年没有收到过信件了？现代化的通信方式完全颠覆了传统，家书、情书都成了明日黄花，只留在人们的记忆里。“洛阳城里见秋风，欲作家书意万重。复恐匆匆说不尽，行人临发又开封。”（张籍）这样深厚绵密的情感如今又该如何寄托呢？近几年古诗文勃兴，有媒体开设诸如“见字如晤”等节目（栏目），意在使书信的倩影重回人们的视野和情感之中。由此，我最近重读了柯灵先生的“书简”，再一次为旧日美好的情怀深深迷醉。

2001年夏天的一天，我收到文汇出版社寄来的《柯灵文集》六卷本。打开包装，看到一纸短笺，上面大意是：遵柯灵先生生前嘱，给您寄去一套《柯灵文集》，请妥收。柯灵先生2000年6月19日辞世，文集一年后出版，他未能在有生之年得见，殊为遗憾。令我没有想到的是，先生生前居然把我这个无名小辈放在心上，使我在他去世后收到他这一份珍贵的礼物。当时我心潮澎湃，泪水模糊了双眼。

更让我没有想到的是，“文集”第六卷是书信集（书简），目录中赫然有一标题——“致刘江滨”！我的心跳一下子有些加快，屏住呼吸，打开第107页，里面收录了先生给我的三封信。第一封是这样写的：

江滨同志：

忽奉手教，并拜读《人民日报》大文，如好风来自天外，感刻之余，不胜惶愧。舞文弄墨数十年，得邀方家谬赏，何其幸哉！

大作隽精，深佩才识，我太老了，又苦于尘网难逃，不能埋头文事。《十里洋场》一曝十寒，一年竟未着一字，倘竟能杀青成书，自当奉呈求教。

率此奉报，藉布微忱，并祝

新年如意，大笔如椽！

柯灵上

1995年1月8日

1994年12月16日，我在《人民日报》发表了一篇评论柯灵先生的文章《文字魅力最迷人》，嗣后，从著名学者林非先生那里得到柯灵先生的通信地址，遂修书一封，并报纸寄至上海他的家中。不久，便收到了他的这封手书。此信后来还收入他的散文集《天意怜幽草》“八尺楼小简（之三）”中，不过收信人的名字皆隐去，用“××同志”代替。我和柯灵先生一共通过几次信，因我当时没有记日记的习惯，已不记得了。“书简”中选录了三封，这第三封信应该是最后一封，1998年2月我从邢台调到石家庄省报工作，给先生写信禀报了这个情况，先生回信说：“知已转移工作岗位。都是文化生涯，不算改行。但报馆与课堂不同，前者天地较广，活动余地较多。”由于工种新换，环境陌生，好长时间没有写作，也与柯灵先生未再联系，直到他去世。

中国古代即把书信称作“尺牍”“尺素”“尺简”“云锦”“鱼

雁”等等，是散文的一种。司马迁的《报任安书》、嵇康的《与山巨源绝交书》、杨恽的《报孙会宗书》等都是其中的名篇，刘勰赞之“志气盘桓，各含殊采；并杼轴乎尺素，抑扬乎寸心”。明代以后，始有书信选集和个人书信集行世。周作人尝谓：“中国尺牍向来好的很多，文章与风趣多能兼具。”称尺牍是“特别有趣味的东西”（《日记与尺牍》）。柯灵在给陈青生所编《“孤岛”作家书信集》作的序中云：“书信的发明无疑是一件大事，因为它不但具有重要的感情价值和实用价值，如果文情并茂，还有文学价值；鸿爪留痕，兼有历史价值。”《柯灵文集》“书简”收录最早的一封信是1938年7月15日致“孤岛”作家孔另境的，最后一封是2000年2月23日致香港作家梁锡华的，离柯灵逝世只有不到四个月。但绝大多数都是改革开放后的信件。从收信人来看，有巴金、冰心、夏衍、钱锺书、阳翰笙、余光中等文学大家，于此，书信的历史价值不言而喻；而更多的是柯灵与一些报刊、出版社编辑、研究专家谈关于文章发表、书籍出版等事宜，以及对一些世事、现象的评骘月旦。这些书信一鳞半爪地呈现出柯灵写作上的心路历程、思想火花，对于柯灵的研究也具有相当的历史价值。由于书信具有私人性、个人性，更客观，更真实，参考价值更高。当然，书信的实用价值是第一位的，在通信尚不发达的时候，写信成为说事述情的主要工具。柯灵的书信，多谈文事、书事、身体状况、日常行状等，从中可以一窥其从改革开放到去世的二十余年间的主要人生轨迹。在这些信中，柯灵对朋友们时常提及的，也是读者最关心的，是他晚年的长篇小说《上海一百年》的写作。然而，文债如山，尘务似海，加上写作难度太大，即便老人曾一度躲到一个专门的写作室埋头写作，最终也只写了第一部《十里洋场》的第一章在《收获》发表，《上海一百年》成为未竟之作，实为憾事。

既然书信可以公开刊布，那么它的文学性、审美性尤为重要，否则，只宜藏之箧中，秘不示人了。柯灵的“书简”正是在文学性、审美性上，大放异彩，如隋侯之珠、和氏之玉，成为现代尺牍之经典精品。这些书信整体给人最深刻的印象是，立体凸现了一个正直、热情、谦逊的主人公形象，简洁凝练的文字中间，跳动着一颗炽热纯净的心灵。他为杂文家周木斋平反，为“与抗战无关论”辩白，为《张爱玲文集》出版居间奔走，并因为稿费问题指斥出版社“比包身工的卖身契还厉害”；他在百忙之中以平实的语言给家乡的小学生写信，鼓励他们好好学习；最让人感动的是，书中收录了柯灵与陆耀琪、蔡彩云夫妇从1979年3月2日至1992年1月3日13年间的通信二十一封，勾勒了一个感人至深的故事。陆耀琪是一名在西安工作的中学教师，在《文学评论》《光明日报》发表过论文，得到柯灵赏识；蔡彩云是苏州农村的赤脚医生，夫妻分居两地。为帮助陆耀琪调回苏州，柯灵四处托人，甚至向中央统战部部长李维汉求助。经过一年多的努力，终于办成。其间的艰难曲折，令人嗟叹。不仅如此，柯灵还几次给蔡彩云寄书，帮助她提高文化水平，缩小与丈夫的差距。我想，如此关怀备至，自家老人也不过如此吧，陆耀琪夫妇何其幸哉！柯灵虽然是一代文学大师，却非常谦逊、低调，信件中经常自谦“贱名”“平生碌碌”，称“涸辙之鲋，不求湖海之大，得西江勺水，优游卒岁”云云。1985年，柯灵家乡绍兴市斗门镇欲给柯灵修建纪念亭，柯灵闻讯“大吃一惊”，7月26日，他一天给当地有关人士写了两封信，坚决制止此事，“无论如何也不能办，必须坚决打消此意。我对党对国家对人民并无什么贡献，对家乡尤未丝毫尽力，写点文章，薄有文名，有什么了不起，值得如此招摇！我感谢你们的好意，但千万不要陷我于荒谬狂悖之境，千万千万！”先生的大师风范、人格境界，与当下某些名利熏心的人相比，真是云泥立判。

日本作家鹤见祐辅在其《论尺牍之今昔》中写道："写信是人生怡乐之一，澄明朗澈的夏月，在嫩叶薰香的书简下，对净几展名笺，淋漓墨迹纵笔挥毫，是赏心的艺术。……一卷之中，总觉珠玉灿然、光辉耀眼。"这样的书简可称风雅有致的美文小品。柯灵书信的魅力也正在于此。"久疏通候，虽蒹葭苍苍，未尝相忘于江湖。去岁兄设帐关外，畅游京华，得讯即电北京中国作协探询行踪，期能南来，闻已渡海返旆，为之怅怅。"（致余光中）"《上海一百年》喧传多年，今始下决心开笔，速度之慢，胜于蜗牛。所写为鸦片战争时代，事非亲历，隔阂重重，能否完篇，殊不可必，而一败涂地，则可预卜也。"（致钱锺书、杨绛）"手示奉悉，相片拜收。年来老境日深，步门不出，偶动登楼之兴，遂有识荆之缘。"（致潘旭澜）……柯灵的散文一向以简洁典雅著称，书信的文字更多地融入文言成分，按照余光中的说法，是在文字的风火炉中炼丹，遣词造句已臻炉火纯青的境界，收放自如，举重若轻，百炼钢化为绕指柔。既赓续了古代尺牍小品的流风余韵，也传达了现代作家的心情词采，别具一番审美趣味，读之令人流连低回，不忍释手。借用他的话，端的是如好风来自天外，叫人醺醺然，栩栩然，无任欢忭、欣快。

如今，这样可视作美文小品的书信如涧边幽兰、空谷足音，已杳不可寻了。不过，也不必太过悲观。手写的书信虽然退出了历史舞台，但微信、短信、电子邮件依然是"信"，我们何不螺蛳壳里做道场，像柯灵先生那样，在有限的文字空间里，巧工精酿，使其飘散出雅致醇美的芳香呢？

狂傲背面是卑微

当今之世最狂傲的文人，大抵首推今春刚辞世的台湾作家李敖。他说，他想佩服谁，就去照镜子；还说，五百年来白话文最好的作家前三名，是李敖李敖李敖。凡狂傲之人，皆有两把刷子，有真本事垫着，所以，对李敖的狂傲，虽然比较稀罕，让素以谦虚为美德的人们不大看得惯，却也只能说老李真性情也。

但当我读了大量的唐代诗人传记之后，竟然发现中唐以前的诗人大多是狂傲之士，自炫、自夸、自矜、自傲是一件稀松平常的事。卢照邻有个名句，“下笔则烟飞云动，落纸则鸾回凤惊”，这是说谁呢？表扬自己呢，牛吧！在我们的印象中，杜甫应该是一个温厚谨重的人，但自夸起来一点也不含糊：“甫昔少年日，早充观国宾。读书破万卷，下笔如有神。赋料扬雄敌，诗看子建亲。”（《奉赠韦左丞丈二十二韵》）韩愈在《上兵部李侍郎书》这样评价自己：“凡自唐虞以来，编简所存，大之为河海，高之为山岳，明之为日月，幽之为鬼神，纤之为珠玑华实，变之为雷霆风雨，奇辞奥旨，靡不通达。”这段话通俗来讲就是，自唐尧虞舜以来凡留存下来的文章，不管怎样的大小明暗细微及变化，无论多么奇怪深奥，没有我不通晓的。还有一个叫员半千的人给武则天的《陈情表》中说，如果让我也七步成文，一定一个字不用改，绝不会比曹植差。请陛下召来天下才子三五千人，与我一同现场考试诗、策、判、笺、表、论等各种文体，限定字数，如果有人比我先交卷，就请陛下砍下我的头，悬挂在都市街头！怎么样？够狂吧。这个员半千，本名余庆，拜师之后深得老师器重，谓之“五百年一贤，足下当之矣”，因此改名半千。他是中国历史上第一个武状元，的确好生了得。

唐代最狂傲之人当然还要属诗仙李白了。年轻时干谒渝州刺史李邕，受到冷遇，李白写了一首《上李邕》予以讥刺：“大鹏一日同风起，扶摇直上九万里。假令风歇时下来，犹能簸却沧溟水。时人见我恒殊调，闻余大言皆冷笑。宣父犹能畏后生，丈夫未可轻年少。”他在《与韩荆州书》中自比毛遂，为“龙蟠凤逸之士”，称自己“心雄万夫”，“请日试万言，倚马可待”，超级自负。“我本楚狂人，凤歌笑孔丘。”“仰天大笑出门去，我辈岂是蓬蒿人。”“安能摧眉折腰事权贵，使我不得开心颜。”这样的诗句更是大家耳熟能详。“天子呼来不上船，自称臣是酒中仙。”虽然出自杜甫笔下，却于李白的个性可谓合榫合卯，堪称知音。至于李白在朝堂之上让太监高力士脱靴、宰相李林甫研墨，尽管只是出自稗官野史，《旧唐书》《新唐书》均无记载，却将李白的狂傲之态呈现到极致，流传甚广，为人津津乐道。

初唐、盛唐时期的文人为何多狂傲？这是大时代环境决定的。一、唐代诗人躬逢盛世，如朝暾初露，生机勃勃，气象万千，个性飞扬，充满着进取的精神，洋溢着文化自觉和自信。加上唐代科举的进士科，诗赋是考试的内容之一，所以，写诗蔚成风气，故形成“唐诗”的一代文化标识。二、唐代的取士制度分科举和荐举两种，但即便是科举，在考试前由王公大臣向主考官推荐也是非常重要的环节，故士子结交权贵，大行干谒，成一时之盛。而干谒除了向公卿大臣提交自己得意的作品（谓之行卷），还要写干谒文。干谒文的基本套路，一是奉承对方德高望重之类，二是介绍自己如何才华横溢，故而希望得到对方的青眼垂顾。尤其是在介绍自己时，为了引起对方重视，不吝夸大其词，即使露出狂傲之态也在所不惜了。三、唐代诗人的确厉害，群星璀璨，大咖云集，锦心绣口，舌灿莲花，他们太有狂傲的资本了。余光中说李白“绣口一吐，就是半个盛唐”，那可不是吹的。

但是，狂傲，只是我们看到的事物的正面，譬如孔雀开屏，我们往往欣赏着它的绚丽多彩，如鲜花怒放般美丽，而往往隐讳或有意忽略它的背面的不堪。事物总是具有两面性，直视、正视它的背面，即使惨淡、难堪，也应该是我们采取的正确态度。

狂傲的背面是什么呢？一个坠崖式的词语——卑微！李白如此骄傲的人也卑微过？是的。李白是唐代写干谒诗、干谒文最多的文人之一，诸如像《与韩荆州书》所云“生不用封万户侯，但愿一识韩荆州”一样，既然干谒权贵，就须得放下身段，态度谦恭，甚至阿谀奉承，大拍马屁。李白本欲“不屈己，不干人”，到头来却“遍干诸侯”“历抵卿相”，仰人鼻息，看人脸色，这里边的辛酸隐痛可以想见得到。在宫中几年，名为翰林供奉，实际上只是皇帝身边的御用文人，只能写出“云想衣裳花想容”这样的艳词丽句，博皇帝贵妃娱乐消遣。看似风光，其实卑微。“安能摧眉折腰事权贵，使我不得开心颜”，正是屡屡“摧眉折腰”得出的愤激之语。李白的超级粉丝杜甫深深理解这位老大哥，“不见李生久，佯狂真可哀。世人皆欲杀，吾意独怜才。”（《不见》）“佯狂”二字，字字惊心，沦肌浃髓。而杜甫的境遇更为不堪，“骑驴十三载，旅食京华春。朝扣富儿门，暮随肥马尘。残杯与冷炙，到处潜悲辛。”在颠沛流离中讨生活，投亲靠友，寄人篱下，今日索点儿米，明天要把薤，几乎没有过过什么好日子。一代文宗韩愈，“文起八代之衰”，开创了散文革命新纪元，何等厉害，但一颗狂傲的心被现实压抑得扭曲变形了，致使他的人品遭到后人的质疑和诟病。据统计，他一共写过十四篇干谒文，汲汲于功名富贵，为达到目的，在权贵面前低三下四，摇尾乞怜，吹捧文字极尽肉麻谄媚，令人赧颜。尤其是他阿谀拍马的李实（《与李尚书书》），是一个坏事做尽、声名狼藉的奸臣，这让韩愈的人格和尊严大为受损。

张爱玲在给胡兰成的一张照片的背面写道："见了他，她变得很低很低，低到尘埃里。但她心里是欢喜的，从尘埃里开出花来。"骄傲如女神一般的张爱玲也有卑微的时候，但她的卑微是在爱情面前的心甘情愿。而唐代诗人的卑微却是现实残酷挤压下的无奈，但凡有路可走，有谁愿意低下高贵的头颅呢？现实的窘迫、人性的复杂，使得多种看似矛盾对立的东西却浑然一体，其实这才是真实的人生。我们往往对光鲜亮丽的一面趋之若鹜，高唱赞歌，而对阴翳不堪的一面有意隐讳闪躲，甚至假装不存在。鲁迅说，真正的猛士要敢于直面惨淡的人生。我们在唐代诗人狂傲的背面看到了卑微，并非有意否定他们的伟大，反而有一种感叹之后血肉相融的理解，毕竟，他们书写了中华文化极其绚烂的一页。

每一页都写着乐观

我说的这个人是唐代诗人刘禹锡，我们刘姓的先祖。再攀附一下，他自称是中山人，中山靖王刘胜的后裔，当然也就是河北人了。

说到古代文人的旷达、洒脱、乐观，我们往往会特别推崇宋代文豪苏东坡，他一生屡遭贬谪，如不系之舟，四处漂泊，却襟怀坦荡，从容达观，微笑着面对一切苦难和困厄。“胜固欣然，败亦可喜”，“九死南荒吾不恨，兹游奇绝冠平生”。人生达到如此境界，着实让后人膜拜。其实，早于苏东坡的唐代诗人刘禹锡，在这一点上与他难分轩轾。而且，刘禹锡还曾是苏东坡的精神老师，八大家之一的曾巩尝谓：“东坡平生诗学刘梦得。”陈师道、张戒等人皆持此论。相较而言，刘禹锡比苏东坡少了些圆融、风趣，但更刚硬，更积极，更豁达。白居易谓之“诗豪”，堪称公论。

刘禹锡和韩愈、白居易、柳宗元皆属中唐诗人，几人年龄相仿，私交甚笃。刘禹锡大器“早”成，一帆风顺，二十二岁第一次参加科举考试即进士及第，随后，博学鸿词科、吏部考试都是一次通过。后入幕杜牧祖父杜佑府中历练，三十四岁即成为朝廷中枢，与王叔文、王伾、柳宗元一起组成永贞革新集团核心，史称“二王刘柳”，端的是书生意气，挥斥方遒，指点江山，激扬文字。可惜，他们的后台老板顺宗皇帝身染重疴，口不能言，被迫禅位，永贞革新仅几个月就流产了。革新集团成员十人惨遭贬谪，风流云散，史称“二王八司马”事件。从此，刘禹锡开始了长达二十三年的外放漂泊生涯。

刘禹锡做朗州司马满十年，终于盼到朝廷下诏回京。回到长安他做的第一件事就是到玄都观赏桃花，并在朋友们的邀请下写了一首诗《元和十年自朗州至京，戏赠看花诸君子》：“紫陌红尘拂面来，无人不道看花回。玄都观里桃千树，尽是刘郎去后栽。”从题目中的“戏赠”字眼到诗的后两句，作品的怨刺意味明显，对当朝新贵充满讥讽和不屑。这下惹出大祸，立即招致政敌的攻讦和构陷。宪宗皇帝本来对永贞革新成员耿耿于怀，召回京不过是为显示政治开明故作姿态而已，这次揪住小辫岂能放过。于是，刘禹锡二月回京，次年三月就再度被赶出京城，到遥远的岭南做连州刺史。有意思的是，十三年之后，几经辗转折腾，皇帝也换了好几任，刘禹锡再度应诏回京。这次他做的第一件事，还是到玄都观，写下《再游玄都观》：“百亩庭中半是苔，桃花净尽菜花开。种桃道士归何处，前度刘郎今又来！”庭院废了，桃花没了，种桃的道士不知踪影，哈，我老刘又回来啦！这真算是摽上劲了。这首诗简直就是一纸宣言书，一位不屈、坚韧的斗士形象呼之欲出。如果说，前一首诗还重在发泄怨愤，后一首诗则宣示了胜利者的傲岸。你不是拿我的桃花诗做文章吗？我老刘再来一首，看你咋样？刘禹锡的骨头真不是一般的硬！

人生历经磨难之后，不同的人有不同的表现，或愁苦不堪，或一蹶不振，或自我了断，刘禹锡却是越挫越勇，不减其志。在一次宴席上，白居易为刘禹锡的境遇深感悲愤，当即以箸击盘，赋诗一首：“……举眼风光长寂寞，满朝官职独蹉跎。亦知合被才名折，二十三年折太多。”（《醉赠刘二十八使君》）古人云：峣峣者易折，皦皦者易污。

即使知晓才名卓荦的人容易遭受磨难，不过，你被折磨了达二十三年之久啊，也太多了吧！刘禹锡的回答却一扫愁闷，尽显昂扬豪迈：“沉舟侧畔千帆过，病树前头万木春。今日听君歌一曲，暂凭杯酒长精神。”（《酬乐天扬州初逢席上见赠》）“沉舟侧畔千帆过，病树前头万木春”，这个千古名句就此横空出世。听听这样的诗句，多么让人“长精神”！刘禹锡的目光已不仅仅只盯在自己的身上，一己的悲欢已算不得什么，千帆竞发，万木葱茏，时代巨流滚滚向前，人间事物总还是美好可期的。

这种乐观的人生态度在刘禹锡作品里一以贯之，仿佛黑夜的路灯照亮着人们前行的路。如《秋词》之一这样写道：“自古逢秋悲寂寥，我言秋日胜春朝。晴空一鹤排云上，便引诗情到碧霄。”宋玉有言：“悲哉，秋之为气也。”写秋愁、吟秋悲已成一种文学传统，积习日久，但刘禹锡打破了这个传统，反其道而行之，独出心裁，视秋天胜过春天，激情迸发，豪情满怀，毫无愁闷凄苦之气，读之给人以奋发进取的力量。再如他的《秋声赋》，末尾有这样的句子：“聆朔风而心动，眄天籁而神惊。力将瘁兮足受绁，犹奋迅于秋声。”这与《秋词》的意旨是一脉相承的。我们也可对照一下宋代欧阳修的《秋声赋》，虽然后者更为有名，其境界与气度却大异其趣。再有那篇脍炙人口的《陋室铭》，那种突破物质拘囿、追求心灵至上的精神，如一枚火炬，点燃了无数后世清贫文人的灵魂圣火。“斯是陋室，惟吾德馨！”还有诸如“东边日出西边雨，道是无晴却有晴。”“芳林新叶催陈叶，流水前波让后波。”“千淘万漉虽辛苦，吹尽狂沙始到金。”“请君莫奏前朝曲，听唱新翻杨柳枝。”这些千古传诵的名句都出自刘禹锡笔下，莫不蕴含着满满的正能量。

白居易和刘禹锡同龄，在步入老年之时，他写了一首《咏老赠梦得》："与君俱老也，自问老何如。眼涩夜先卧，头慵朝未梳。有时扶杖出，尽日闭门居。懒照新磨镜，休看小字书。情于故人重，迹共少年疏。唯是闲谈兴，相逢尚有余。"刘禹锡写了一首《酬乐天咏老见示》回赠："人谁不顾老，老去有谁怜？身瘦带频减，发稀冠自偏。废书缘惜眼，多灸为随年。经事还谙事，阅人如阅川。细思皆幸矣，下此便翛然。莫道桑榆晚，为霞尚满天。"两相对比，白居易的诗不免有一些衰颓之气，而刘禹锡却老而弥坚，壮心不已，在他心里即使晚景也依然是美丽的。"莫道桑榆晚，为霞尚满天"，说得多带劲，迄今和曹操的"老骥伏枥，志在千里"一样被诸多老年人当作"座右铭"，成为强大的精神支撑。

刘禹锡活了七十岁，在古代绝对是"古稀"之龄，这是岁月对他乐观人生态度的回报。他历经了八个皇帝，一个个只不过是过眼云烟，而他惯看秋月春风，嘴角抿着笑意留下诸多不朽的璀璨诗文。作为文人，总会有"悲落叶于劲秋，喜柔条于芳春"一般的感时伤怀、睹物思纷，而刘禹锡的神经格外强韧，他的心空总是绮霞满天，生生把中唐的诗写出盛唐的气象，刚劲、豪迈、乐观、进取，放在今天也绝对是励志的典范。"诗豪"之誉，当之无愧。

春花秋月何时了

“春花秋月何时了，往事知多少。小楼昨夜又东风，故国不堪回首月明中。雕栏玉砌应犹在，只是朱颜改。问君能有几多愁？恰似一江春水向东流。”

这首《虞美人》大家耳熟能详，作者是南唐后主李煜。这是他的巅峰之作，也是他的绝命之作。这首词惹恼了宋太宗赵光义，在七夕李煜生日这一天，御赐毒酒牵机药将其鸩杀。

有人这样评价李煜：作为一个皇帝，是一个笑话；作为一个诗人，是一个神话。这话有几分道理，在治国理政方面，李煜绝对是一个不合格的皇帝，但在写诗填词方面，他绝对可以君临天下。当国破家亡、山河破碎的硝烟散去之后，尘归尘，土归土，岁月将曾经的残垣瓦砾打扫得干干净净，不留一点儿痕迹，李煜的词作却千古传诵，至今不绝。唐朝灭亡后，曾经万国来朝傲视寰宇的中华帝国，陷入了五代十国的大分裂、大混乱，“皇帝轮流做，明年到我家”，这些赫赫扬扬粉墨登场的小国寡君，而今，谁能让我们记住他们的名字呢？唯有李煜！

作为亡国之君，都莫不给人留下昏庸无道、荒淫无耻的印象，要不，大好河山怎么就叫你给葬送了呢？三国时期的刘禅，被司马氏俘虏后，依然沉浸在歌舞升平的温柔乡里，居然说出“此间乐，不思蜀”全无心肝的昏话，被永久钉在“乐不思蜀”这句成语的耻辱柱上。南唐倾覆，除了国祚日衰，天下一统大势难遏，与李煜本人的确有太大的干系。这位生于深宫之中、长于妇人之手的公子哥，本来在弟兄中排行老六，继承大宝是轮不着他的，结果，鬼使神差，老天爷替他一一清除了障碍，皇帝不当都不行。然而，这位爷，天生就是一文艺青年啊，精音律，善书画，工诗词，还不是玩个票，串个场，凑个兴，附庸风雅，而是专业的顶级水平。倒是把治理国家弄成了业余，一听大臣奏请国事军情就厌烦，一听谈文论艺就兴奋。对于说出“卧榻之侧岂容他人鼾睡”的雄心勃勃的宋帝赵匡胤，李煜内心充满了畏惧，先是奉宋为正朔，北面称臣，而后去国号，一退再退，退到了墙角。国事蜩螗，风雨飘摇，作为一国之君，李煜采取了典型的鸵鸟政策，闭目塞听，回避屏蔽，毫无作为。他活在虚幻的太平盛世里，每天欢歌曼舞，作诗填词，谈禅论佛，醇酒妇人。他不是昏庸，而是逃避，自我麻醉，苟且偷安，过一日算一日。当金陵城被宋军团团围住时，李煜突然想男人一回，废除大宋年号，与宋军决一死战。但为时已晚矣，最终只能肉袒出降，做了俘虏。

“四十年来家国，三千里地山河。凤阁龙楼连霄汉，玉楼琼枝作烟萝，几曾识干戈。一旦归为臣虏，沈腰潘鬓消磨。最是仓皇辞庙日，教坊犹奏别离歌，垂泪对宫娥。”“家国”一词，近几年十分流行，以前我们更习惯说“国家”。虽然“家国”与“国家”只是颠倒了一下顺序，但从词的结构来说，“国家”是偏正结构，更属意于国，“家国”是联合结构，家与国并重。“家国”一词虽然古已有之，但我们最熟悉的还是李煜这首词。对于封建帝王来讲，家即国，国亡即家破。南唐覆灭，归于臣虏，成为李煜词作的分水岭，所谓国家不幸诗家幸，在李煜身上体现得尤为充分。从此，他丢掉了皇帝的冕旒，却戴上了词帝的桂冠。

“纸上得来终觉浅，绝知此事要躬行。”（陆游）人生不经历大痛苦大磨难就没有大觉悟大智慧，就难以对世界产生深刻乃至终极的体认。做帝王的时候，过着锦衣玉食、骄奢淫逸的日子，李煜的词也是典型花间派的浮艳映丽，一为游戏，二为歌曲。甚至连和小周后偷情都写进词里：“刬袜步香阶，手提金缕鞋。画堂南畔见，一向偎人颤。奴为出来难，教君恣意怜。”（《菩萨蛮》）当然，也有清丽脱俗、意蕴悠长的佳作。“别来春半，触目柔肠断。砌下落梅如雪乱，拂了一身还满。雁来音信无凭，路遥归梦难成。离恨恰如春草，更行更远还生。”（《清平乐》）“辘轳金井梧桐晚，几树惊秋。昼雨新愁，百尺虾须在玉钩。琼窗春断双蛾皱，回首边头。欲寄鳞游，九曲寒波不溯流。”（《采桑子》）这里的愁啊、恨呀，终究是和普通人一样的体验，甚至与“为赋新词强说愁”的少年也庶几不差。然而，随着金陵城破，李煜的梦幻世界亦倏忽破灭了，不是从天上跌落人间，而是直接跌落到地狱，开始了“日夕以泪洗面”的悲惨屈辱生活。面对现实，李煜不再逃避，也逃无可逃，他一遍遍反刍、反思、反省，把一颗心剖出来，在清水里泡，在盐水里泡，在血水里泡。这种痛苦的灵魂撕扯，终于让他的词格脱离了花间的流连，直抵人性的灵府。

王国维先生说：“尼采谓一切文字，余爱以血书者，后主之词，真所谓以血书者也。”又说，与宋徽宗相比，“后主则俨有释迦、基督担荷人类罪恶之意”。这评价是很高了。“帘外雨潺潺，春意阑珊。罗衾不耐五更寒。梦里不知身是客，一晌贪欢。独自莫凭栏，无限江山，别时容易见时难。流水落花春去也，天上人间。”这首《浪淘沙令》和《虞美人》是李煜最为杰出的作品，既明白如话，自然晓畅，又境界阔大，意蕴深沉，不仅写出了独特的个人体验，还写出了人类的共同经验。《虞美人》写春花、春风（东风）、春水，《浪淘沙令》写春意，在世人眼里，春天应该是生机勃发、昂扬快乐的季节，但在诗人眼里，一切都是暗淡的、颓唐的，这样写，既符合个人遭际，又凸显了惊人反差的美学效果。那种物是人非、昨是今非的人生幻灭感，那种流水落花的命运无奈感，那种无法排解、难以释怀的故国情思，都莫不超越了一己的身世感受，打破时空为人类共同所拥有，达到了沦肌浃骨的人性深度。花开花落，月圆月缺，亘古如斯，可是，这里边悄然流逝了几多故事、几多悲欢、几多慨叹！

“春花秋月何时了，往事知多少……”几十年前，邓丽君唱过根据《虞美人》谱成的歌曲，哀哀切切，幽怨动人，让人的心如同有一只小锤悠悠地锤击。至今，我唯一会唱的词歌就是这首李煜的《虞美人》。

血脉乡愁

第 三 辑

D A N G L I Z I G U A M A N S H A N Y A

那乡音里的乡愁

当年妻子医科大学毕业分配到位于冀南平原的平乡县医院，初来乍到，当地的方言听不太懂。一次，一个小病号喊“屙”，妻子告诉小病号家长，你的孩子喊“饿”了，家长闻听嗤嗤直乐，说“屙”是“拉屉屉”，不是“饿”，妻子亦大笑。一个出口，一个进口，完全两拧了。

方言，就是一个地方的语言。经过长年累月积淀下来的特别的口音、言词与表达方式。原汁原味的方言土语是一个地方独有的标识，与普通话语言系统存在些许差异。比如在冀南一带，膝盖说博拉盖，蹲说谷堆，摔个跟头说摔个骨碌子，小偷说小绺，脾气怪说各料，屁股说腚，呕吐说哕，昨天说夜个，馒头说馍馍，油条说馃子，玉米说玉蜀黍，撒谎说说瞎话，炫耀说谝……方言的地域性，趣味性，准确性，生动性，是普通话无法取代的。比如，“圪节”一词，词典上的解释是：① 稻、麦、高粱、竹子等茎上分枝长叶的地方。② 用于长条形东西的一段：这根棍子断成三圪节了。其实，在我们冀南一带，“圪节”还有告一段落的意思。比方说，一人正在割麦子，别人说歇歇吧，他说圪节圪节再歇，意思是说等割到地头再歇，不能撂到半道上。用普通话哪个词可以代替这个意思呢？实在找不到。另外，“圪节”还有正好的意思，如，这活儿做得真圪节，意指严丝合缝、恰到好处。再如，冀南方言“眼气”就是嫉妒的意思，但我觉得“眼气”比“嫉妒”表现力强多了，更加传神。羡慕别人，看在眼里，心里有气，这气眼神都带出来了，多么生动、贴切！记得小时候读过一部小说叫《小砍刀》，作者忘记是谁了，但小说的语言完全是我们冀南地方的话，和课本上不一样，叫我感到十分亲切，也十分震惊，我们这儿的土话咋也能写到书里？

那年看电影《天下无贼》，里边的傻根儿一开腔我就乐了，这小子准是我们那块儿的。后来知道王宝强是邢台南和人，和我们平乡县是邻县。一口地道的原汁原味的家乡话，成就了王宝强。想想看，如果傻根用的是普通话，他的质朴、憨厚、纯洁，他的农村打工者的气息和韵味，还有吗？如果天津快板不用天津话，山东快书不用山东话，河南豫剧不用河南话，东北二人转不用东北话，秦腔不用陕西话，那，这些艺术品种也就不复存在了。文学也如此，有京派、海派，有岭南、黑土地，有山药蛋、荷花淀，等等，强调鲜明的地域色彩，而语言是构成地域色彩的最突出的内核。

我们的母语是汉语，方言是母语的魂，是文化的根。一方水土养一方人，一方人就有一方人的腔调。“阿拉”是上海人，“俄”是陕西人，“老表”是江西人，“人仔”是广东人；东北人喜欢“唠嗑”，四川人爱摆“龙门阵”，北京人乐意“侃大山”……“少小离家老大回，乡音无改鬓毛衰。”不管人生漂泊在何处，寄居在哪里，乡音就是记忆深处的一缕乡愁，一生难以消散。张学良将军生在东北，他祖籍河北大城。一世羁旅天涯，转如飘萍，西安事变后被长期羁押，随着战事在大陆各地辗转，后到台湾，最后终老美国。长达半个世纪的囚禁生活改变了他的许许多多，不变的是一口东北乡音，在夏威夷每每见到大陆拜望他的人都会问：“你是哪疙瘩的？”鲁迅先生生在浙江绍兴，在北京、厦门、上海生活过，有人说他说话“南腔北调”，他自嘲说：“我不会说绵软的苏白，不会打响亮的京腔，不入调，不入流，实在是南腔北调。”据他的学生回忆说，大先生在北京教书说的是普通话，但绍兴口音很浓，用今天的话说是“绍普”或“浙普”。现在一些影视作品，根据角色需要说带有地方口音的普通话，我认为挺好，一不影响观众听懂，二有韵味有特点，三对塑造人物有助益。差异性造就丰富性，地域性造就世界性。

从上学开始，我们就进入了普通话思维，即使朗诵课本用的是家乡口音，但字、词都是“电视”“广播”上的话，离我们日常用语比较遥远。通常，我们为使用的方言土语感到羞愧，羡慕那些说普通话的人，觉得人家很“洋气”。但我们又很鄙视身边熟悉的人说普通话，觉得他们说得不标准，是“拽”，是“撇腔撩调”。很纠结，很矛盾。

我们每一个念过书的人都有写作的经历，谁没有写过作文呀？现在回想一下，其实，写作文是一种模仿，模仿报纸语言，模仿名人语言，模仿名作语言，总之缺乏自己的真情实感，缺乏自己的语言生成。身边的方言土语更是被自觉排斥，认为不登大雅之堂。用“模仿”“舶来”的语言写作，这就是毛主席批评的学生腔了。而这种学生腔，不光是学生才有，许多写作的人也犯这个毛病，没有自己的语言特色，八股腔调，惹人生厌。

真正懂得写作的人是不排斥方言的，包括一些大家名家恰恰善于使用方言增加作品的表现力，呈现独特的语言韵味。换句话说，方言是一个作家的母语，是他与生俱来的“胎记”，是无法抹掉的痕迹。鲁迅的绍兴话，老舍的京味，赵树理的山西腔，周立波的东北调，铁凝的冀中口语，等等，都是趣味十足，活色生香。最近一届茅盾奖获得者金宇澄的作品《繁花》，更是全部由上海话写成，虽然外地读者阅读稍有些障碍，但仍然觉得筋道耐嚼，津津有味。正应了那句话，越是地方的，越是世界的。那年在剧场看越剧《红楼梦》，宝玉哭黛玉那场戏，尽管唱词听不太懂，但被那如泣如诉的旋律和独特韵味的腔调所打动，一时情不自禁，泪洒衣襟。

推广普通话没错，但我担忧方言如同一些老物件一样慢慢消失了。孩子们从小开始学普通话，方言都不会说了。冀南农村的孩子连爹娘都不叫了，改叫爸妈了，所以有人呼吁像保护文化遗产一样保护方言。

人的一生居住地可以有无数个，但家乡只有一个。从你牙牙学语起，家乡的方言土语就像基因一样融入血脉中，成为生命的一个密电码。

乡野上的花朵

小时候，跟着母亲赶年根儿的集，总能听到卖年货的人吆喝：“闺女爱花，小子爱炮，老汉稀罕新毡帽。”人的天性就是如此，所以，农村长大的男孩子对花总是淡漠的，何况花在农村的地位远不如草。花对于农人来说，主要不是作为审美对象，而是作为果实它妈而存在的。乡野上的花朵，是自然的、朴素的、有用的，美不是它的第一选项。因此，我这个曾经的乡村男孩，对花的记忆需要刻意从底片上漂洗。

在北方农村常见的花，是果树的花，杏花、桃花、梨花……开在村庄或田野，在春天一树芬芳，姹紫嫣红，装点得寂寞的乡村分外妖娆，热闹无比。多数村庄都种植着果园，杏园、桃园、梨园……成行成排，花团锦簇。这些果园可是了不起，衍生了文化的渊薮——孔子在杏园设坛讲学，刘关张在桃园结义，唐明皇李隆基在梨园创造了戏曲。这些花虽然生在乡野，并不名贵，却足可登大雅之堂。可谓乡野上最璀璨的花、最文化的花，点燃了一代一代诗人的奇思妙想，留下不可胜数的名句雅词。我的村庄最多的果树是枣树，村北有一大片枣树林，挂果之后生产队还专门安排过我母亲看护挣工分。我家也有许多棵枣树，到了春天，枣树开出了黄色的小花，星星点点的，比米兰稍大一点儿。枣花虽然不起眼，不像杏花桃花梨花那么热烈奔放，但味道香郁，很远就能闻到，十分招蜂引蝶。我们那一带遍植枣树，所以，养蜂人特别多，酿的蜜就叫枣花蜜。我的一个叔伯大哥养过蜂，送给过我们家两罐枣花蜜，齁甜，特好吃。

还有一种花，开在树上，却不是果树，可以当食材，就是槐花（洋槐）。槐花开在盛夏，洁白如雪，香气逼人。槐花可以直接嚼着吃，还可以与面掺搅在一起，做成“苦累”，蒸熟了，拌着蒜汁吃，是一道开胃的美味。老家有许多槐树，摘槐花、吃槐花是小时候常干的事。拿着竹竿，顶端绑一根铁丝，弯成钩，够着槐花，一拧就下来了。如今离开老家几十年了，所幸我所生活的城市依然遍植槐树，使我对槐花的喜欢得以延续。几条街道都以“槐”命名，如槐北路、槐中路、槐安路，每到夏天槐花开到绚烂，空气中都弥漫着甜丝丝的味道，及至槐花纷纷飘落，路面上撒了一层，仿佛老天下了花雨。其实，这片地方原来叫槐底村，三十多年前我上大学时，校园外即为村庄和田野，如此说来，这槐树的根还在乡野，这槐花依然开在乡野之上啊。

除了果树的花，还有瓜蔬的花，更是纯粹为结果而开。如黄瓜、茄子、花生、西红柿、南瓜、山药，等等，这些花毫无美艳之处，像朴素的村姑，淡淡的、素素的、蔫蔫的，一点儿都不招人。谁会注意茄子的花是什么样子？红色的？黄色的？紫色的？这些瓜蔬的开花就像是分娩，更注重的是落花后的果实。现代作家许地山写过著名散文《落花生》，有一句俗话至今我清楚记得：“落花生，落花生，落花果就生。”如果说瓜蔬的花毫不起眼，那么庄稼的花就湮没不闻了。我问过一个农村出来的职员，你知道小麦、玉米、高粱、谷子开花吗？花是啥样的？一下子把他问住了，吭哧半天答不上来。其实不能怪他，这些庄稼给人类贡献的就是活命的粮食，它们从来不以花朵来招摇，默默无闻奉献着人类最需要的东西。庄稼当然是开花的，小麦开花也叫扬花，抽穗之后开出朵朵小白花，似雪似奶酪。玉米的花，开在顶端的穗上，乳白色，是雄花，开在棒子顶端的紫黄色絮絮，是雌花。高粱的花也开在顶端的穗上，有人鄙薄农民称之满脑袋高粱花子，自然不足为训。谷子开花是在夜里，时间很短，只有约两个小时，所以很多人认为谷子不开花。乡野上的花，以庄稼的花为最，最不起眼，也最珍贵。

还有一种花，不得不说，就是棉花。花朵和果实同叫一个名字，且果实不是吃的，这恐怕是植物中独一无二的吧。棉花盛开在深秋，真是苍天悯人，天凉了，人们需要棉衣服了，棉花就开了，就收了。冀南平原是产棉区，待到深秋时节，朵朵棉花像天上的白云，在田野盛放。棉花给予人们的不是美丽，而是温暖，是实实在在的有用。清人马苏臣诗云：“五月棉花秀，八月棉花干；花开天下暖，花落天下寒。”（《棉花》）棉花和粮食一样是农民不可或缺的东西，棉布，棉衣，棉被，棉絮，等等，人们穿的用的，铺的盖的，纺花织布，都是拜棉花所赐。农村长大的孩子，哪一个不是在母亲或奶奶黑夜中嗡嗡嗡的纺车声里入眠的呢？

乡野上有两种可作油料的花开得忒好。一是油菜花，金灿灿，黄澄澄，像一片燃烧的火焰，绚丽，浓烈，壮观，它以群体列阵的方式宣示着它独特的美丽。如果到了婺源，油菜花简直就是兵团级的大阅兵了，美艳不可方物，叫人惊心动魄。一是向日葵，也叫葵花，“长相”很是奇特，花盘奇大，周遭花瓣环绕，颜色也是温暖的黄色，且“朵朵葵花向太阳”，它的脸永远对着太阳笑，太阳在哪里它就转向哪里，故人们又叫它太阳花。

当然，乡村也有供观赏的“没用”的花，常见的一种是“喇叭花”。这种花特别好活，撒一把籽儿在院落潮湿的泥土里，很快就长出了幼苗，到了夏天，齐刷刷地花就开了。因形状像喇叭，所以我们都称之“喇叭花”，多年之后才知道它原来叫蜀葵，太高大上了，像丑小鸭一下子变成白天鹅似的感觉。蜀葵虽然普通、平常，但它很会长，变着法儿开出不同颜色的花朵，像一个乖巧的女儿会讨大人的欢心。讲究一点儿的家庭，在院子窗前种上蜀葵，红的、白的、粉的、黄的，各种颜色的花儿一开，满园芬芳，煞是好看，给庸常的日子平添了几抹色彩，几多亮色。

大地上有许多名贵的花，如牡丹、菊花、兰花、海棠、梅花，等等，它们被称作国色天香，更多生长在宫廷、园林、植物园里，日常专门有园丁侍奉、养护，供人观赏，被文人骚客赋予许多精神的含义，成为美的化身。而乡野上的花朵，土生野长，风吹雨浇，自然舒卷，更多的是羞怯、小巧，几近于无，没有多少美感可言。但是，乡野之上的果树、瓜蔬、庄稼等实实在在奉献出累累果实，成为人类赖以生存的最基本的物质，从而瓜瓞绵绵、繁衍生息。所以，我们实在应该把欣赏赞叹的诗情画意更多地给予乡野上的花朵！

乡野上的生命之歌

人常说城市长大的孩子不懂稼穑，五谷不分，其实，有一个遗憾是没有和昆虫相生相伴，少了乡野之趣，少了自然的灵性。而对于农村长大的孩子来说，昆虫不仅是玩伴，是童年记忆，更是一种难以挥散的文化乡愁。

小孩落生之后，在土地上匍匐爬行，就认识了一种小小的生物：蚂蚁。蚂蚁可以说是世界上最卑微的动物了，有谁关注过它的生存呢？人们常用“蝼蚁草芥”比喻生命的低贱，到了极致。对于孱弱的小孩子来讲，蚂蚁常常成为被凌辱被杀戮的对象。记得小时候，看到蚂蚁排队前行，便粗暴地用树棍儿把它们隔开，或者，一把土把它们埋葬，一泡尿把它们冲得七零八落。更有甚者，用手扯下它们的脑袋，使之顷刻毙命，以此为乐。由此我对《三字经》所云“人之初性本善”这句话是持怀疑态度的。当然，我们还从蚂蚁身上发现了正能量的东西，比如，“蚂蚁搬家”，小小身躯竟能举着数倍于自己重量的物体趑趄前行，让人惊叹它巨大的能量；再比如，“蚂蚁开会”，经常看到蚂蚁成群结队地穿梭往来，是为“蚁聚”，因为微弱，所以抱团。再卑微的生命也有自己的生存之道，你可以弹指间消灭它，却永远不可能打败这个族群。

我家的院子里有数株枣树，每当春天来临，米黄色的小花如繁星点点。枣花虽然微小，却香气扑鼻，引来蜜蜂嗡嗡嘤嘤采蜜忙。蜜蜂通体金黄色，在阳光下煞是好看，十分逗人喜爱。它在花丛中穿梭盘桓，被人们誉为劳动模范。唐代诗人罗隐诗云："不论平地与山尖，无限风光尽被占。采得百花成蜜后，为谁辛苦为谁甜。"没有蜜蜂哪有蜜呢？虽然可爱，蜜蜂却不可亲近，它的尾部有根针，且有毒，农村长大的孩子恐怕没有一个没被蜇过，裸露的肌肤一旦被蜇，立时就会红肿一片，且疼且痒，不过没有危险，一两天就会消肿痊愈。另外两种蜂——黄蜂、马蜂却让人怵惕，"捅了马蜂窝"可不是闹着玩的。

同样一身金黄色的昆虫是蜻蜓，其他颜色的较为少见，它和蝴蝶一样美丽。1973年发大水，在水塘边，我曾仔细观察蜻蜓是怎样从丑陋的幼虫羽化成美丽模样的，像蚕、蛾、蝉等，幼虫时都是光秃秃的只会蠕动的蛹，长了翅膀立马仪态万方、妖娆妩媚了。可见，人之美在于"目"，虫之美在于"翅"，怪不得美丽的天使都生着一双翅膀呢。后来读到"小荷才露尖尖角，早有蜻蜓立上头"的诗句，一幅画面映在脑海，这只蜻蜓兀自活了起来，振翅欲飞。

北方田野上最常见的昆虫是蚂蚱和螳螂，两者都是草绿色，隐藏在草丛中很难被发现。蚂蚱，又叫蝗虫，是有名的害虫。庄稼人最怕闹"蝗灾"，成千上万个蚂蚱像一团绿云，铺天盖地，席卷而来，所过之处，地面上的绿色植物寸毛不剩、片甲不留，有一种末日般的恐怖。农民对付蝗灾的办法一般是水淹、火烧、土埋。小时候最感兴趣的一件事情就是捉蚂蚱，蚂蚱虽小，却很难抓到。它有翅膀能飞，后腿发达，善于跳跃。抓到的蚂蚱除了喂鸡，还可以炸着吃，是一道不错的美味。螳螂却是益虫，与蚂蚱的后腿有劲不同，螳螂的两只前腿像两把刀，且有锯齿，腿的尖端还有钩，所以螳螂又叫刀螂，我们逮它的时候得小心翼翼避开那两把刀，不然手指会被弄破。螳螂的两条前腿举起来像少女作揖，故西方人称之为先知，又叫作祈祷虫，因此，螳螂敢以臂挡车，要不哪来的勇气啊。

蝉、蟋蟀、蝈蝈是昆虫中的三大男歌唱家，因为雄性天然带有发音器，雌性则没有。蝉依附于树，故褐色（在土里为蛹时为土黄色）；蟋蟀隐于夜，故黑色；蝈蝈生活在草丛中，故绿色。大自然很神奇，根据每个生物的生命需要赋予它不同的颜色。这三者中，蝉独领风骚，它在树上就像在舞台上表演，占领着制高点，群蝉合鸣，声势浩大，响彻整个夏天。蟋蟀昼伏夜出，善于在深夜浅唱低吟，宛如舒伯特的《小夜曲》，让人在静静的夜晚安享无边的安宁。母亲、奶奶常常在这个“小夜曲”的伴奏下纺花织布，要不蟋蟀怎么又叫“促织”呢？蟋蟀除了歌唱，还好斗，“斗蛐蛐”从民间斗到宫廷，成为农业文明时代最著名的娱乐项目。蝈蝈体壮声宏，雄霸炎夏的田野。人们用秫秸秆编成蝈蝈笼子，逮住之后，关到笼子里挂到树上养起来，成为蝈蝈的专场演出。

蜘蛛、蚯蚓、瓢虫、蚰蜒、蝲蛄、蝎子……乡野之上的昆虫难以计数，据资料显示，全球已知的昆虫有一百多万种，比所有动物种类加起来都要多。我们的先民最早接触的就是草木兽虫，不管是相生相谐，还是相克相制，皆为大自然之子。即使人类讨厌的苍蝇、蚊子，我们只能想尽办法防范，不可能将其彻底消灭。更多的昆虫成为我们美好的记忆，酿出了文化之蜜。《诗经》三百零五篇，其中有二十来篇写到昆虫，主要集中在风和雅。如《小雅·出车》：“喓喓草虫，趯趯阜螽。未见君子，忧心忡忡。”又如《齐风·鸡鸣》：“匪鸡则鸣，苍蝇之声……虫飞薨薨，甘与子同梦。”有一则关于美人的譬喻则人人耳熟能详了，“手如柔荑，肤如凝脂。领如蝤蛴，齿如瓠犀。螓首蛾眉，巧笑倩兮，美目盼兮。”（《卫风·硕人》）不止《诗经》，各种昆虫的身影跃动在古代诗文的册页中，成为文化典籍中活的标本。诸如“今夜偏知春气暖，虫声新透绿窗纱。”（刘方平）“春蚕到死丝方尽，蜡炬成灰泪始干。”（李商隐）“西陆蝉声唱，南冠客思深。”（骆宾王）“银烛秋光冷画屏，轻罗小扇扑流萤。”（杜牧）……这样的诗句可以信手拈来。而俗语和成语中，昆虫也是不可忽视的角色，如“秋后的蚂蚱——蹦跶不了几天了”，“热锅上的蚂蚁——团团转”，“噤若寒蝉”“飞蛾扑火”“作茧自缚”“蚍蜉撼树”，等等，俯拾皆是。甚至有专吃书籍的虫子叫蠹鱼，世人把痴迷读书的人叫作书虫。

庄子的“庄周梦蝶”具有深在的哲学味道，人虫同体，人虫互构，庄周梦蝶，亦为蝶梦庄周，浑然如一，是为“齐物”。农耕时代，人和昆虫一样生活在乡野之上，朝夕相遇，声气共闻，共同奏响大自然的生命之歌。而今，虽然已是后工业文明时代，那些乡野上的昆虫依然亘古不变地蹦跳着，飞跃着，鸣唱着，皴染出一幅幅具有浓郁原生态气息的人间图画。

那一湾清凌凌的水

我的家乡在冀南平原，缺水。从小见到的是满眼黄土地，晴天时大风一吹黄尘滚滚，鼻子里盈满土腥气。父母给我起“江滨”这个名字，带着对水的渴望。一方水土养一方人，光有土没有水怎么行呢？

其实，我的家乡曾是水乡。因地处漳河湾，故村名湾子。我小的时候村东还尚存一道隆起的大埝，自西向北拐了弯，那是漳河故道，秦末巨鹿之战“破釜沉舟”的故事就发生在这里。想想，那时的河水该有多么波澜壮阔，要不何以载得起这沉厚的历史？一枕水声，该是多么美妙的事情。我的村庄往北二十里，现存“沙丘平台”遗址，据说历史可以上溯到商周。那时此地除了林密草美，鸟兽麋集，更重要的是旁临一泓大湖——大陆泽，与云梦泽齐名。黄河多次改道，曾在我家乡的土地上奔流了六百多年。湖河交错，空气湿润，每一片树叶都是水灵灵的。

然而，这片土地早已成为旱乡。我小时候所看到的水，除了雨水、井水，就是村里的两眼池塘，我们叫作水坑。村中间、村西头，各有一处，约百米长、五十米宽。坑里的水是下雨的积存，但很奇怪，一年四季从不干涸，只是夏季水旺一些，冬天水少一些。池塘边生着大片的芦苇，仿佛柔软的绿竹，随风起伏，芦花摇曳，小鸟在上空啁啾盘旋，给平淡的乡村平添了一份景致。到了夏天，水坑就成了男人和小孩的乐园，打扑腾、捉小鱼、挖泥鳅，女人也常在水坑边沿浆洗衣物，和水里的人们开玩笑，欢声笑语和泼剌剌的水声一起喧哗，庸常的日子有了滋味。最主要的，是这两处水坑沿上都有一眼甜水井，供全村人饮用，每天用扁担挑回家倒进瓮里储存。坑里的水从不干涸，井水就取之不竭，我曾经扒着井沿亲眼看到过井壁四周有水流渗出，仿若泉眼。村里头也有其他的井，但井水苦涩，不能饮用。

地里也有几眼井，人工凿成，井壁用青砖砌就，井口上方架着辘轳，汲水的时候将筲斗放进井中灌满，用力摇动辘轳把提上来倒进垄沟，流入地里。这样一筲一筲地摇，是一件极累人的活儿。而且往井里放筲斗的时候，绳子急速下坠，带动辘轳把快速转动，经常发生人躲闪不及被打得头破血流的事情。汲水如此不易，所以浇灌的都是菜地，西红柿、茄子、黄瓜、白菜、萝卜、油菜，等等，地块一般不大。至于庄稼地，只好靠老天爷帮忙。因此，村里大片的地都荒着，任荆条、扫帚草、苜蓿兀自生长。那时井水浅，十分清冽，即使夏天都透着一股寒气，人们称之为“井拔凉水”，甘甜清爽。

忽然有一天，村里有了机井，人工打井、汲水都成了历史。刚开始抽水是用柴油机，与拖拉机一样，用摇把启动，转，猛转，突——黑烟喷出，嘣嘣嘣机器转动，霎时一股白色的水团从管子哗哗涌出，欢畅地流入干渴的土地。后来，电泵取代了柴油机，电闸一推，水流喷涌。机井增多，遍布田野，使每一块旱地都变成了水浇地，一改“望天收”，人们将庄稼的收成掌握在自己手里。那些野生的荆条、扫帚草、苜蓿被郁郁葱葱的庄稼所代替，产量骤增，加上责任田自种自收，国家又取消了农业税，农民的日子一天天好起来。这些年，家家通上自来水，将扁担送进博物馆。我是挑过水的人，深知一根扁担压在肩头的分量，一趟下来，肩膀硌出血印，两腿如灌铅，汗出如浆，浸透衣裳。现在农村的孩子们大抵也见不到扁担了，更不用吃这种苦头了。

然而，曾几何时地下水的过度开采，使华北地区成了“漏斗”，打一眼井需要几百米深。县域内的河流断流，河道里是各种工业废水。好在这些年“绿水青山”的理念如浩浩春风驱散了阴霾，“望得见山，看得见水，记得住乡愁”慢慢变成了现实。家乡的河道赶跑了黑水废水，清清水流一路欢畅哗哗奔涌。碧水青草，蓝天绿树，干燥的空气多了几分湿润。

前不久，我回老家时特地选择了途经滏阳河的路段，驱车从主路上下来开到河畔，驻足细细观赏。滏阳河发源于邯郸峰峰滏山南麓，故名。它曾经是家乡的一条名河，20世纪50年代还河水滔滔，舟楫繁忙，是到天津的一条重要航运线。如今，滏阳河成了“引黄入冀”工程的主干河道。只见岸堤上竖立着两个公示牌，一个是“市级河长信息公示牌”，一个是“县级河长信息公示牌”，分别注明河道名称、起点终点、河道长度、几级河长的名字、联系电话、河长职责等，其中“治理目标”写得清楚：“污水无直排，水域无障碍，堤岸无损毁，水面无垃圾，沿岸无违建。”可能是枯水季节，河道水流较浅，但清澈见底，水面泛着波纹，缓缓流向远方。岸边绿树掩映，别有一番乡村风光。

景是故乡美，水是家乡甜。家乡的那一湾水，从地下到地上，从远古到今朝，迁转流变，湮没风尘，滋养着一方百姓生生不息。在新的时代，其清凌凌的迷人姿容愈发可期。

大地的果实

星期六，初伏前几天，也是最热的时候，一家人去郊区的一家桃园采摘。这个桃园太难找了，隐匿在田野的最深处，四周全是郁郁葱葱的庄稼地，仅有一条土路通达，几乎刚容一辆车通过，这几天刚下过雨，道路有些泥泞。不管怎样，又是导航，又是电话询问，几经周折，总算到了目的地。

整日在都市中生活，虽然眼前也不乏绿色，但难掩心里的枯寂。真正来到大自然的田野中，那绿色浓得似乎都能滴出水来，心灵有一种从栅栏里放牧原野的疏放之感，不禁想起陶渊明的诗句："久在樊笼里，复得返自然。"夏天是一年中最绿的时候，满世界成为绿色海洋。脚踏在松软潮润的土地上，仿佛有一股真气丝丝缕缕从脚下升起漫盈全身，真的像希腊神话中的安泰俄斯一样顿时活力丰沛。眼中的绿色也皴染了心中的绿色，这是生命的颜色，沉浸其中，深深迷醉。

走进桃林，倏忽变得幽暗，枝柯交叠，密不透风，不一会儿便汗流浃背，溻湿了衣衫。树上的桃子并不太多，可能是被人摘去不少了，地上扔有三三两两腐烂的桃子，空气中有一股甜丝丝的腐朽的味道。还有些桃子在树上长着就已经霉烂了。采摘是一种劳动，劳动就得付出辛苦。这些桃树年头并不长，树身较矮，摘桃容易，但行进在桃林中却需要弯腰躬身，时间不长就腰酸背痛，浑身汗如雨下。我在想，前期的种植、浇灌、管理已是相当辛苦，待收获果实也委实不轻松啊。这样一想，又突然觉得现在的果农很聪明，让城里人自己采摘，然后卖给你，省却了收获的辛劳，坐在地头打着伞，只管过秤收钱，美矣哉！而城里人也不觉得亏，亲手摘下的果实吃在肚子里，便会觉得分外香甜，而且采摘虽然付出辛苦，却别有一番乐趣。

采摘对于我这个农村长大的孩子来说，再熟悉不过了。家中小院就有好几棵枣树，每年还不等枣子红，就开始够着吃了。待红枣缀满了枝头，压弯了树枝，采摘简直就是举手之劳。但家里也仅有枣树。村外有一片杏树，到了夏初红红的黄黄的杏子飘着清香，勾引得人的口水直流。不过，杏树是生产队的，不能随意采摘。家里的自留地种着茄子、黄瓜、西红柿，熟了之后都可以摘下来生吃，但这些果蔬更主要是菜，吃着不过瘾。

说大地是母亲一点儿都不假。自夏徂秋，在这几个月里，大地上结满了种种果实，满足了人们最基本的生存给养。瓜果飘香，五谷丰登，这是人间最美好的季节。我小的时候，20世纪六七十年代，没有现在的孩子那么多可吃的小食品，肯德基啊，麦当劳啊，各种时令水果，想吃什么吃什么，那时只有在庄稼地里想辙。比如，刨山药，刨出来后，根本不洗，也没地方洗，在衣襟上使劲蹭掉泥土，就咔咔啃起来。还有刨花生，因为花生有壳，剥开来吃，很干净。长在地下的果实还有洋姜，也叫鬼子姜，每年在刨的时候，都刨不净，颇有些鬼精灵，在地下到处乱串，所以次年根本不用下种，到时候地上就长出簇簇青苗了。小麦灌完浆，颗粒饱满但还不硬时，采下麦穗放在手掌中，两手挼挲，搓掉皮，鼓唇吹去，搁嘴里大嚼。麦粒将熟未熟，汁液饱满，满口生津，有一股清香，但也很黏，粘牙，并不好吃，大多是吃着玩。另外，还有大豆、玉米、高粱等，但凡能入口的，如过屠门，哪能不大嚼一番呢。

我出生的前几年，是一个大饥馑的年代。各种因素加之自然灾害频仍，大地母亲像被榨干的乳房，干瘪瘪无力提供哺育人类的乳汁，大地一片萧瑟。饥饿像毒蛇厉鬼缠绕，褫夺了人们的生命。庄稼颗粒无收，果树枝头空空荡荡，别说可食用的果实，连树叶树皮野菜都成了果腹的填充物。不尊重自然规律，掠夺式榨取，只能招致上天的惩罚。20世纪70年代末，学校组织我们“忆苦思甜”，煮了一大锅榆钱混合棒子面做的粥，这时候我才知道榆钱还能吃。这榆钱粥喝着有些甜，但透着一股邪味，如果不是老师事先允许带着咸菜，简直难以下咽。可是，这榆钱放在饥馑的年代，却可救命。

水果，菜蔬，粮食，大地上每一样果实，既是大自然的赐予，更是农人辛苦劳作的结果。“锄禾日当午，汗滴禾下土。谁知盘中餐，粒粒皆辛苦。”这首从小就会背的诗真实反映了农耕的艰辛。耘地、选种、育苗、养秧、浇水、施肥、剪杈、掐尖、除草等等，每一道工序都不可省略。农民出身的毛泽东给农事总结出“八字宪法”：土、肥、水、种、密、保、管、工，种田需要科学和智慧。那种撒下种子就坐等收获的行为叫“望天收”，是地道的懒人所为，其结局必然是种瓜得瓜、种豆得豆。我在村里长到十岁左右，后到县城上学，参加过割草、锄地、沤肥等劳动，尽管有一些底子，但成年后几次返乡收秋割麦，还是不堪其累。尤其是割麦子，怕阴天下雨，需要“抢收”，三两天完成。往往天蒙蒙亮就奔赴麦田，到日落西山天都黑了，才收工。这种高强度的劳动一般人是受不了的，反正我每次都要病一场。当然，现在都机械化了，机器承担了繁重的劳动，人被大大解放了。

大地上的事情写进文艺作品，总是美的。辛苦的劳作，化为诗意与田园风光。古代诗人陶渊明、孟浩然被称作田园诗人，他们的文字不是附庸风雅，而是辛勤的汗水挥洒在大地上的印痕，也是大地结出的另一种果实。陶渊明的诗：“种豆南山下，草盛豆苗稀。晨兴理荒秽，带月荷锄归。”（《归园田居》）孟浩然的诗：“不种千株橘，惟资五色瓜。邵平能就我，开径剪蓬麻。”（《南山下与老圃期种瓜》）看啊，这种躬耕田畴的切身体验，使他们的田园诗深入生命的纹路肌理，扣动心灵的脉跳，远非那些驻足观望、无病呻吟的诗文可比。“纸上得来终觉浅，绝知此事要躬行。”陆放翁所言极是。历史上写田园诗的文人骚客不在少数，为什么独陶渊明、孟浩然引为翘楚？就因为他们是诗人，还是劳动者。

当大地上无边的绿野奉献出累累果实的时候，我们应当以敬畏之心感恩上天的赐予，感恩农人的劳作。这感恩也会结出一种果实：幸福，恬然，以善良慈爱的眼眸睇视世界。

农家院里的瓮

自父母先后去世，已与故乡暌离八九年了。尽管每年清明节都回老家到父母坟茔祭拜，但只是在麦苗青青的田野朝着村庄远远瞭上几眼，从没进过村。前些天，也许是有了点儿岁数的缘故，突然想到生我养我的村庄看看。于是便趁着假期有了一次故乡行。

这个冀南平原的小村，变化之大可用“惊奇”二字来形容。临街所有的墙面都粉刷了白灰，整齐划一；原来坑坑洼洼、乱堆着柴火秫秸的街道消失了，代之以平展展的水泥路面，干净整洁；大多房子都是近年新盖的，门楼贴着彩色的瓷砖，漂亮气派，还有数座二层小楼矗立村间，惹人眼目。记忆中的村庄难觅踪影，让人怀疑是否走错了地方。

那天不算太冷，虽然不够晴朗，天上的太阳依然放射着暖意。我去看望堂哥，进了院门，堂哥正坐在屋檐下晒太阳，闭着眼睛听收音机里的京戏，身旁放着小凳，上面有一杯茶正袅袅冒着水汽。我环视一下宽敞的院落，东南角摆放的七八只大瓮，粗粗笨笨的，十分突兀，闯入眼帘。

一番寒暄之后，我指着那些大瓮好奇地问道：“哥，那些大瓮是干啥用的？”堂哥说：“你看看就知道了。”我遂走过去，转了一圈，发现每一只瓮都是空的！这些瓮有的是陶瓷的，有的是水泥的，大小不一，高矮错落，有一只还缺了一个口。我看过之后更疑惑了，说：“咋这些瓮都是空的？没用你放着干啥？”堂哥今年七十多了，当过兵，喜欢看书，脑瓜特别好使，联产承包后曾是多年的产粮大户。他笑呵呵地说：“没用？咋没用？我这些大瓮就是历史的物证，我这个院子就是历史陈列馆。现在这些瓮可是稀罕物了，你去别人家看看，早没了。要不是我坚决阻拦，这些瓮也早让我儿子给砸了。你看那只瓮缺了一个口，就是儿子给砸的。”他也走过来，抚摸着大瓮的边边沿沿，柔柔的，像抚摸着他的婴儿。

作为农村长大的孩子，我理解堂哥对瓮的感情，也了解瓮的过去时。

瓮在农村曾是一件不可或缺的家什，存水、腌菜、储粮是它的三大功用。先说存水。早些年村里没有自来水，用水就得去甜水井或机井上挑，扁担、水筲、水瓮是每家必配的设备。

记得我上大学放寒假，最憷头的就是回村里过年，因为挑水的任务非我莫属，须我“勇挑重担”。本来我家在县城住，父母图过年和乡亲们在一起热闹，非得回村子过不可，这可苦了我的肩膀。我家与村外的水井有一里之遥，家里那只大瓮若吃饱需要六七担水来“喂”，如此六七趟下来，我的肩膀都硌出了血印，肿起来，最后一趟差不多已经是风摆杨柳，双腿打战，几步一歇。这水瓮的水不止管吃饭洗涮用，还有消防的功用，如果失火，即可紧急从瓮里取水灭火，所以，旧时的深宅大院都放着许多水瓮。

次说腌菜。以前到了冬天，每家为解决吃菜问题，除了挖菜窖储存大白菜，就得腌渍一大瓮咸菜，主要是大白菜和白萝卜。另外还腌一些胡萝卜、豆角、芥菜疙瘩、黄瓜、大蒜等，因为量小，多用坛子腌，坛子也即小瓮。腌菜的瓮通常放到院子里，上面盖上木盖儿，再压上石头或砖块，浓郁的咸菜味飘散出来，酸酸的，涩涩的，鼻子有点儿抵触。

等腌制好了之后，可随时从里边捞出来，切切就是一盘菜了。冬天的农村，哪家没有腌菜瓮呢？这些瓮，承载着人们漫长的期待，和大家一起熬着日月，沉浸着虽然齁咸苦涩却也弥足珍贵的人生滋味。

再说储粮。瓮就是家里的粮仓，瓮越大越多就标志着粮食越多。我记得小时候，生产队在麦场上按家按户以工分多少分粮，一堆一堆的，我们家虽然人多，但壮劳力少，每次都分得很少，弄回家倒进瓮里，只到瓮的腰部。一年到头粮食不够吃，只能依靠在外工作的父亲微薄的工资买，我们家是“籴”，别人家是“粜”，打小我就认识了这两个汉字的区别。

改革开放以来，实行联产承包责任制，家家粮食大丰收，原有的瓮显然不够用了，为了省钱，许多农家用水泥砌成瓮。家里有粮，心中不慌，除了上交的公粮，余下一瓮一瓮的粮食成了农民心里的定心丸，腰杆子硬了，笑容挂在脸上，连走路都更显笃定。后来连公粮都不用交了，打下的粮食全部收到自家的瓮里。像堂哥这样，那些瓮就是他勤劳致富的奖励证书，是他光荣岁月的见证，怎舍得毁掉？

瓮除了上述三大功用，还能当“储藏柜”，家里给老人孩子买的点心，剩下的饭食，买来的瓜果等，都可以放到瓮里，既能恒温保存，还能避免老鼠偷吃。老鼠的尖牙利齿能把木柜咬出洞，却对陶瓷和水泥做的瓮一筹莫展。瓮还能当“保险柜”，农家主妇常常把钱用布包好塞到粮食里，至于是哪只瓮，埋有多深，这个秘密除了主人谁能知晓呢？

如今，瓮的这些功用全部成了历史。家家都有自来水，龙头一开哗哗流淌，和城市一样，吃饭、洗衣、如厕全搞定，再也用不着水瓮了。现在可随时吃时令蔬菜，甚至是反季蔬菜，不用大瓮腌菜了，即便喜欢腌菜，也是用瓶瓶罐罐腌一点，讲究精致和品位，只是作为爽口的小菜，谁还把咸菜作为主菜呢？

收麦收秋时节，粮商的联合收割机开到地里，从收割到脱粒一气呵成，一手收粮，一手付钱，粮食根本不用往家搬。农民和城里人一样都吃上了“商品粮”，米呀面呀从农贸市场购买就成。如果说比城里人多了一层方便，就是可以把从田间收获的部分粮食放到面粉厂，用的时候只需扣除加工费就行啦。

瓮，这个傻大笨粗、分量沉重的物件，在今天已基本淡出了现实生活，慢慢从人们的视线里消失了。或许将来再从课本上读到“请君入瓮”“瓮中捉鳖”“瓮牖绳枢”等这些成语的时候，孩子们再也看不到实物了，只能从插图上想象它的模样。我在想，堂哥那些包括被儿子砸了一个口子的瓮，还能保存到几时呢？

乡间天籁

清晨，睡梦中的乡村在公鸡嘹亮的歌唱声中醒来。“一唱雄鸡天下白”，天亮了。公鸡身披彩衣，头顶红冠，神气地踱着方步，顾盼自雄，引颈高歌。雄鸡报晓，是乡间最准时的生物钟，宣布新的一天的到来。

一天之中，乡村不时发出各种天籁之音，谱成自然的生命进行曲，奏响原生态的音符乐章。

麻雀和燕子醒来之后是不甘寂寞的，也来凑热闹。麻雀的窝搭在屋檐下的椽子间，它在房顶、屋檐和树上叽叽喳喳地叫着，短粗的腿，球似的身体，不断地蹦跳和飞来飞去。燕子则栖居在屋内的大梁上，身着燕尾服，绅士般侧着身子飞翔，它的鸣叫先是短促快速，最后余音悠长，比麻雀的叫声更有乐感。

人们最喜欢的是喜鹊的叫声。如果院子里的树上喜鹊登枝，喳喳鸣叫，那一定是要有好事光临了。所以大家称之“喜鹊”啊，它是一种吉祥鸟，“喜鹊登枝”“吉庆有鱼”等都是老百姓爱张贴的民间年画。

如果是初夏，最好听的鸟叫一定是布谷声声了。“布谷布谷”，声音辽远，穿空裂帛，似有若无。很奇怪，至今我只听到过布谷鸟的声音，从来没有见过它的真容，每次听到叫声总是在很远的地方，莫非是“只可远观不可亵玩”保持一份神秘？老家把“布谷布谷”说成“光棍夺锄”，有一个传说：一个女子在地里锄地干活，一个光棍汉垂涎她的美貌，上前夺锄来蛮，姑娘含羞自杀，之后化作布谷鸟，不断诉说“光棍夺锄”的悲惨遭遇，清脆的声音里透着一丝哀怨呢。

盛夏的中午满世界都是蝉的歌声，一声接着一声，独唱合唱，不肯停歇。法国作家法布尔在他的《昆虫记》中写道，蝉是很机警的，如果冲着它去，它会马上停止歌唱，迅疾飞走，但如果与它无关，就是在它旁边放声大炮巨响，它也会照样歌唱不止。法布尔这个观察很仔细，很准确，我们农村出来的孩子对此非常认同。

蝉的声音充斥着整个夏天，像个巨大的音箱，能压过它的声音的只有雷鸣和暴雨了。雷声恐怕是大自然最大的声响，轰隆隆从远边的天际滚来，到了头顶，霹雳咔嚓一声巨响，简直能震破人的耳膜，吓破人的胆子，“惊心动魄”一词用在这里最为合适。暴雨从天而降，它本身没有声音，它的巨大响声来自树叶、芭蕉、屋顶、地面、窗户等物体，就好像琴自身不会发声，需要手指的抚弄和撞击。在雷鸣和暴雨面前，世界所有的声音全部偃旗息鼓，退避三舍，人们虽然有些恐惧和不安，但同时也能躲在室内享受片刻的宁静。

夜幕降临之后，世界陷入了沉寂，一切生命都到了休眠的时候。这时该狗值夜了，“深夜闻犬吠”，汪汪，汪汪，一狗叫，群犬应，连成一片，更加深了夜的幽静。有了狗的守夜，人们会睡得更加安稳。伴随人们安眠的还有蟋蟀的吟唱，这个也叫促织的家伙，善于在深夜里躲在草丛中浅吟低唱，宛如枕边的催眠曲，人们在那连绵不绝的富有节奏的声音中进入梦乡。

当然，一天之中人们听到最曼妙的声音，是母亲唤儿回家的叫声，“宝儿，回家吃饭喽——”这是人间最温暖、最甜蜜、最动人的声音，不是天籁，胜似天籁。

父亲的晚景

在我的眼里，父亲的生命进入晚景，不是他的离休，而是以一次事件或一次场景为标志。

那是我大四放寒假回家，从石家庄坐长途汽车到县城，一下车，我愣了一下，父亲扶着自行车站在那里。天很冷，刮着刺骨的北风，父亲的脸冻得有点儿红，几丝白发（他的头发一直很黑）刺眼地被风撩起，他穿着厚厚的棉衣，身体显得臃肿，微微有些佝偻。这是父亲第一次来车站接我，在我大学将要毕业的时候。我的鼻子有点儿发酸，喉头哽了一下，突然就觉得父亲老了，真的老了。

从小到大，我这个父亲的第六个孩子，感觉到父亲的“慈”实在太少太少了。父亲做县文教局局长十八年，时间太长了，都成了符号性的人物，他似乎一直都在工作、忙碌，对家人对家庭比较漠视，对我这个老幺也不例外。

有一次，在饭桌上我这个小学生正兴高采烈地说着什么，突然两行鼻涕不合时宜地流了出来，父亲立刻厉声呵斥：“把鼻子擦了去！”如当头棒喝，我的兴奋劲立马被闷了回去，乖乖擦了鼻涕，一下子变蔫了，小小的自尊心受到了一次小小的伤害。所以至今记忆深刻。父亲在我眼里是一个严肃、认真，甚至有几分刻板的人，父子间很少交流。父亲是新中国成立前参加工作的老革命了，办了离休手续后，他的心里是否落寞？是否难过？我从未想过，也没感觉他有什么变化。

父亲突然来车站接我，让我“受宠若惊”，时间的刻度蓦然在这里“咔嚓”了一下，我猛然发现，父亲老了。

年老的父亲更像父亲。他开始变得柔和、慈祥，脸上经常挂着笑容。对子女有了牵挂，享受含饴弄孙的快乐。孙子喊他“爷爷”，他响亮地答应着，声音拐着弯，开心地笑。母亲有时出去和一帮老太太玩纸牌，父亲便在家做饭等母亲回来吃，毫无怨言。我工作之后，每次回家，父亲都很高兴，如果时间久了不回来，他会让母亲打电话给我。

离休后的父亲有两大爱好，一是打门球，一是下象棋。我至今弄不懂门球的规则，父母在二哥家住着，家门口往西五十米就是门球场。好多次回老家看见父亲与一伙退休老头在球场打门球，有时，父亲看见了我，就乐呵呵喊道：“不打了，不打了，我家老三回来了。”有老头问：“老刘，你老三回来做啥好吃的？”父亲大声说：“包饺子！”父亲总是大声说话，因为他老年耳聋了。后来我给他买了副助听器，他还是喜欢大声说话，成习惯了。父亲去世的时候，我们把他的门球拍放到他的棺材里，还有戴了多年的上海牌手表。出殡的前夜，在老家村里街头搭的灵棚里守灵，我抚着灵柩，夜深人静，万籁俱寂，仿佛听到那手表还在咔咔走着，不禁泪如雨下。

父亲下象棋有个老棋友老董，县一中的退休教师。这个老董做过脑瘤手术，说话不太利索，但棋下得还是不错的，与父亲旗鼓相当，不遑多让。每隔一天来家一次与父亲下棋，几乎风雨无阻。以前他是父亲的属下，现在就是平起平坐的俩老头，为胜负经常争得面红耳赤。有次我在家，在一旁观战，老董大兵压境，父亲岌岌可危，老董哼起了小曲，拿起车，嘴里说道：“将！”父亲红了脸，一把夺过老董的车，大声说："你玩赖，你家的车能拐弯啊！"老董也不急，仔细一瞧，嘟囔道："啊，串行了。"我在一旁哈哈大笑。有时我也陪父亲下两盘，他似乎依旧把我视作老董，极为认真，锱铢必较。

父亲的晚年是不寂寞的，家里亲人多，我的哥哥姐姐都在县里，每天往来不绝。父亲所在的单位给每位老干部订一报一刊，父亲订了我所在报社办的报纸和一份老年杂志。他耳聋，很少看电视，报纸成了他接触外部世界的主要信息来源。看到有趣的事，他也讲给母亲听。似水流年，日子一天一天这样过着。我从邢台调到石家庄工作以后，依然保持着一个多月回老家探望父母一次，父母老去，离别的日子越来越近，"子欲养而亲不待"，所以，每当时间距离家的日子超过一个月，心里的压力就一点一点累积，以至于魂不守舍，就必须回老家了，立刻！

2002年初冬，父亲因双手得了湿疹来石家庄看病。老家村里院子里种有五六棵枣树，每年会结下几袋子红枣。收获是一件高兴的事，但长时间的晾晒却很麻烦，太阳好的时候弄到房顶摊开，需要不断翻搅。父亲的双手可能就是因此患的病。我看见他的手肿胀着，有的手指肚裂着口子，就觉得心疼。我带他到省四院看了医生，拿了药。父亲不是一个娇气的人，身体若出现不适，能扛着就扛着，一般不去麻烦儿女们。他经常对母亲说，儿女们都有工作，都忙，咱尽量身体好好的，不给孩子们添麻烦。做了一辈子教育工作，父亲的仁义厚道是出了名的，即使对自己的儿女也很客气，从不颐指气使，老子如何如何。这年父亲七十五岁，和老母亲两人一起来的，没让孩子们陪着。令我至今深深遗憾的是，那时我还没有自己的房子，租了两间，比较窄狭，看完病，父母当天就回去了，没能住上一天。次年夏天，我终于拥有了自己宽敞的房子，但是，父亲却永远住不上了。

当年看病回去不到两个月，身体一直不错的父亲突发重病，住院一个星期就永远告别了我们和这个世界。当时，我是无论如何也想不到啊，天有不测风云，人有旦夕祸福，世事无常，徒叹奈何！

父亲的晚景，不是晚开的花，不是西天的霞，更像我们家那棵百年老枣树，虽然树身斑驳，甚至已开裂了，但每年都能悄无声息结出满树的红枣。如今，父亲离开我们已十年了，但仿若那颗老枣树，依然在我们生活中活着，还在结出香甜的红枣。

亲情绵绵无绝期

母亲走丢了。

全家人乱作一团，四处寻找。我心急如焚赶回老家，在茫然无绪中打开电视，正播出一条新闻：一个老太太步行去邢台看望儿孙，走到任县一带不慎落水，被人救起。画面上一个老太太躺在一张席子上，正是母亲！

我急忙赶往任县出事地点，见到母亲躺在席子上，浑身湿漉漉的，我匍匐在母亲身边大喊："娘，娘！"母亲睁开眼，浑浊的目光望着我，摸着我的脸，说："儿啊。"我号啕大哭！

我在哭喊中醒来，原来是做了一个梦，身子还在抽噎不停，我用手摸了一把脸，忘了是否有泪。

母亲离开我们已经五年了，而父亲去世已十二年。这么多年来，我依然时常在梦中与他们相会。俗话说，日有所思夜有所梦，但明明白天并没有想到也并没有提及他们，晚上依然入梦，我惊叹血脉的密码根深蒂固地存在于潜意识中，不停地在夜晚呈现和释放。我感谢有梦境的存在，让已经离世的双亲重新活了回来，一如往日的光景，家常日子，琐碎而又安稳。在梦中我是快乐和幸福的，我不再是失怙失恃的孤儿，依旧可以在父母膝前承欢，甚或可以回到无忧无虑的时代。苏东坡说，人生如梦，其实，我们能分清梦境与现实哪个是真实的哪个是虚幻的？

有时揽镜自照，我发现我越来越像父亲，有时又依稀能看到母亲的面影。仔细想想，他们作为个体生命已经终结了，但不仅依然活在我们儿女的心中、梦中，还活在我们的生命中。他们的生命其实依然在儿女身上延续着。我们身上流着他们的血，长着酷似他们的面容，甚至脾气个性、生活习惯都那样顽固地相似。他们的基因沉淀在我们的身体里，就像庄稼虽然一茬一茬收割，却留下种子，一代又一代地繁衍生息。

我为什么经常梦见父母？是我对他们的怀念，还是他们对我的牵挂？虽然已经阴阳两隔，不在一个世界，但亲情并不因此而戛然中断。时光的一点一滴都储存在我们的生命深处，成为一生的记忆，历久弥新，绵远醇厚。脐带可以剪断，但血脉亲情却不管千里万里，不管阴阳两世都无法阻隔。

父亲去世后，我多么希望母亲能长久地活着。只要她在，哪怕卧床不起，我就有娘，我就不是孤儿。只要有娘，我活到七老八十也是孩子。只要有娘，老家就还是家，家乡就不是故乡。父母是一道生死防火墙，他们在，我们就没病，也不能病，不敢病，没资格病，死的问题就更是无从谈起。如今，他们都不在了，我们似乎一下子暴露在火力之下，再也没有了遮护。父母盛年健壮的时候，他们是子女的天，是遮阴挡雨的大树，是护雏的老母鸡，他们年老体衰了，虽然需要儿女的照顾侍奉，却在心理上依然是一道安全阀。

想想，爹娘都在的时候，那真是一生最快乐幸福的时光。有了自己的小家庭之后，按时回老家，就成了最大的牵挂。每次回家，携妇将雏，大包小包，陪父亲下下象棋，跟母亲一起包饺子，温馨和谐，其乐融融。上有老，下有小，这才是最完整的人生结构，最好的人生岁月。一旦上无老，就意味着你就成了孤儿，或者你就成了老。

作家张洁写过一部长篇散文《世界上最疼我的那个人去了》，是写她母亲的。我理解并赞赏她用“最疼”这个字眼来形容母亲的爱。其实还可以说是父母的爱。在人的或长或短的一生中，有谁最疼你？最爱你？最在乎你？唯有父母。外交家李肇星说，在世人眼中我很丑，可在我母亲眼中我是天下最美的人。孩子永远是父母掌心里的宝。父母为孩子可以吃最多的苦，受最大的罪，甚至以命换命，都无怨无悔，没有任何条件。从呱呱坠地，牙牙学语，到长大成人，成家立业，儿女的身影永远牵系着父母的视线，是一世的牵挂。《诗经》有云：“父兮生我，母兮鞠我。拊我畜我，长我育我。顾我复我，出入腹我。欲报之德，昊天罔极。”诚哉！善哉！

在古代的“五伦”中，除去“君臣”，父（母）子（女）关系是排在第一位的。兄弟可以阋墙，夫妇可以陌路，纵然父子也有反目的极端个例，但父子血脉亲情注定无法取舍，无法割断，无法更易，天荒地老，海枯石烂。

弗洛伊德说，梦是愿望的达成。父母去世这么多年了，我时常梦见他们，反映出我内心深处对他们的绵绵思念。我曾经问过大哥是否也像我一样经常做这样的梦，大哥说不是。在父母的六个孩子中，我是老幺，大哥是老大，我们年龄相差十八岁，也就意味着同是父母所生，大哥与父母共存于世的时间比我多十八年！时间给了我亏欠，于是让梦的形式来补偿，来延续，绵绵不绝。我盼望这样的梦能够长久地做下去，如果有来世，能继续给爹娘当儿子。

怀 亡 父

父亲去世已经一年多了，在他老人家去世一个月的时候，我曾试图写一篇纪念文字，但边写边泪流不止，哽咽不止，无法写下去，只好作罢。

一年多来，我时常想起父亲，尤其是他撒手人寰的那一刻历历在目，让我有一种椎心剜肉般的疼痛。每当此时，我便强迫自己转移注意力，不敢耽想，使得这种想念常常被硬性中断，支离破碎。有时夜梦入怀，猛地醒来，在黑暗中大睁了眼睛，心魂便飘到了老家，踯躅在父亲的坟前，那里的庄稼，那里的青草，在风中摇曳，瑟瑟作响，远处一座寺庙传来追魂的钟磬声，在空中渺渺袅袅，若有若无，若断若续。

在我坐在宽敞的房间，享受着窗外明媚的阳光，再次写这篇文章时，我不禁想起了“子欲养而亲不待”的古话，心中生出无限遗憾的隐痛。在外乡漂泊数年，一直想着等有了自己的家，便把老父老母接来颐养天年，享受天伦之乐，但高楼尚未建起，父亲终于等不及了，带着对生的渴望对死的恐惧，被病魔残忍地剥夺了活着的权利。我的孝想也一下子被无情地击碎了，从此天人永隔，生死两界，思也迢迢，梦也杳杳。

在家中，我是父亲最小的孩子，但做了一辈子教育工作的父亲并不曾溺爱过我。我对父亲最初的记忆，是一个永远难忘的情景：在县里工作的父亲回来了，正在扫院子。每次我从外边玩耍回家，只要看见院子被扫得干干净净，就知道准是爹回来了——父亲是一个爱干净的人。然后是父亲要走了，大门外的过道上，我使劲拽住他的车子后架，嘴里喊着：“我不让你走！我不让你走！”每当此时，父亲便把车子支起来，抚着我的头哄我，说的什么话，已记不得了，只记得他的神情有几分慈爱，还有几分严厉。父亲并不一味地娇惯我。这情景不止一次重复地发生着，在我的脑海中烙下了很深的印痕。那时我跟着母亲与几个姐姐在村里生活，上小学，直到我十岁左右才把家搬到县城。

我是兄弟姐妹中唯一的大学生，所以父亲对我寄予很高的期望。但父亲是一个不善言辞的人，他对子女的爱都藏在心里，并不特别表示出来。那时他主持县里的教育工作，很忙，对家里的事很少理会，每次寒暑假我从学校回来，他只是简单地问问学习的情况，但看得出他是很高兴的。在我上大四的时候，他从岗位上退了下来。放寒假时，我乘长途汽车从省城回到县城，在车站一下车，我的视线里惊愕地发现了父亲的身影，他来接我了！这是我上大学以来的第一次。他微笑着把包放到车子上，动作有些笨拙，有些迟缓，也可能是天气寒冷穿得太厚的缘故。寒风吹散了父亲的头发，虽然依然几乎是一头黑发(直到七十五岁逝去，他的白发仍然不多)，但我忽然感觉到父亲老了，我的心中涌出一丝复杂的况味。

常从认识父亲的人那里听到对他的评价：善良、厚道、仁义、自律。我觉得父亲是当得起这个评价的。他当县教育局局长十八年，家里的日子一直捉襟见肘，不见殷实，记得上了初中我仍然从未穿过一件毛衣；我的哥哥姐姐们没有一个被保送上大学，这对他来说应该是很容易办到的事，我是恢复高考后自己考上的。父亲在他的职位上为人办了许多事，却从未收过礼。一次，一个恢复政策的教师为了表示对我父亲的感谢，用自行车驮了一袋麦子送到我家，我亲眼看见父亲的脸涨得通红，怒气冲冲地斥责那位老师："你这是干什么！"那位老师羞愧难当，扔下东西落荒而逃。那袋麦子后来我父亲托人给那位老师捎了回去。有句话叫"官不打送礼的"，父亲却当面给人难堪，我也很少见他发这么大的脾气。我理解父亲那一代人，他们把人格操守看得比生命都重要。

但父亲有时脾气好得让我都觉得有些懦弱。在我大学放假期间，有一天中午，一家人正围着饭桌吃饭，来了一个教师找父亲办事，父亲边吃饭边给那人解释政策，真叫一个和风细雨。那人絮絮叨叨，没完没了，到后来，见父亲仍然不松口，竟然脸红脖子粗地嚷了起来，父亲仍不急不躁。我正是二十来岁，血气方刚，按捺不住怒火，二话不说，冲上去就提着那人的脖领子往外拽。父亲急忙上前拨开我的手，对那人说，孩子不懂事，你先回去，咱们以后再谈。直到现在我仍然觉得父亲是过于善良了，对有些人是不能一味迁就的。但这可能就是父亲的秉性吧，他终其一生都是宁可委屈了自己，也不让别人受委屈；宁可人负我，我也不负人。

我大学毕业后被分在外地工作，对父母极少恪尽孝道，总是愧疚于心。父母年迈，难免会有些小病小恙，哥哥姐姐怕耽误我工作，都尽量不通知我，使我很少有病床前侍奉汤水的机会。为了弥补孝心，我每次回家除了带些滋补营养品，还要给父母一些钱，但仁义的父亲每次都坚持不要，说我们的小日子也不容易，他的离休金足够他们老两口花的，那决绝的态度像是对一个外人，而不是他的儿子，让我心里十分难受。父母的日子过得非常俭省，平时吃穿也就是讲究温饱而已，房间里一个黑白电视看了十几年，也舍不得换。父亲的眼睛不太好，每当我看到他戴着老花镜坐在沙发上费劲地看电视时，我的心里就很不是滋味。

一次过年回家，我和妻子偷偷跑到街上商店花一千多元买了一台21寸彩电。母亲十分欢喜，父亲却找出钥匙，抖索着手打开抽屉非要拿钱给我，我急得眼里迸出了泪花，带着哭腔说："爹，我常年不守着你们，你就让我尽尽孝心吧！"

父亲离开人世那天，是2002年12月13日，黑色星期五，我永远诅咒这个日子，我从此成了一个没有父亲的人。中国古代"二十四孝"中有一个老莱子七十岁彩衣娱双亲的故事，我是再也没有这种福分了。

今年春节前，我回家探亲，想到父亲坟前跪祭一番，和父亲说说话，痛快地流流眼泪，但被兄嫂劝住了，怕大过年的勾起八十岁老母的伤心，也就作罢。在这篇文章的结尾，我想对天国里的父亲说："爹，儿子想你！"

白　月　亮

正月十五，又是一年。

却没有再出现那轮银白的圆月。天气格外阴冷，纷纷扬扬的雪花在窗外飘洒，有些娇柔地扑打着玻璃。天地间浑然一白，是因了雪的覆盖、雪的映照，而去年那一夜，也是天地间浑然一白，是因了一轮圆月的映照，据报道说，那是五十年来最圆最大最亮的月亮。白月亮，亮如白昼，月色迷人，让所有的中秋明月黯然失色。

那时，我的心里正下着雪，一片一片，如冰冷坚硬的刀片。月亮从村街东口跃上树梢的时候，我一身素缟，满脸忧戚，在村里大街上搭成的灵棚为母亲守丧。

母亲正月十二0点30分离世，享年八十七岁。

过年的时候，我回到母亲身边。母亲住在县城二哥的小院里。刚进家，还没见到母亲，二哥就说，前两天咱娘总是昏睡，没以前精神，可别赶到年下。我的心里一紧，有种不祥的感觉，赶紧进屋走到母亲床边，还好，母亲醒着。我说，娘，你看看我是谁？母亲静静地瞅了我一会儿，说，咦，江滨回来了？赶紧叫你大嫂包饺子。我一看母亲好好的，还能认出我，一颗悬着的心暂时放了下来。

自从2002年父亲去世，母亲像失去伙伴的孤雁，一下子衰老下去。

父亲在的时候，经常给母亲讲报纸上的故事、新闻，替母亲做饭，母亲出去玩纸牌，回来父亲把饭已经做好了。父亲比母亲小五岁，很疼母亲的，老两口拌嘴，都是母亲占上风。母亲脾气火爆，在家一言九鼎，说一不二，孩子们更是不敢违拗。民谚说，老头老婆，秤杆秤砣，谁也离不开谁，虽像小孩一样时常拌嘴吵架，但厮磨了一辈子，依然是相濡以沫、相依为命。老伴儿没了，孩子们再孝顺，仍然无法填补生命深处那个缺口，母亲眼见着老了下去。前年冬天不小心摔了一跤，从此就再没下床走路。当时，我还觉得母亲并无大碍，春暖花开的时候，母亲就可以下床了。但听人说，老人就怕摔，一摔就再也起不来了。果然如此。后来，母亲又患了老年痴呆，连天天在身边的儿女都认不出了。令人奇怪，也令我欣慰的是，我一两个月回一次老家看望母亲，往她床边一站，她就能准确无误地认出我，并高兴地说，江滨回来了？给我买啥好吃的了？

正月初十清晨，大哥给我打电话，说，咱娘看来不好，已昏睡一天了，咋叫也叫不醒，你赶快回来吧。我一听，如兜头一盆冷水浇下来，心突突直跳。咋会这么快？过年时不是好好的吗？在家的那几天，我看着母亲红润光洁的脸膛，满头的白发从根上开始发黑，说话的声音虽然中气不足，但还很洪亮。我用手机给她拍照，闪光灯一闪，她用手挡了一下，说，别照了，愣明！我高声说，老太太，加油啊，咱一定活过九十岁。虽然心里总在回避这一时刻，但这一刻终于还是到来了。

母亲硬撑着，让儿孙们欢欢喜喜过了个安生的年，到底灯干油枯，耗尽了生命的能量，撑不住了，昏睡了三天之后，停止了呼吸，安详地离去。在母亲临终的那一刻，她的眼睛忽然睁开了，努着力，微微半睁着，看着围在身边的儿女们，浑浊而无力，嘴巴嚅动着，想要说什么，而又无力说出。我急忙高喊：娘，你想说什么？你不用怕，我们都在这儿守着你！她什么也没说出，眼角缓缓淌出一颗泪珠，顺着脸颊流下去，慢慢合上了眼睛。

母亲虽然卧床一年，大哥说，她的饭量还算不错，一年来一粒药片都没吃过，感冒都没得过，而且脸色红润，声音洪亮，都开始长黑头发了，大有返老还童之相，所以，我一直坚信她能够活到九十岁的。

叶落归根，母亲的遗体被连夜拉到老家的村子。母亲的丧期排了五天。

正月十四，天淅淅沥沥下起了雨，下了整整一天。那天，是我的生日。人说，孩子的生日，母亲的难日。我说，老天替我流了无尽的泪水。那天攒了一个冬天的雨水，尽情地下了，村里人说，是我娘带来的福分。

正月十五，天气出奇的晴朗，天空没有一丝云彩，瓦蓝瓦蓝的。按照乡俗，中午时分，母亲的灵柩从家里移到大街上，搭起灵棚，以便次日出殡举行隆重的祭奠仪式。

这样，我便一身素缟当晚看到了五十年来最圆最大最亮的月亮。

夜深了，元宵节的喧闹消歇了，整个村庄都已睡去，安静得像大漠洪荒，只是偶尔传来几声狗吠。我站在灵棚外边，默默地伫立。月亮大而圆，本来村庄没有污染，加上一天雨水的洗涤，空气格外洁净，所以看月亮都有些晃眼。往远处看，大街的尽头是田野，白茫茫一片，朦朦胧胧，像笼着一层白纱。村舍、街巷、田野、道路、树木，都在月色笼罩下透着神秘的气息。“露从今夜白，月是故乡明”，生于斯，卒于斯，最原始的生命轮回。太阳寓意着生，月亮寓意着息，太阳是勃勃的、昂扬的、行动的，月亮是隐隐的、安静的、沉思的。所以引发诗人墨客生命咏叹的几乎都是在月亮之下。

月亮的清辉洒在大街上，我想到了月亮和生命的神秘隐喻，却没有想到它与母亲之间还有一份奇特的默契。

正月的夜晚还是十分清冷，我回到灵棚里，我的侄子外甥六七个都在守灵。几个本家怕我们长夜难熬，就过来陪我们守夜，在灵棚里边摆了一张桌子玩起了纸牌。就在这时，一件奇异的令人不可思议的事情就在我的眼皮底下发生了！如果不是我亲眼所见，我一定不会相信。一只洁白的蝴蝶不知何时落在桌子上，我第一个发现，惊叫起来，唉，唉，蝴蝶！大家顺着我的手指看去，果然一只蝴蝶停在桌面上，翅膀忽闪忽闪翕动着。一位上了年纪的大哥说，这么冷的天怎么会有蝴蝶呢？要有也得惊蛰之后啊，这是个灵性的东西，可别伤着它。另一个小伙子说，不会是我二婶子（指我母亲）变的吧？二婶子可是最爱玩纸牌了，看我们玩，也来凑热闹了。大家一下子奉若神灵，我侄子怕冻着它，就让它爬到手背上，然后想把它放到香炉里面，那里暖和一些，不敢用手去扒，只是使劲抖手，想让它自己掉进去，可是蝴蝶又飞回桌子上，如此反复了几次，蝴蝶在灵棚飞了一圈，最后飞了出去，我追出棚外，唯见月光如水，不知所终。

我百思不得其解，怎么会有这种奇事呢？当年庄周梦蝶，至今被人们称作奇思异想。我忽然心里一动，想到了“羽化成仙”这个词，是的，母亲一生积德行善，死后肯定升入天堂，位列仙班了。人生有五福：寿、富、康、德、考，母亲享年八十七，可谓长寿；儿孙满堂，衣食无忧，可谓富裕；一生没生过大病，没住过医院，可谓健康；一生济困扶危，心地善良，可谓德高；无疾而终，安详睡去，可谓善终。人生都莫不盼望“五福临门”，可五福齐享，并非易事，母亲却都享受到了。

我忽然又想到天人合一，天道人道和谐，所谓感天动地，所谓惊天地泣鬼神，所谓六月飘雪人有奇冤，都并非虚妄之谈。记得毛泽东开追悼会那天，天安门上空乌云低垂，天色灰暗，老天配合着国人悲痛压抑的心情。记得邓小平的骨灰撒向大海那天，海面上突然升起一道瑰丽的彩虹，新华社报道说或许是感动了上苍。我母亲虽只是一个普通的生命，但每个生命都来自大自然，都和大自然建有神秘的密码。

一夜将过，东方泛出鱼肚白，那轮圆月已落在大街西口，光亮式微，已成灰白，直直地正冲着大街，似乎在做最后的告别，渐渐隐去。

我突然心念一动，如醍醐灌顶，我的母亲，一辈子被称作刘李氏的人，她的名字叫：月景。一个冬天积聚的雨，在正月十四倾泻而下，洗去了空气中的所有尘埃，一切都为了这一场盛大的月景。

家住石家庄

对于离开家乡的人来说，一般意义上都有两个家，一个是故乡，一个是居住地。尽管后者是久居之地，甚至终老的地方，人们精神认同的还是前者。中国人根的意识根深蒂固。比如，如果有人问我是哪里人？我的回答绝对是原籍，虽然我生活在石家庄的时间远远超过老家，而且还要继续下去，但我从未说过我是石家庄人。细想想，这样对居住地的漠视和忽略是不公平的，这里给你提供工作的单位、居住的房子、生活的方方面面，还抵不过十几岁就离开的老家？

其实，我是热爱石家庄这座城市的，尽管它的名字叫“庄”，有时候自我调侃为“庄里人”。也曾经羡慕过别的省会名字的大气典雅，如武汉、长沙、西宁、南昌、长春等，唯有我们叫庄，多土气啊。但是，对于我这个从村里出来的孩子，来到庄里，真是无缝衔接，缘分天成，毫无违和之感。这里不排外，不欺生，没有客居，全是主人。自1968年做河北省会，至今五十年，尤其是改革开放四十年，这个“庄”发展迅猛，高楼林立，道路宽敞，繁华富丽，村气尽退，完全是一副国际大都市的模样！

1980年，我考入河北师范大学，在石家庄读了四年书。那时，石家庄村庄的气息还十分浓郁。学校南墙外就是槐底村的一片田野，东邻是方北村。傍晚散步，经常走过田塍、河沟、树林，听蝉鸣鸟叫，看田野的四季变化，竟如在老家一样。晚上，校园里放露天电影，挤挤挨挨中耳畔听到许多乡音俚语，有几分新奇，有几分亲切。有时星期天早晨赖床，食堂关门了，就跑到槐底村巷子里村民摆的小摊吃油条，喝豆浆。学校西邻隔路相望的是河北宾馆——当时省城最高级的宾馆，与绿色葱茏的庄稼地毗邻而居，城市与乡村完全消弭了界限。夜深人静的时候，躺在床上可以听到远处火车的笛声、街上汽车的马达声、村庄里的鸡鸣犬吠声。

这里道路南北走向称“街”，东西走向称“路”，横平竖直，宽敞干净。街道两边分布着宾馆、商场、饭店、机关、学校等鳞次栉比的楼房，高大、气派，大街上车来车往，人流如织，完全是大城市的感觉。走进街巷深处，皱褶里却隐藏着一个一个的村庄，是谓“城中村”。1925年，民国政府规划建立石门市，共含括了六十九个村庄。其中，石家庄、休门两个村子成为核心区域，所以，“石门”的名字即取自两村的首尾两字。1947年11月，解放军攻克石门，这是共产党解放的第一个大城市，12月，即改名为石家庄市。实际上叫石家庄市更为合适，这个原属于获鹿县的小村庄，20世纪初，因为京汉铁路和正太铁路在此交会，成为交通枢纽，渐渐繁华起来，超过了获鹿和正定，遂成华北平原重镇。所以，石家庄被称作“火车拉来的城市”。解放次年，中国人民银行即在此成立，发行了第一套人民币，至今银行旧址仍存。

1998年，我离开石家庄十四年之后重返故地，开始了新的人生。时代的列车轰隆隆加速前行，这十四年的变化完全可用“旧貌换新颜”来形容。初春的那天上午，我从邢台来石家庄新的工作单位报到，朋友开车送我，走的是京珠高速，原来走国道需要三个小时，现在一个半小时足够。从高速口进市，途经师大门口，我上学的时候，门前的道路叫南马路，自西到学校东边的方北村就断了，是一个丁字路口，现在东西全线贯通，改名叫裕华路，成为石家庄市的迎宾大道。最亮人眼的是道路两旁的绿化，大树参天，绿荫蔽日，不仅乔木挺拔，而且灌木匝地，虽然当时只是初春，但种植的松树、冬青等不凋的绿植给人以生气勃勃的春意。进入单位大门，办公楼后面巍峨高耸的二十九层宿舍大楼特别吸引我的目光，因为此前石家庄市的最高建筑一直是解放路十四层高的燕春饭店，保持了好多年，都成地标了。

几年后，妻儿也从邢台来到石家庄，买了一所产权归自己的房子，从此在石家庄安家落户。有意思的是，小区名叫水岸，临河而筑，开窗即见流水汤汤，对岸是公园，绿草如茵，花团锦簇，树影婆娑，我的名字“江滨”不就是“水岸”吗？真是得其所哉！

从1998年到如今，不算读书的四年，我作为石家庄市民已整整二十年。这二十年的巨变是在眼皮子底下渐次发生的，“苟日新，日日新，又日新”。刚来小区居住的时候，相邻的是两个村子，东岗头和孙村。南北贯穿的建设大街到了东岗头村就断了，宽阔的城市街道一下子萎缩成乡间公路。有一段时间，到东岗头买馒头、面条、包子、烙饼，到孙村菜市场买菜，是我和妻子经常做的事情。忽然有一天，建设大街贯通了，延伸了，两个村子不见了，栋栋高楼拔地而起，村庄变成了城市小区。像东岗头和孙村一样，城市核心区域内的村庄彻底消失了，走在大街上是城市，走进街巷深处，依然是城市，城市藏匿着乡村的现象只能在回忆中寻找了。

2005年9月金秋时节，槐安路斜拉桥竣工通车，这是华北地区第一座跨铁路高架斜拉桥。当时轰动了省城，媒体大幅报道，市民争相参观。当晚，我和朋友就带着家人来到斜拉桥上拍照留念，被这个现代化的雄伟建筑所震撼，它不光实用，更具美感，可谓美轮美奂，给这个城市增添了一枚现代化的符号。这不禁让人想起隶属于石家庄市的赵县那座名闻中外的大石桥赵州桥，千年之隔，百里之遥，文明的繁衍如瓜瓞绵绵。

2017年6月，石家庄跻身拥有地铁的城市榜。当我走在大街上，看到地铁站口的时候，忽然有一种恍惚的感觉，我是在石家庄吗？石家庄也有地铁了？

一日，河北师大国际交流学院举办留学生汉语大赛，邀请我当评委。坐在会议大厅里，我不禁有些讶异，竟不知石家庄还有这么多留学生！肤色不一，姿容各异，有男有女，济济一堂，来自世界各大洲。他们汉语水平参差不齐，或流利或蹩脚，但都表达了对中国对河北对石家庄的喜欢和热爱，有的甚至表示，要在石家庄一辈子扎根下去。本是一场语言的竞技，竟变成了对一个城市的深情表白。作为一个石家庄人，我深刻感受到，这个新兴的城市正以宽广博大的胸怀、日新月异的变化吸引着世界各地的人们。石家庄市正体现出它的城市性格：包容、大气、开放、求新。

国槐是石家庄的市树，大约四成的街道以国槐作为行道树，还有几个街道以“槐”命名，如槐北路、槐中路、槐安路、槐岭路等。每当夏季来临，街道两旁的国槐开出淡紫色的花朵，香气弥漫了整座城市。花瓣坠落时，道路上像下了一场花雨。这是石家庄市独有的景观。据说，石家庄人对槐树的钟爱，源自洪洞县的大槐树，人们认为先祖从那里迁徙至此后，遍植槐树，在大地上镌刻了不可磨灭的种族记忆，同时播下一种深长的文化根脉。如今，都市里的乡村消失了，槐树还在，依然根深叶茂，绿意盎然，绽放芳香，仿佛一缕乡愁飘荡在城市上空。

既现代，又传统，石家庄这座年轻的城市天赋异禀，海纳百川，越来越会成为人们就业的福地、生活的乐园。

一只奇特的驴

我在县城上初中的时候，学校外面没有围墙，距操场一百米远的荒地是一处牲畜交易市场，每逢集日，牛、马、驴、骡齐聚，喧腾杂沓，扰攘不绝。一股带有草料气息的臭味隐隐袭来，令我们在课堂上也不由得往窗外张望。下了课有时会跑过去看热闹，牛马驴骡四种牲畜也认了个全。感到有趣的是，交易双方不用嘴讨价还价，而是伸出手指在袖口捏咕倒腾。如果双方面露喜色，抽出手来一击掌，那就是谈成了，然后交钱牵走牲口，之间咋交易的，外人不得而知。这里边充满了神秘的江湖味道，让我满心好奇。

在冀南农村，牛马驴骡是常用的四种牲畜，或拉车，或耕地，或拉磨，或驮物，人骑的时候很少。其中，马最漂亮，人好看叫俊，好马也叫骏马，高高大大，威武雄壮，马鬃飘飘，马尾曳曳；叫起来，脑袋高昂，长嘶一声，透着韵律和得意；走或跑起来，节奏踏踏，仿若曼妙的舞步。牛最老实，沉默寡言，忠诚憨厚，干活不惜力，歇下来也咀嚼不止，反刍人生，像个哲人。骡最有劲，但出身复杂，性别尴尬。驴最奇特，浑身透着怪异，一张驴脸，让人不爽；两只眼睛看人躲躲闪闪，像羞怯，又像不怀好意；叫声嗯啊嗯啊，高亢嘹亮，聒噪耳膜，仿佛挨打时的嚎叫，所以人们将公驴又称叫驴。动物的叫声各有所长，如马嘶、狮吼、虎啸、狼嚎、猿啼、犬吠、驴鸣，驴叫算一号。

《说文解字》云：“驴，似马，长耳。”驴属马科。中国原本没有驴，春秋时期，老子出函谷关骑的是青牛，孔子周游列国坐的是马车。明末学者顾炎武在《日知录》中称驴是战国后期引入中土，从此这个像马的畜生有了户口，繁衍繁殖，走入千家万户。然而，驴一直处于不尴不尬的境地，论力气不如牛，田地里最重要的活儿耕地犁地大多得让牛来干；论速度不如马，且不说两军对垒、冲锋陷阵，非马莫属，连拉车、驾辕也得马骡来干，马骡比驴跑得快啊；驴能干什么呢？除了驮人驮物，主要是拉磨。即使拉磨，为防止犯驴脾气，还需要给它蒙上眼睛，否则它若知道这活儿如此枯燥乏味单调，一圈一圈地，转啊转的，一条道走到黑，肯定尥蹶子。即便如此，它也犯浑，以不断拉屎拉尿磨洋工，故留有一歇后语：懒驴拉磨——屎尿多。

唐代文人柳宗元写了一篇《黔之驴》，留下一个成语：黔驴技穷。在这篇文章里，这只驴既笨又蠢。它的本事一是鸣，二是踢，一开始把老虎吓得够呛，“大骇”，一番试探，发现驴不过就这两下子，“技止此耳”，这是笨。作者还指出其蠢，如果驴“向不出其技，虎虽猛，疑畏，卒不敢取”，也就是说如果驴不把这仅有的两下子向虎展示，而是故作神秘状，老虎摸不清深浅，终不敢痛下杀手，有可能悄悄走掉。所以，在柳宗元笔下，驴是又笨又蠢的东西。别小看这篇短文，历经千年传诵，驴的形象作为一种文化符号深深嵌入人们的意识里边。直至今天，骂人蠢笨仍斥之“蠢驴”“脑袋叫驴给踢了”。

唐诗宋词中，不少篇什都留有驴的“倩影”。它主要是作为交通工具出现的。一般来讲，如果诗人春风得意，仕途畅达，远行代步肯定首选马，高头大马，威风凛凛；如果骑驴，那不用说，境况定然不佳，失意落魄，穷困潦倒。孟郊金榜题名，“春风得意马蹄疾”，如果是骑驴，改成“春风得意驴蹄疾”，一定令人哑然失笑，觉得这孟郊肯定精神上出了问题，搞什么搞。大诗人李白曾是个有钱的主，“五花马，千金裘”，出门当然得骑马，他写马的诗有很多。但他也骑驴，自然是在失意的时候。宋代刘斧《摭遗》载，“李白失意游华山”，醉醺醺骑着驴路过县衙，没有下来，县令大怒，喝问：“你是什么人？胆敢如此无礼！”李白写了一张供状，没有写自己的名字，只见上面写道：“曾龙巾拭吐，御手调羹，贵妃捧砚，力士脱靴，天子殿前，尚容走马，华阴县里，不得骑驴？”县令大惊，赶紧作揖：“不知翰林至此。”李白跨上驴扬长而去。也怪不得县令狗眼看人低，谁让李白您老人家骑着驴呢？在繁密的诗词中，出现“驴”字眼的多跟着一个形容词“蹇”，驴就驴吧，还得是“蹇驴”。蹇的意思是：①跛足，②迟钝，③不顺利。宋代叶茵有诗《少陵骑蹇驴图》：“帽破衣宽骨相寒，为花日日醉吟鞍。时人祇道题风月，后世将诗作史看。”这是写杜甫的。杜甫自己也有“骑驴十三载，旅食京华春”的诗句。苏东坡《和子由渑池怀古》诗云：“往日崎岖还记否，路长人困蹇驴嘶。”还有韩愈的“解辔弃骐骥，蹇驴鞭使前”，白居易的“蹇驴避路立，肥马当风嘶”，等等。这哪里是驴蹇，分明是人蹇嘛，这驴替人背锅，也够倒霉的。

“八仙”之一张果老据说跟鲁班打赌输了，故只能倒骑毛驴，反坐在驴背上的张果老思考人生肯定是逆向思维，不知他胯下的驴是否更迷茫糊涂了。想想这张果老倒骑毛驴，就觉得透着悖谬和反常。《世说新语》记载，魏晋名士王粲有一大爱好就是学驴叫，死后葬礼上，来吊唁的魏文帝曹丕对一同来的宾客说，王粲喜欢驴叫，咱们每个人都学一声驴叫来给他送行吧，于是，王粲的葬礼上驴鸣此起彼伏。今天看来真是觉得不可思议、哭笑不得，颇像一出荒诞剧。塞万提斯名著《堂吉诃德》中那个矮胖、胆小的仆从桑丘也骑着驴，笨人伴蠢驴，很配哟，这幅图景也显得滑稽可笑。怎么悖谬、反常、荒诞、可笑，这世间一切怪异的东西都跟驴有关?

驴，真是一只奇特的驴。

翻检词典，在驴的词条里边几乎没有一个好词，诸如“驴唇不对马嘴”“驴打滚儿”“驴肝肺”，等等。日常用语和民间歇后语中关涉驴的庶几都是负面的，“驴粪蛋子表面光”“骑驴看唱本——走着瞧”“秃驴”“驴脾气”“犟驴”等等。其实，关于驴也有一个好词，叫作“天上龙肉，地上驴肉”，拉了一辈子磨，最后被卸磨杀驴，生前忍辱负重，受尽嘲笑，死后成为人们享受的一道美食。

晚上做梦，一只驴走近我，一张驴脸似乎有了笑意，眼神仍然闪闪烁烁，以鬼魅的口气悄悄对我说道：我是一只奇特的驴，我的奇特之处就在于，这沉闷的世界有了我才有趣。

心语低回

第四辑

D A N G L I Z I G U A M A N S H A N Y A

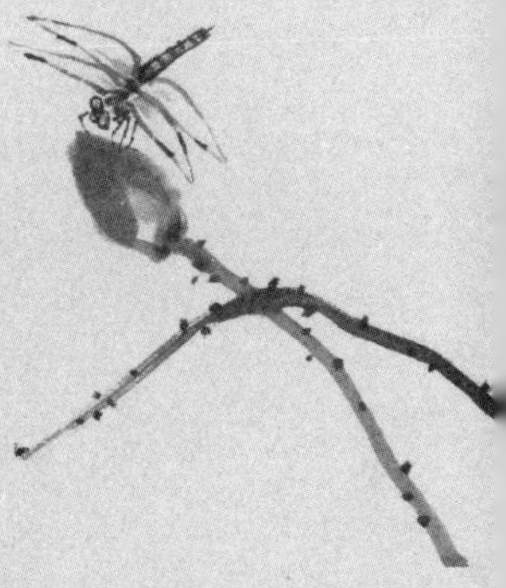

灵魂的甘霖

成为中年男人以后，青春的意气也渐如霁后的薄雾，按说神经应该变得坚硬，脸色变得沉实，心灵的承受力应该被生活的历练磨出老茧来，所谓多愁善感应该是闺中淑女或少年一代的事了。但情形却并不如此。阅历增多，心灵的感应末梢反而越发敏锐密集起来，像一片潮湿松软的土地随处一锹下去就可掘出一汪清亮的水，心中有一块柔软的地方常常会被轻易地打动。

这种感觉最初来自一场电影。那是一部并非特别出色的影片，可我被深深打动了，眼泪突如其来地顺着面颊肆意流淌，我有些猝不及防，有些惶恐不安，一个并不年轻的男人在这种公众场合流泪总是让人不好意思，所幸昏暗的影院并无人注意我，我便由着性子放纵了一次，几欲抽噎，待影片放完走到阳光下，竟然发现胸前的衣衫被泪水打湿了一块！

“为什么我的眼里常含泪水，因为我对这土地爱得深沉……”诗人艾青如是说。我不是诗人，没有那么广博的胸怀，可我为什么会为一部电影轻易流泪？是什么击中了我心中柔软的地方？我突然发现，不只是这一次，也不只是这一部电影，在平时看书报杂志的时候，看电视的时候，听音乐的时候，常常有眼泪从眼眶中恣意地溢出。我这是怎么了？

怎么经常有这种小儿女做派？情感脆弱，小资情调，文人的矫情，还是心灵的郁积找到了对应的宣泄的渠道？我想，或许是的，或许都不是。

翻检中国古典诗词，竟是一片珠泪纷纷，多抒相思、愁苦、遗恨、无奈之情。诸如“执手相看泪眼，竟无语凝噎”“相顾无言，惟有泪千行”“春蚕到死丝方尽，蜡炬成灰泪始干”“出师未捷身先死，长使英雄泪满襟”，等等，难以尽述。《红楼梦》中的林妹妹更是天下第一泪人，女儿是水做的，眼泪则是水的精魂。林黛玉的前身是绛珠仙子，得神瑛侍者的甘露灌溉，才有生命久延岁月的沃若，所以下世为人，以眼泪还报。千红一哭，万艳同悲。其实林妹妹的眼泪岂是只为自己身世遭逢而流，“质本洁来还洁去”，它是腐臭霉烂的时世流淌的一道清泉，是真情清纯凝结而成的沛然甘霖。眼泪显示了林黛玉的柔弱吗？或许是，或许不是。

小女子堕泪在人们看来总是平常事，有所谓“男儿有泪不轻弹”，似乎男人一流泪就是示弱，其实那“只是未到伤心处”。千古英雄楚霸王项羽杀人无算，残忍至极，他应该铁打铜铸的一般才是，他似乎只有给别人制造眼泪而哪有自己流泪的份儿，然而在“四面楚歌”、穷途末路之际，人性中那根最真实的神经被拨动了，于是大英雄哭了，“于是项王乃悲歌慷慨，自为诗曰：力拔山兮气盖世！时不利兮骓不逝！骓不逝兮可奈何！虞兮虞兮奈若何！’歌数阕，美人和之。项王泣数行下，左右皆泣，莫能仰视。”生命的绝境不仅使这位年少时“学书不成”的粗莽汉子刹那间成了一代诗人，堪与那位一不留神吟出“大风起兮云飞扬”的痞子皇帝刘邦相媲美，而且还能人性萌动，热泪横流，诗、美人、眼泪，构成了这位“魔王”最真实最凄美最悲亢的生命绝景。

“长太息以掩涕兮，哀民生之多艰。”三闾大夫屈原你为什么要哭？是因为信而见疑，忠而被谤，被糊涂的楚怀王削掉官职放逐江湖吗？你披散着头发，颜色憔悴，形容枯槁，来到江边，对着渔父大发“牢骚”：“举世皆浊我独清，众人皆醉我独醒。”然后跳进汨罗江，怕死不掉，怀中还抱着一块大石头！悲愤的眼泪同清澈的江水浑然一体。屈子的眼泪为香草美人般的人格操守而流，为士大夫的国患民忧情结而流。“兴，百姓苦；亡，百姓苦。”（张养浩）“念天地之悠悠，独怆然而涕下。”（陈子昂）屈原一类的歌哭成为中国知识分子最壮美的真情流露。这种男人的流泪，与软弱无关，与怯懦无关，与狭隘无关，与意志力无关，反而是人间最荡人心魄的举止。“无情未必真豪杰”，不会流泪的男人至少不是真性情的男人，让人可怕。当然，也有鳄鱼的眼泪，虚伪的眼泪，像《三国》中的刘备动辄大哭，以邀买人心，欺人上当，则另当别论，不足为训。

“我越来越凝视那高悬的圆月，就越觉得真正的美和善越来越高，越来越纯洁，越来越接近上帝，接近一切美和善的源泉：一种未曾得到的满足，但却是狂喜的泪水涌上我的眼眶，在这一瞬间，我觉得大自然、月亮和我，这三者仿佛融为一体了。”托尔斯泰为什么要哭？因为他感觉到了“一种绝顶的美和一种无限的幸福”。在这里，流泪是幸福和喜悦骤然降临的一种自然情致，是心灵得到满足的一种合乎情理的天然释放，是找到真理上帝赐予的灵魂的甘霖。记得恋爱时在一片树林里我第一次拥抱和亲吻了我的妻子，她哭了，望着她梨花带雨的脸，我惶恐地连连发问：你怎么哭了？我欺负你了吗？她带着珠泪使劲摇头，后来我才知道，那是幸福的眼泪呀。眼泪，为什么人类在悲伤的时候，在喜悦的时候，都要以你的名义来表达？

为什么我的眼中常含着泪水？因为……我爱这个世界。我不怕别人讥笑我的矫情和脆弱，我庆幸，在人到中年的时候我还保持着敏锐感受生活的能力，我没有麻木，没有迟钝，我的情感源泉还拥有着鲜活和旺盛的生命积蓄，对世界感应的路径十分通达。我非常赞赏一篇文章中说的一句话：证明人类生命分量的不是智慧而是情感。鲁迅说：“创作总根于爱。”其实，不只是创作，活在世上，我们能感受生活的美好、丰富、充盈，都是因为：我们心中有爱。

如果说眼睛是心灵的窗口，那么眼泪则是灵魂的甘露。

让“我”消失一会儿

我们每天用得最多的词是什么？估计没人统计过，我想应该是“我”吧。作为一个存在主体，“我”无时无刻不在显示着存在，除了睡觉。日常说话、做事，都是以“我”为中心，四通八达地和世界发生着联系。现在有个新词叫“刷存在感”，愈发凸显了“我”的存在。被人遗忘，被人漠视，那种滋味是难以忍受的痛苦。

诗人郭沫若在五四时期写过一首诗《天狗》，有这样的句子：“我是一条天狗呀！我把月来吞了，我把日来吞了，我把一切的星球来吞了，我把全宇宙来吞了……我便是我呀！我的我要爆了！”那个时代提倡解放个性、张扬自我、打破束缚、蔑视偶像，一时蔚成风气。你看，这个“我”可以吞吐日月，吞吐宇宙，何等的气魄，何等的胸怀。在破碎的偶像面前，一个超凡巨大的“我”耸立起来，睥睨天下，雄视百代。若说“刷存在感”，与之相较，当今世人恐怕若泥土望云霓。

然而，任何事情过犹不及，“我的我要爆了”，自我膨胀，像气球吹得过大，“砰”一声，崩了，爆了，也就完蛋了，一地鸡毛了。

郭写作《天狗》的时代，是个性被泯灭、自我被压抑、主体意识被扼杀的时代，民众活得像闰土一样麻木颟顸，像阿Q一样自轻自贱，镇日浑浑噩噩，蒙昧喑哑，生命仿佛蝼蚁草芥，低到尘埃里，哪里还有

“我”的踪影？所以，郭沫若的诗歌意义在于唤醒个体的主体意识，摧毁桎梏缧绁，重建有体温、有思想的“我”的存在。近一百年过去了，情形发生了一百八十度翻转，国人的价值体系得到崭新重构。个性完全释放，自我得到确认，主体意识鲜明呈现。甚至，有的“我”过度放大，达到膨胀、放纵的地步。在农村生活过的人都知道，赶牲口有两个口令，不断喊“喔”和“吁”，校正左右，使牲口行走在道上，保持不偏不倚，允执厥中。不然，跑偏了，就掉沟里了，可能导致车毁人亡，后果严重。对“我”也是这样。

“我”膨胀或者萎缩，有时莫若让其消失一会儿。

一个周末，我从家里出来沿着民心河遛弯，走到河边的一个小公园，顺便走了进去。可能是周末吧，天还阴着，像要下雨的样子，公园里人很少，我转了一圈，便坐在椅子上。世界突然安静下来，不远处只有一位中年妇女在打太极，一招一式慢忽悠悠，时间一下子被拉长了，变得缓慢。远处建筑工地传来打夯的声音，身边树上的小鸟叽叽喳喳，越发显得幽静。我发着呆，脑子里啥都不想，眼前的景物忽然虚幻起来，恍兮惚兮，一时不知身在何处，“我”离开了我，消失了，留在椅子上的只是一个躯壳、一个木雕、一个泥胎。时间或许只是一小会儿，但足令我沉醉，享受真正的“销魂”。这一小会儿，在“一小会儿”里边就是永恒。却原来，“我”的短暂消失竟是如此美妙。

佛教哲学讲“无我”，中国哲学讲“忘我”，都是让“我”暂时不存在的意思。其实，无论怎样“我”都是时时刻刻存在着的，只不过主体意识使其偃伏罢了。心学大师王阳明说，山涧开着一树灿烂的桃花，因为我们看见并欣赏了，它便有了存在的意义，不然，也可以说它压根是不存在的。就是这个道理。《晋书·王坦之传》云：“成名在乎无私，故在当而忘我。此天地所以成功，圣人所以济化。”这话说得很现代，很励志，也很明白，过于凸显“我”的存在，那就会忽视他人或者周遭的一切，就是自私，就成不了事。这个世界是由无数个“我”和物构成的，任由个体的“我”的高耸就会挤压他我和物的空间，就会产生倾斜，就会跑偏，结果会很惨。

“我见青山多妩媚，料青山见我应如是。”（辛弃疾）这句词一点不像一千多年前的古人写的，倒像出自现代诗人之手。多么和谐温馨的一幅人间自然场景，物我相谐，物我互构，物我平等，物我两美。这个“我”是温暖的、有趣的、平和的，还有点小小的自我多情。马克思说，美是人的本质力量对象化。你投注对方什么，对方就会回应什么。有个小故事，苏轼喜欢谈佛论禅，和佛印禅师关系密切。一天，苏轼与佛印一起打坐，他问佛印：“你看我像什么？”佛印答：“你像一尊佛。”苏大悦。佛印问：“你看我像什么？”苏轼有意刁难一下佛印，说：“你像一坨屎。”佛印默然不语。苏轼回家后很得意地告诉苏小妹，说一句话噎住了佛印禅师。苏小妹摇摇头说：“哥哥你的境界太低了，佛印禅师心中有佛，看什么都是佛，你心中有屎，所以看别人也是屎。”苏轼赧然，惭愧无地。

人生最难的事是弄清“我是谁”“我从哪里来”“我到哪里去”，或许终其一生也搞不明白。如果觉得这个问题过于高深，那么，家常一点儿，别天天“我”“我”的，眼里心里只有“我”，而把“我”放低一点儿，看小一点儿，有时泯然与众，自我放逐，消失一会儿，其实是一件挺幸福的事情。

人这一辈子

人活一世，草木一秋，草木尚可“春风吹又生”，“复苏”过后又是一派蓬勃盎然的新气象。而人呢，生命终结便如秋叶落地，河水东流，灯枯油尽，所谓“二十年后又是一条好汉”纯粹是扯淡。人这一辈子，最是不易。

“早晨四条腿走路，中午两条腿走路，晚上三条腿走路。”这个著名的斯芬克斯之谜，画出了人生的全部过程和秘密。从呱呱坠地到牙牙学语，从初学走路到四处跋涉，从明眸皓齿到鹤发鸡皮，风一程，雨一程，早一更，晚一更，朝如青丝暮成雪，是非成败转头空，英姿勃发壮志凌云，到头来莫不是一抔黄土灰飞烟灭。

人这一辈子，说短也短，说长也长，短如白驹过隙，长如星汉迢迢。不幸有短命夭折，急匆匆来世一遭，还未遍尝人生滋味，便撒手西去，归于无常；幸有寿长年久，岁月悠悠，天地悠悠，闲可看尽世间花开花落、云卷云舒，忙可知天命、尽人事，一偿人生夙愿；然而，短命虽然不幸，却省却多少十丈红尘苦痛烦恼，故常有自裁自尽者，更有为心中主义从容就义甘抛大好头颅者，革命者瞿秋白便视死为大休息，“民不畏死，奈何以死惧之？”脑袋掉了碗大个疤。长寿当然是幸事，芸芸生民汲汲求之，以为人生至福，俗言“好死不如赖活着”。枭雄如秦皇嬴政异想天开派五百童男童女东渡扶桑求取长生不老药，以得“千秋万岁”，睿智如诸葛孔明也“知其不可为而为之”，禳星增寿。圣人却说“老而不死是为贼”，“寿则多辱”，尸位素餐，苟延残喘，像宋朝天子徽钦二帝在异邦“坐井观天”，兀兀穷年，活着又有何益？“有的人死了，他还活着；有的人活着，他已经死了。”幸与不幸，有时还真是说不准。

早年间有一乡村老汉，天天早晨上村边马路上拾粪，牲口粪灶前可当柴烧，下地可做肥用，故拾粪者也不止老汉一个，老汉就发了宏愿：有朝一日我做了皇帝，这马路上的粪只准我一人拾！转述这个笑谈，并非嘲笑老汉无知，其实人生道理就是如此朴素，人人终其一生都在追求幸福生活，而幸福与否也就是一种感觉罢了，身为九五之尊的皇帝和拾粪老汉未必就有多少差别。人人都说皇帝好，康熙晚年却长叹息：“朕老了，既无泉林可退，也没有家人天伦之乐。你们想不出朕是多么的凄凉寂寞——孤家、寡人。总而言之是独自一人罢了……”（二月河：《康熙大帝》）有道是“身在福中不知福”“这山看着那山高”，贫苦人家羡慕富贵人家烈火烹油，鲜花着锦，“红楼”中的小姐却感叹家中钩心斗角，像乌眼鸡似的，哪有小户人家和和美美的好。人小的时候，总角宴宴，天真未凿，便天天盼着快快长大，快快成材，好像大人一样建功立业，修齐治平；长大以后，却觉世道险恶，人心叵测，不如意事十八九，可与人言无二三，借酒浇愁愁更愁，抽刀断水水更流，反而羡慕小孩子不谙世事，单纯快乐。所以，老子说要“复归于婴儿”，亚圣说要怀“赤子之心”。平头百姓羡慕做官的，现在人们见面一揖：“您几级？”当个股长也自觉祖宗坟头冒青烟，那份荣耀风光自不必备述。然宦海生波，好人难做，左右是陷阱，他人皆地狱，食不甘味，寝不安席，虽世上恋栈者多，辞职者少，但内心未必不觉得还是一介布衣优游林下潇洒痛快。你是个女人吗？你肯定愿意有个倾国倾城貌、肤如凝脂身，美目盼兮，巧笑倩兮，但当心了，人说“自古红颜多薄命”，男人说“家有丑妻万事安”，还说“孩子是自家的好，老婆是人家的好”。人这一辈子，大多是“幸福在别处”，欲壑难填，无个餍足，若真的万事如意，心满意足，大概离极乐世界也就不远了。

人说舞台小人生，人生大舞台，生旦净末丑，造化小儿都给噍类生民分派了角色。美丑妍媸，是非善恶，智愚慧憨，忠奸贤佞，有时轩轾高下，判然分明，有时却交叉混杂，你中有我，我中有他。“人之初，性本善。性相近，习相远。”复杂的社会锻造了复杂的人格，未必都像戏中那样脸谱化。人小的时候，莫不是一派天然纯真，立志要做正人君子，可天底下为什么市井小人多如过江之鲫，如秋天无边的野草？晚清小说《镜花缘》中有一个理想的“君子国”，人人雅人深致，屈己待人，不过是“镜花水月”罢了。话说回来，世界上如果真的都是君子，未免庄肃无趣，色彩单调，有几个跳梁小丑插科打诨，煽风点火，这人间一出大戏就有趣得紧、热闹得多了。电视剧《编辑部的故事》那个作家就说：“当一个小人真快活！”不过要小心了，民谚说：“善有善报，恶有恶报，不是不报，时候未到。”坏事干多了，要下阿鼻地狱。

“月有阴晴圆缺，人有旦夕祸福。”趋利避害是人的本能，然而祸福却像影子一样与人生紧紧相随。幸运的时候，锦上添花，好事连连，困了有人给枕头，饥了天上掉馅饼；倒霉的时候，屋漏偏遭连阴雨，喝口凉水都塞牙，放屁都砸脚后跟。但是，乐极可能生悲，否极必定泰来，“福兮祸所伏，祸兮福所倚”。塞翁失马，焉知非福？亡羊补牢，犹未晚矣。所以，苏东坡的人生态度最值得思量：“胜固欣然，败亦可喜。”人这一辈子，生老病死，婚丧嫁娶，漫漫长路，岂能都是一马平川？得意不要忘形，失意也无须悲观，平心静气，直面相对，借用阿Q

一句话“人生天地间大概本来如此”，要紧，要紧。

希腊有一个民间故事，说一个狐狸要到葡萄园，必须穿过一个树洞，但洞小身大，狐狸为此斋戒三日，饿瘦了方得进去。进去之后，狐狸把一园葡萄吃了个够，但洞小身大，出不来了，只得又戒三日，饿瘦了方出得来。这狐狸的一进一出正如人的一生，始和终一样，不同的是中间的过程。人这一辈子也就是一个过程，当然这个过程有霄壤之别，天地之差，不过，在临终的时候能像一个作家那样说“我爱过，我活过”，这一辈子也就值了。

当梨子挂满山崖

又到梨子成熟季节，想起了十几年前的那个8月。

2004年，是个暑假。我所在报社主办“新作文大赛”，经过初选，有二十名同学进入决赛。决赛地点选在一个叫巨龟苑的山里农庄。

五名评委是：铁凝、陈超、梅洁、成少安、刘燕燕。大作家给小朋友当评委，有点小题大做的意思。但这几位作家在接到邀请的时候，没有一个“嫌事小”，皆慨然应允。或许在他们心里，看孩子们的作文是一件惬意舒心的事情，“小荷才露尖尖角，早有蜻蜓立上头”。谁不喜欢披着晨露的新枝嫩叶呢?

头一天报到，入住。晚餐的时候，因我和五位评委都十分熟稔，彼此开着玩笑，笑声喧哗，其乐融融。铁凝那时是中国作协副主席，距她当主席还有两年时间。我给她的长篇小说《大浴女》写过评论，发表在《文汇报》上，也给她主编的《女作家影记》做过采访。她每有新书出版，就让司机给我送一本。题签从“刘江滨同志指正”到“江滨批评”，再到“江滨小弟闲读”，可以看出彼此的熟悉程度是递进的。饭桌上，铁凝自然是主角，是核心。这次饭局，我和散文家梅洁成为她“攻击”的对象。若干年前，中国散文学会编辑出版《中国当代散文大系》，河北部分由我撰稿，入选的作家有五位，其中有铁凝，也有梅洁。书出版后，正值我在《西北军事文学》发表《散文走向略论》一文，并被《文艺报》选载，梅洁看到后，十分激动，给我写了一封热情洋溢的信，说以前竟不知道河北还有这样有才华的散文评论家，信中用了一连串的排比句，其中一句是“就像在春天看到一树鹅黄”。梅洁有一篇散文叫《阿三》，写她童年的伙伴，念兹在兹，深情款款。于是，我就暂时成了那个“阿三”，梅洁就是“一树鹅黄”，铁凝不断以此打趣。“一树鹅黄”成为晚饭高频率出现的词汇，好像当晚的口令似的，逗得大家乐不可支。

晚饭之后，大家自然集聚在铁凝的房间，闲聊，无主题变奏。铁凝是个小说家，很擅长聊天，讲了很多文坛趣事。只记得其中一个：有次开会，铁凝和写过《人到中年》的作家谌容住一个房间，铁凝去卫生间洗脸，谌容跟过去看，铁凝不明所以。谌容说，铁凝，看你眼睫毛长长的，我得看看是真的假的，眼见为实嘛，这回看清了，是真的，真的！这老太太童心未泯，怪不得能写出《年轻十岁》呢。铁凝边讲边乐，我们也听得兴致盎然。期间，也有几名大胆的参赛同学敲门进来，请铁凝签名，铁凝乐呵呵地一一满足。

次日上午，大赛开始。简短的仪式过后，最后请铁凝当场命题并宣布作文题目：《时间停了》。作文时间是三个小时。应该说，这是这些孩子第一次见到铁凝本人，而她的作品《哦，香雪》《没有纽扣的红衬衫》等早已被他们所熟知，铁凝在这些爱好写作的孩子眼里就是大作家，是偶像。而今，由铁凝当面出题并当评委，是他们努力写好作品最大的动力和精神力量。

孩子们写作的时间，我们安排了评委们游览巨龟苑。巨龟苑因在山庄院落里雕了一个巨大的石龟而得名，养殖了许多水产，各种鱼类，还有乌龟。但最吸引人的是自然风光，还有山崖开阔地里一大片梨树。此时正是梨树挂果时，每一棵都硕果累累，有黄梨、碧梨，还有的黄中带绿，有的绿中带黄，黄灿灿，碧青青，咬上一嘴，汁液饱满，脆甜爽口，很是诱人。老板是个爽快的人，让我们自由采摘，每个人还给发了一个塑料袋。铁凝和大家一起，边吃边摘，梨树园一片欢声笑语。

下午，孩子们去做极限运动，评委们在一个会议室阅读评审。大评委看小作文，一点儿也不含糊，十分认真。在讨论奖次的时候，陈超和梅洁发生了争执，甚至都变颜变色了，几乎要吵起来。陈超是大学教授，很严谨，梅洁是女性作家，很浪漫，两人看问题角度不同，产生异见，是很自然的事情。我赶忙在一旁打圆场，心中为二人的认真态度而暗暗称许。陈超是我师兄，河北师大77级学生，我是80级，同过一年学。上学的时候，他就很有名气。一次中国男排在某个重大比赛中获胜，北大学生喊出了“振兴中华”的口号，消息传来，当夜，师大同学群情激昂，聚在学校门口，陈超站在门卫小房顶上，做热情似火的演讲，像个五四青年，那一幕给我留下极深的印象。我与他接触不少，虽然他有些诗人的忧郁，但还是蛮幽默的，说话很风趣。2014年10月31日，他以决绝的方式与世界告别，震惊了整个诗坛和文学界，我的心因此痛楚了好长时间。

成少安是报社退下来的领导，文学评论家，上海人，个子不高，却声音洪亮，长相有点像演员牛犇。1990年夏天，我在评论界崭露头角，第一次参加全省文学评论会议。在讨论某个变革时，有人说没有质的改变，就像从桅杆跳到甲板上，成少安却说，不要小看这一跳，却跳出了历史。他的发言虽时隔已近三十年，仍然言犹在耳，印象深刻。在评委中，他年龄最大，包括铁凝在内都很尊重他，他不断用上海口音的普通话发表他的看法。

刘燕燕年龄最小，是当时刚崛起的青年小说家，风头正劲，和那时的棉棉、卫慧一样被称作“美女作家”。刘燕燕的确是美女，有种古典气质，和《陌上桑》里那位古代美女罗敷是邯郸老乡。刘燕燕低调、内敛，说话有分寸，没有美女的骄矜，而有思想的锐度。

晚上，评委们和孩子们在一个大厅吃饭，让孩子们和大作家有近距离接触交流的机会。其中有一个获得三等奖的聋哑女孩引起大家的注意，这女孩长得极美，可能是天妒吧，给了她一副喑哑的喉咙，只能按照口型和大家交谈，惹人怜爱。她怯生生地走到铁凝跟前，将一幅自画的铁凝漫像送给铁凝，还别说，画得还挺像的。铁凝接过漫像，连连称赞，对女孩说，你真棒！抚摸着女孩一头秀发，像个温柔的大姐姐，眼神里流溢着温情。

第三天早晨我们离开巨龟苑的时候，又一次经过梨园，但见颗颗梨子压弯了树枝，诱人的果香在空气中萦绕，不远处的山崖被绿色掩映，这真是一个收获的季节。

我 是 我

我是谁？

芸芸众生极少有人做这样的终极追问，除非你是一名哲人。但从现实人生角度想一想，也还是一个问题。

人最难认识的是自己。

每天你睁开眼睛看到的都是外部的世界，蓝天、白云、青草、绿树、山川、河流，看人世间的生生死死、花开花落，你唯独用双眼看不到自己，更看不到自己的生与死。即使看到自己也只能看到自己的部分躯体，而无法看到自己的整体。

你甚至都不清楚自己究竟长什么样子。古人最早在水里看到自己的模样，后来有了铜镜，再后来有了玻璃镜，再再后来有了照相、摄像。但那是通过物理反射看到的影像，有变形，有失真，有艺术。

迄今为止，人看自己最多的就是照镜子，可是，镜子里的你是反的。有一次我用镊子夹掉多余的眉毛，总也找不准那个点，特别扭，才明白那个理儿。然后就是从照片上看自己，从照片上认识自己。可是照片上那人是自己吗？我经常疑惑，为什么看照片有时觉得自己很帅，很潇洒，忍不住要细细欣赏，心里快慰，有时又觉得自己很丑，很难看，心里就沮丧，不愿再多看一眼。所以，就有所谓“上不上相”一说，上相的人照片比本人漂亮，不上相的人照片不如本人好看。那么，照片上的人是真实的你吗？

听收音机热线直播节目，常听打进电话的人问：是我的电话吗？节目主持人肯定说是你的电话，才接着说下去。为什么会这样？因为，人听到自己的录音和日常说话的声音是不一样的，恐怕许多人都有这样的体验，不信，你可以听听自己的录音。

你看不准自己的面目，听不清自己的声音，不认识自己了。

2008年我当奥运火炬手在山东临沂传递火炬，回来后看了那段录像，觉得里边举着火炬跑的家伙很陌生，是另一个我。那个“我”跑之前做了个亲吻火炬的动作，当时是精心设计的，看录像时却感觉那个“我”太作秀了，让电视机前的我很是难为情。

现代的录像录音技术把你的声音、形象、活动留下来，等于把你的眼睛挂在了空中，让你可以完整地看到你自己的样子。可是你不见得就认同那里边的自己，你所看到的自己和你所认定的自己常常发生错位。

我是谁？能清楚地回答出来并非易事。

德国哲学家尼采说：“我们无可避免跟自己保持陌生，我们不明白自己，我们搞不清楚自己，我们的永恒判词是：‘离每个人最远的，就是他自己。’”（《道德的系谱》）真的是这样。我们连自己的外表、声音都无法确认，遑论内心、情感、灵魂？内部世界更是比精密的仪器更为复杂。我们都是凡夫俗子，不必理会终极追问，但眼巴前的现实问题却容不得回避，我是谁？我是一个什么样的人？是要搞搞清楚的，妄自尊大与妄自菲薄都是看自己看走了眼。曾子说，吾日三省吾身。认识了自己才能更好地认识世界。

从小读过一则寓言，记忆很深：一个凶猛的狮子在找水时，从井里看到了自己的倒影，它不知道那是自己的影子，以为是另一个同类也在找水，就想把它赶走。它张牙舞爪，里边那狮子也张牙舞爪，它咆哮怒吼，里边那狮子也咆哮怒吼，一点儿都不甘示弱。狮子气坏了，还没有谁敢向它示威，这还了得，它一头扑进水井跟那里边的狮子拼命去了。结果，狮子被淹死了。它杀死了自己，因为它不认识自己，把自己当成了敌人。

无独有偶。古希腊神话中有一个故事：一个美少年叫纳西斯，一天在溪边看到自己的面影，天啊，真美！白皙的面孔、挺直的鼻梁、红润的嘴唇、宽宽的大理石般的额头，纳西斯一下子就被迷住了。他每天都来溪边细细欣赏里边的美少年，他知道那是自己，他深度地迷上了自己，无法自拔。一天，他在欣赏中出现幻觉，他把水中的自己当成了别人，有一种拥抱的冲动，于是，他扑进了水里。结果，纳西斯被淹死了。他害死了自己。因为他迷失了自己，把自己当成了别人。

狮子把自己当成敌人，纳西斯把自己当成别人，都没有把自己当成自己。你以为这两个都是寓言、神话吗？它恰恰是现实人生的写真。

“认识你自己！”这句话是刻在德尔斐阿波罗神庙的三句箴言之一，可见是对于人生多么重要的事情。

小时候在农村，晚上有人敲门，问：谁呀？答：是我。没听出是谁，再问：“我”是谁？答：我是我，笤帚疙瘩他大哥。

多么狡黠幽默的回答，调侃中透着自信。我是我，真好！

坐　飞　机

关掉手机，系好安全带。飞机缓缓进入跑道，加速，疾驰，腾空，呼啸着插入云端。飞行开始了。

我从1998年第一次坐飞机，至今二十一年，乘坐飞机的次数已不可计数了。每次出门，近程的开车，远程的坐飞机，火车已几乎被忽略了。坐飞机最大的好处就是快，出国不用说，国内最远的距离也只有三四个小时而已。当然，这是飞行时间，而机场大多离市区较远，提前坐车到机场，换登机牌，然后候机，其实耗时并不短，但人们看问题一般只看主要方面，次要方面常常容易被忽略。

第一次坐飞机的情景历历在目。1998年秋天我到成都开会，因那时石家庄还没有直飞成都的航班，需要到北京乘坐，石家庄与北京虽然只有三百多公里，却直通飞机，为了减少出入机场环节，我登上了赴北京的航班。飞机很小，承载量三四十人，像个大巴车，这次仅坐了十几个人。从石到京如此近，坐飞机显得太烧包了，乘客寥寥，不久这个航班就取消了。

第一次坐飞机，感觉很新鲜，也很紧张，飞机飞到六千米高度，白云朵朵，似乎伸手可触，地面的建筑清晰可见，像火柴盒大小，公路、河流蜿蜒曲折。飞机小，飞得低，不时颠簸，每颠簸一下，心里就发一下紧。仅用了半个小时，飞机落地。

坐在飞机上，才真切体会到什么叫“鸟瞰”，飞机就是一只翱翔在空中的大鸟。这种垂直的绝对高度，让人的视野一下子变得宏阔、辽远，所谓局促、逼仄、狭窄这样的词语顿时消失得无影无踪，心胸、格局似乎也变大了。坐飞机与登山一样，“会当凌绝顶，一览众山小”，也许会涤荡大脑沟回里藏着的鼠目寸光和蝇头小利，贯注浩然大气。不难想象，如果一个人一生从未走出过村庄，那他的眼光视域就只有巴掌那么大，他会想，如果我当了皇上，那全村的牛粪就只归我一个人来拾。——这绝不会是一个笑话，人的格局大小与视野宽窄绝对有关系。当然，我并非说，坐坐飞机就能让一个人发生质变，但是改变一个人观察世界的方式是完全有可能的。不过，常坐飞机的人都知道，其实，飞机正常情况下飞在万米高空，是在云层之上，乘客看到的通常只是无边无际的白云，像冬天下了一场皑皑的大雪，又像地上铺了一层厚厚的棉絮，单调乏味，地面上的景色是看不到的。

飞翔，一直是人类的梦想。古人羡慕天空中的鸟自由自在地飞翔，而自己没有一双翅膀只能在地上靠双脚行走。于是，人类开始了神奇的幻想，基督教中的天使，罗马神话中的爱神丘比特，都长出了翅膀。中国神话中的嫦娥奔月、敦煌飞天，道教中的神仙，虽然没有翅膀，却可以自由飞行，任意移方换位，甚至根本不用费劲飞，欻的一下，变戏法似的，人不见了。孙悟空更是一个筋斗云，十万八千里，云里海里，天上地下，一任我行。

人的躯体不可能生出翅膀，但思想却能够生出双翼，正是这些幻想，促生了古代人类仿鸟制造飞行器的实践，让没有翅膀的人类实现了飞翔的伟大梦想。《韩非子》《墨子》《太平御览》等都记载了公输班

（鲁班）、墨子、张衡制造木鸟的本事。西方也类似，甚至英国一位国王乘载木鸟，刚飞出城即坠落驾崩，成为飞行的先驱烈士。直到1903年美国的莱特兄弟制造出了第一架依靠自身动力进行载人飞行的飞机，并且获得试飞成功，人类才真正成为可以飞来飞去的神仙。最初，坐飞机的人非富即贵，普通老百姓只有仰望天空的份儿。如今，坐飞机已成为极为普通寻常的交通行为，世界也因此变小了，天涯咫尺，地球成了一个村庄。

小的时候，在田野中割草，躺在绿茵秋风里，嘴里叼着一根草棍，看白云苍狗，变幻无穷。经常有一架飞机在云端高高飞行，像一只蜻蜓大小，尾巴有时还拉着一根长长的白线。如果飞机飞得较低，能看清轮廓，就会兴奋得大叫。那时，哪能想到自己有朝一日也能坐在云上呢。

说到坐飞机，自然不能回避空难，几乎每年都有空难发生，几十条上百条生命瞬间陨落。所以，每次坐飞机，自然惴惴不安，心中默念苍天保佑。每当飞机降落，听到轮子咯噔一声碰触地面，悬着的一颗心方落回实处，那咯噔的一声，就像旧时打更的一声梆子响：平安无事喽。空难的发生其实概率极低，坐飞机比汽车、火车更安全，但因为在空中，无着无落，无所依傍，人们便心提溜着缺乏安全感。既然有概率自然就有运气成分在，便有种种运气的传说。

有一个故事：是说一个将军外出开会，司机载他往机场赶，跑到中途，车子抛锚，司机满头大汗，待修好赶到机场，飞机已飞走。将军气得暴跳如雷，对司机咆哮，提前工作没做好，以致误机，老子回去要关你的禁闭！司机一脸惶恐，唯唯诺诺，自认倒霉。在等候下一班次时，机场却传来刚才那架飞机失事、机上人员无一生还的消息。将军闻听，一把抱住司机，激动万分，说，好小子，救了我一命啊，回去老子要好好奖赏你！

人的一生由无数个偶然和必然组成，共同奏响人生命运交响曲，所谓“天有不测风云，人有旦夕祸福”是也。西方的斯芬克斯之谜、西西弗斯神话都在表达命运的诡异与神秘。这样说可能有些玄虚，其实，坐飞机是一种简单的旅行方式，没有这么多哲学意义和复杂内涵。飞翔在蓝天白云间，心骛八极，神游万仞，御风而行，像庄子笔下的鲲鹏，做一次逍遥游，岂不乐哉！

坐 火 车

近日去北京出差，乘坐C556次火车，“C”字头即城际列车，时速三百公里，从石家庄一小时二十分即抵达终点。说来惭愧，这是“高铁”时代我第一次乘坐火车，以往出门，近处开车，远处坐飞机，火车成为被忽略的交通工具。

一等座车厢，宽大，舒适，像坐在自家客厅，歪着，斜着，跷着二郎腿，大随其便。我们在铁道边上看高铁，“嗖”一下就过去了，真可谓“风驰电掣”，但坐在车里看窗外的风景，并无太快或眼晕的感觉。车厢一端的电子屏上不断显示着车速的变化，还有各种信息。除了速度快，一个最大的感觉是没有声音，非常安静。记得五六年前坐火车去西安，躺在卧铺上被隆隆隆的声音所扰，几乎一夜无眠。

最早对火车的印象，来自小时候看京剧《红灯记》。背景上，一列火车拉着汽笛，冒着黑烟，一股一股的，飞驰而过。剧情是交通员跳下火车，和铁道工人李玉和接头，让他把密电码送往山上游击队。那时候，汽车都很少见到，对火车更是充满好奇和神往。有一阵子我经常做一个游戏，举着火把，甚至煤油灯，冒着烟，一起一落，往前疾走，模仿火车驰过的样子。

第一次见到火车，是1972年，我和母亲去邢台看望上师范的二哥。

晚上住在学校，离铁路不远，在寂静的夜里，能清晰地听到火车鸣笛的声音，“呜——”空旷而辽远，内心里更起了一种迫切。次日，二哥带我和母亲来到铁路边上，如同戏里看到的那样，火车从远处冒着黑烟，鸣着笛，轰隆隆，嘭擦擦，呼啸而过，携风卷尘，气势磅礴，大地微微震颤。一个火车头能带动几十节车厢，让人惊叹，这得顶多少匹马啊！

八年之后，我考上省城的大学，终于第一次坐上火车。客车一律是绿皮车厢，大约有十几节。车上人很多，摩肩接踵，很拥挤，基本上没有空座。那个时代，流行着一段山东快书，人人都能来两句：“当哩个当，当哩个当，火车站里有火车，车站里面有旅客，旅客手里提包裹，不是上车就是下车。”我头回坐火车，居然转向了，觉得火车一直向东开去，难道要开向大海吗？从邢台到石家庄一百四十七公里，停了八九站，走了大约两个小时，比汽车也快不了多少。

后来，坐了多年的火车，最大的感受就是人多、拥挤。结婚那年，我和妻子去北京旅游，从邢台上车，一路站到终点，脚都站肿了。那天是夜车，在昏暗的灯光下昏昏欲睡，不过，放心睡好了，人挤人，人贴人，即使睡着也不用担心摔倒。这还不算最难受的，评论家雷达写过一篇散文，说他从兰州坐火车到北京，一路上甭说站着，简直就是无立锥之地，得单腿站着，呈金鸡独立状，车厢里到处是人，连厕所里都是人。他憋着一泡尿，无法解决，膀胱都要爆炸了。最后，他得出结论，幸福有时候其实就是痛痛快快撒一泡尿！这篇散文我感同身受，印象极为深刻。

20世纪90年代末，我从邢台调到石家庄工作，老婆孩子暂且还留守原处，坐火车成了我最日常的生活样式。每周五晚上南下，周日晚上北上，火车成了我生活的一部分，保持了一份极为密切的关系。通常是，我到了车站买票，如果人多需排队，我就持记者证先上车，在车上补票，座位一般不用考虑，压根儿就没有，在两个车厢连接处，我用报纸铺垫，坐在上面看书。好在只有一站，一个多小时就到了。这样的情景连续上演了三年半，直到妻儿也迁到石家庄，一家人团聚，我和火车的亲密关系才告一段落。火车呜呜呜的鸣笛声，嘭铿铿的车轮声，成为那时我经常聆听的奏鸣曲，时常萦绕在梦中，温馨而亲切，还交杂着淡淡的离别的忧伤和行旅的孤独感。如果是冬天，适逢风雪之夜，下了火车，步履匆匆往家赶，当在楼下抬头望见自家的一窗灯火，有时会忍不住喉头发哽，泫然欲泣。

火车是交通工具，又何尝不是情感的承载器。南来北往，天涯羁旅，列车远去，载不动，许多愁!

我坐火车的历史中，有一件事值得一记，因为我几乎享受了专列的待遇，此生肯定是空前绝后的了。1990年北京举行亚运会，我们一家三口赴京观看比赛，返程的时候，偌大一节车厢加上我们三口只有五个人！儿子撒欢儿地在车厢里跑来跑去，这个座位上坐坐，那个座位上坐坐，兴奋得不得了。何以如此？当时因为北京举办亚运会，严格限制进京人员，买火车票得开县一级政府的介绍信，所以才出现如此壮观的局面。

想想，人类发明火车真是一件伟大的事情。1804年，英国的矿山技师德里维斯克利用瓦特的蒸汽机造出了世界上第一台蒸汽机车，时速为五至六公里。因为当时使用煤炭或木柴做燃料，所以人们都叫它“火车”，一直沿用至今。我们在电影《铁道游击队》里可以看到，火车头专门有司炉，火车一边行驶，一边不断往炉子里加煤，所以，烟囱里不断冒出黑烟。时代发展了，技术不断革命，燃料由煤改为油，又改为电，动力由车头牵引变成每节车厢都有动力，是为“动车”。速度也越来越快，1964年日本新干线时速二百一十公里，而2008年8月1日中国京津城际列车第一次发车，时速达到三百五十公里，成为真正的“高铁”。朝发午至，朝发夕至，天涯变咫尺，时间被缩短，空间被拉近，人类的生活发生了不可思议的变化。有清一代，由北京到云南巡视的钦差大臣，乘坐马车轿子，一路颠簸辛苦，得走上小一年，而今不说坐飞机，坐火车也就七八个小时。想想看，现代交通工具节省了大约一年的时间，这一年得多干多少事情啊？

古人说：“苟日新，日日新，又日新。”时代的发展即如这火车，以加速度的方式，朝着美好的明天快速奔去。

坐 船 记

虽然我的名字里有“江”，却生在旱地，家乡有老漳河、滏阳河穿过，但几近干涸，纵使有水也是孱弱如小溪，打小没见过船长啥样。有时候下了大雨，地上汪了水，遂拿着树叶草棍儿放在水面上，当作小船。后来读了庄子《逍遥游》，看到“覆杯水于坳堂之上，则芥为之舟”的句子，不禁会心一笑，原来古人也这么玩儿过。

上大学之后，星期天和同学们去公园玩，公园里有一片湖，波光潋滟，飘荡着数艘小船。这是我第一次亲眼看到船。我们七八男女同学租了两只船，唱着歌，在水面上划将起来。“让我们荡起双桨”是件浪漫的事，但划桨却不那么容易，弄得小船七扭八歪，原地打转转，费劲巴力半天方行进一点点。

工作后一次去武汉旅游，然后要去看看庐山真面目，没有买上车票，便想到了坐船，顺江而下正好可以到庐山脚下的九江。这才看到了长江，好宽，好大，我们家乡的河流没法比。诸如烟波浩渺、莽莽苍苍等成语用在这里恰如其分，是个生动的写照。大江之上，各种大船小船川流不息，空气中弥漫着潮湿的腥味。我登上了轮船，哪里舍得坐在舱中，而是一直站在船舷边上，扶着栏杆，欣赏两岸风景。“两岸猿声啼不住，轻舟已过万重山”，长江从宜昌以下已进入辽阔的地带，水流已由湍急变为平缓，所以，走在船上，如履平地，且视野开阔，景色宜人。此次坐船成为一次舒心怡神的记忆。

坐海船就不那么舒坦了。那年去泰国普吉岛，搭乘海船，船不大，在茫茫大海上“乘风破浪”。小时候写作文经常用“乘风破浪”这个成语，充满了革命的豪情，谁知，真正到了“乘风破浪”的时候，才觉得一点儿都不浪漫，而是苦不堪言。海面上风大浪高，船在颠簸起伏中前行，一颗心也一会儿抛起，一会儿跌落。先是头晕，接着胃开始抗议，抗议的方式就是呕吐，吐得鼻涕一把泪一把，一塌糊涂，斯文全无。好在一个钟头就到了目的地。从此视坐海船为畏途。不仅想起了20世纪二三十年代，出国留学的学子们，主要靠坐海船旅行，像鲁迅、周作人、郭沫若、茅盾等人去日本还近些，而钱锺书、冰心、林徽因、徐志摩等去的欧美，需要在大海上漂泊一个月左右，天，咋受得了？尤其像纤纤弱弱的林徽因小姐这样的弱女子，何以堪当？

这次坐船还留下一个惨“痛”的记忆。我所乘坐的轮船系游船，没有停靠在正经的码头，而是停在一个沙滩上。游客们自己除袜脱鞋，赤脚蹚水走向岸边。从游船迈向引渡船时，由于光着脚，船板很是光滑，一脚下去出溜一下摔了个仰八叉，尾骨重重地磕在船板上，立刻一阵钻心剧痛，嘴里咴哈咴哈，头上冒出虚汗，我都怀疑是否骨裂了。这种疼痛感一直伴随我旅行结束，虽无大碍，但严重影响了旅行的心情和质量。

我是北方“旱人”，坐船的经历寥寥可数。但读中国古代诗文，却发现“船”（舟）的字眼竟如繁星点点，闪烁在册页之间，船不仅是行脚的交通工具，而且其隐含的丰富繁复的人生况味令人嗟叹。先民逐水而居，船便与人发生紧密的联系。“泛彼柏舟，在彼中河。髧彼两髦，实维我仪。”《诗经》中这首《柏舟》开启了泛舟江河湖海的浪漫主义传统。想想这样一个情景：一个文人书生手持一把雨伞或纸扇，伫立船头，身材颀长，玉树临风，在水上施施然依船而行，与金戈铁马、疆场厮杀完全是两种截然不同的人生样式。孔子“道不行，乘桴浮于海”，李白“人生在世不称意，明朝散发弄扁舟”，苏轼“小舟从此逝，江海寄余生”，张岱“湖上影子，惟长堤一痕、湖心亭一点、与余舟一芥，舟中人两三粒而已”……都反映了进退有据的隐逸飘然的人生态度。孙子云，吴人与越人虽然交恶，“当其同舟而济，遇风，其相救也如左右手”；唐太宗引用荀子的话称：“君，舟也，人，水也。水能载舟，亦能覆舟。”这里，船已离开了本来的意思，引申到政治领域和治国理政了。基督教中将诺亚方舟隐喻为人类在灾难中最后的庇护所，佛教中的大乘小乘都是欲将挣扎在苦海中的他人或自己“渡”向极乐的彼岸。

其实，人生就是一只船，在命运的河流中，欸乃一声驶向何方，全在于手中的这把桨，你是坐船者，也是摇橹的舵手。

深夜绽放的花

一觉醒来，看看时间，凌晨2点、3点或4点，正是深夜时刻。想重回梦乡，却再也回不去了，每一条路都被严严实实堵上。屋内一片黢黑，窗帘挡住了外面的世界，窗外与窗内黑暗融为一体。枕边妻子睡得正酣，轻轻打着鼾。我不想开灯看书，也不想睁开眼睛，还是想继续睡觉。于是，平心静气，斩断念想，数数，数一呼一吸。但是，无数个念头像脱缰的野马，在脑海中奔驰，杂沓，无法收拢。

我失眠了。这个情景经常性地出现在我的夜里。

日出而作，日落而息，夜幕四合之后，万籁俱寂，睡觉是人之生命的一个基本功能。可是，这个功能经常遭到侵扰破坏，夜不能寐，辗转反侧，如阶前雨滴，点滴到天明。亘古以来，诗人骚客留下几多关于失眠的呓语慨叹。

“求之不得，寤寐思服。悠哉悠哉，辗转反侧。”（《诗经·关雎》）——这是中国文艺关于失眠的最早吟哦。一名男子向一名女子求爱，未果，心心念念，难以成眠，“辗转反侧”从此成为失眠的典型用语。

“明月何皎皎，照我罗床帏。忧愁不能寐，揽衣起徘徊。客行虽云乐，不如早旋归。”（汉代无名氏）——羁旅在外，思乡情浓，月是故乡明啊，异乡的愁思咋能让人安然入睡。

“夜中不能寐，起坐弹鸣琴。薄帏鉴明月，清风吹我襟。孤鸿号外野，翔鸟鸣北林。徘徊将何见？忧思独伤心。”（阮籍：《咏怀》）——南北朝时期，国事蜩螗，战乱频仍，哀鸿遍野，诗人有一种忧世伤怀的大悲切，夜不能寐，坐弹鸣琴，以抒情怀。

“北阙休上书，南山归敝庐。不才明主弃，多病故人疏。白发催年老，青阳逼岁除。永怀愁不寐，松月夜窗虚。”（孟浩然：《岁暮归南山》）——岁月蹭蹬，老大无成，身体多病，故人疏离，想起来让人睡不着啊。

“转朱阁，低绮户，照无眠。不应有恨，何事长向别时圆？人有悲欢离合，月有阴晴圆缺，此事古难全。但愿人长久，千里共婵娟。”（苏轼：《水调歌头》）——这是苏轼思念弟弟苏辙引发的千古之叹，也是手足情深的最好见证。世上因思念身在异乡的弟弟而无眠，这样的情形该是极为罕见的吧。

“三驿未为远，衰翁愁出门。贪程多卒卒，失眠每昏昏。”（陆游：《安仁道中》）——这是由年迈体衰引发，你看，陆游用的词就是“失眠”。

……

失眠的缘由多种多样，归结为一，是为“思”所致。心不安，神不宁，愁怀满盈，思绪万千，怎能安眠呢？世人多为失眠所苦，甚至作为病症四处求医问药。想想也是，凡失眠多与愁、闷、忧、伤等不好的事相关，当然也有高兴得睡不着觉的时候，毕竟还是少数。失眠的时候，在床上反复“烙饼”，庶几拧烂了床单，头脑发胀，昏昏沉沉，次日面容青灰，眼眶乌黑，两眼发直，反应迟钝，这种滋味说是煎熬一点儿也不为过。

但是，失眠对我来讲，也不全然是坏事，却有一种神秘的好处，种种奇思妙想几乎多拜失眠所赐。我的一般习惯是晚上就寝前看一会儿书，待感到困倦时熄灯合目。我不像有的人一挨枕头就呼呼大睡，而是酝酿好大一会儿方能入眠。这个时候睡不着还不是失眠，只不过是入睡慢而已，失眠常常是半夜醒来再也睡不着。此时能感觉到睡意一点儿一点儿退去，但也不是真正的清醒，室内笼罩在黑暗之中，闭着眼睛，再加一重黑幕，处于一种朦朦胧胧、恍恍惚惚、似睡非睡、似醒非醒的状态。大脑运转比白天的正常速度要快上几倍，而且不在一个点上，忽东忽西，天马行空。虽然在某个问题上没有过多停留，深入思考，但异常尖锐、爆脆、鲜亮，仿佛一串鞭炮，噼噼啪啪作响，白日里从未想到过的工作上的金点子创意、写作上的美妙构想竟迸发而出，简直不可思议。好像古代那个江淹有神仙梦中遗之五彩笔，神思迭出，下笔绚烂。其实，从科学角度讲也不神奇。按照弗洛伊德的心理学理论，人的精神分为意识和潜意识，中间还有一个过度叫前意识，它负责将潜意识中的东西解析到前意识的客厅，然后进入意识的房间。窃以为，失眠之后的胡思乱想，即处于前意识的状态，将日积月累的智慧才华从潜意识的蛰伏状态唤醒，在思绪的乱云飞渡中刹那间被意识的光芒照亮。

所以，失眠于我，就像深夜绽放的花，我用温热的心做太阳，催放了它的缤纷绚丽。每当夜晚来临，躺在床上，只需安宁平静地守候，如果一觉睡到天亮，自然是一种幸福；如果失眠，也无须焦虑，说不定又会有神奇的赐予。

那一簇温暖的烟火

家人都外出了，我独自在家。临近中午，我走进厨房，准备饭食，在天然气灶台上轻轻一拧开关，啪的一声，冒出了一簇蓝色的火苗。工夫不大，一餐完毕。

这灶上的火，用文词来讲叫烟火，虽然现在已没有了烟。唐代诗人刘禹锡《竹枝词》云："山上层层桃李花，云间烟火是人家。"《庄子》里边那位姑射仙子吸风饮露，谓之不食人间烟火。这烟火都是指我们凡夫俗子点火做饭。饮食男女，吃饭是第一等大事。有人的地方叫人烟，繁衍后代叫烟火相续。

我活至半生，尽管不怎么下厨，但稍加回顾，居然发现灶间的烟火与我人生的进程密切相关，烟火的变化史竟可谓我的一部个人简史。我生于1964年，那时，新中国成立才十五周年，真正生在红旗下，长在红旗下。烟火的历史也是国家的历史，个人命运与国家发展休戚与共。

十岁以前我是在冀南平原一个叫湾子的村庄度过的。那时家里做饭用的主要燃料是柴火，即庄稼收获之后的秫秸、麦秸、棉花柴梗、玉米棒芯等，有时也用树枝、锯末、废木头，总之烧的是植物。秋收过后，大量的玉米秸秆斜靠在围墙上，层层叠叠。秫秸和墙之间的缝隙形成了一个暗道，是我们捉迷藏最好的藏身之处。锅灶和土炕连在一起，在房顶上方垒着烟囱。到了饭点，家家屋顶炊烟袅袅。拾柴火是我们村里小孩经常干的活儿，背着箩头拿着镰刀去地里捡拾一切可燃烧的东西。有一次，在母亲的鼓励下，我独自在灶间忙活，一手往灶膛填玉米棒芯，一手咕哒咕哒拉风箱，红红的火苗一闪一闪映红了我的小脸，不时还被烟熏得流泪，呛得咳嗽。最终在汗水的陪伴下，我完整地烧熟了一锅饭，母亲奖励了我一枚鸡蛋。

1974年冬天，我跟随母亲离开村庄，来县城上学，住在父亲单位的宿舍。屋子里用砖砌着一个方形的煤炉，不用再准备大量的柴火。平时将煤粉和成泥，填在灶膛封起来，只留一条火眼，到了做饭的时候，用火镩捅开，火苗就升起来了。煤炉是做饭、取暖两用。为防止煤气中毒，炉子上方用轻薄的铁筒做成排气道从窗户伸出屋外，晚上睡觉的时候，将喇叭状的铁筒口罩在炉子上面。尽管如此，有时，遇着刮风的天气，煤气排不出去，次日就头疼恶心，有中毒的症状，好在都不太严重。到了夏季，天气热了，就在屋子外面搭一个简易厨房，炉子盘在里边，有时热气从敞开的窗户透进来，屋子就变成了蒸笼。除了烧煤粉，还烧煤块，噼噼啪啪响。有时煤块燃烧不彻底，所以，那时我放学之后经常干的活儿，由拾柴火变成捡煤核，到炉渣堆里扒拉，常常弄得十指黑黑，变脸小包公。

1984年我大学毕业，分到邢台市一所高校任教，单位在筒子楼给分配了一间房子。结婚生子，烟火小日子由此开始。那时，灶火做饭、取暖的两用功能已分开，冬季取暖有暖气管道，灶火的燃料还是煤，但由煤粉、煤块变成蜂窝煤了。灶具是一只铁皮炉子，放在楼道里，家家如此，每到饭点，便奏响锅碗瓢盆交响曲。那是一段快乐的时光。宿舍楼的西面是一片空地，我们这些青年教师经常在这里脱蜂窝煤，无论谁家的活儿都一起干。从煤场买回煤粉，加上适量的胶土，用水和成干湿适当的煤泥，用托模杵几下就一个。大家边干边说说笑笑，时间不长，一大片蜂窝煤就铺成一地。到了饭点，召集大家在家里炒几个菜，喝上几杯，真是其乐融融。后来有了蜂窝煤厂，不用自己脱了，开始是自己蹬着三轮车去买，也挺累人，等条件有所改善，就掏钱雇人往家拉了。

1994年，单位集资建了一栋宿舍楼，我买了一套单元房，两室一厅，六十多平方米。恰在此时，灶火由烧蜂窝煤变成烧液化气了，不然在封闭的单元房里烧煤还真是不方便。这是一次灶火革命，人间烟火终于不再有烟，而且红色的火苗变成了蓝色的火苗，燃点高，做饭所需时间也缩短了。拧开液化气罐阀门，脉冲点火，嘭一下，火苗蹿出来，可自由调节大小，急火文火悉听尊便。一罐大约能烧一个月，家里备着两个瓶罐，待一罐气快用完了，骑着自行车或三轮车再买回一罐。市里液化气站点很多，距我们单位不远就有一个，很方便。使用液化气有一个有趣的经验，看到灶上火苗由蓝变红了，而且丝丝怏怏有气无力，那就是气快用完了，这时将罐子用力晃几晃，火苗就突一下旺起来，还能多做几顿饭。

这一年正是我的而立之年，事业上培根筑基站稳了脚跟。我不断给自己补充“燃气”，让青春的火焰烧得更旺一些。那时，晚上整座大楼最后熄灭的灯一定是我的房间。

1998年初春，我调到省城报社工作，三年后妻儿与我在石家庄团聚，在河畔买了一套宽敞明亮的新居，开启了省城市民的新生活。“人间烟火”也由液化气升级为天然气，管道入户，安全环保，无烟无尘，不用再操心气何时用完，不用再跑出去购买，像电表水表一样只需按数字付费即可。连缴费都不用跑腿，会有收费员上门，微信一扫就搞定。从此，我为灶间拾柴火、捡煤核、脱煤球、驮液化气罐的劳动史就此终结。灶上开关只需轻轻一拧，蓝色的火苗映照的是一张幸福安逸的笑脸。不再为烟火之事劳心分神，专心凝志，工作事业步步高。

柴火——燃煤——液化气——天然气，这四种烟火方式，恰好印证了我从村庄到县城、从地级市到省城的四段人生历程，也印证了新中国从农耕文明到工业文明再到现代文明的快速辉煌发展历史。那一簇簇或红色或蓝色的烟火，是人间最亲切最温暖的光亮，它抚慰了我的肚腹，映照了我的前行之路。

纸边谈屑

第五辑

DANGLIZIGUAMANSHANYA

我鄙视你对女人的鄙视

“作为艺术家，你也许是伟大的，可是作为人，你在道德上一钱不值。”

这是说谁呢？没错，是毕加索，这是他的情人朵拉对他的怒斥。

读了《毕加索传》，一分钟犹豫都没有，得出一个结论：毕加索就是一个“渣男”。不管你是多么伟大的艺术家，你依然是“渣男”。

毕加索一生情人无数，作为一个情欲旺盛的男人、一个情感丰富的艺术家，这一点似乎并不为人们所苛责。英国作家毛姆在他的名作《月亮与六便士》中表达过一个意思，一个人可以有很多爱情，至少在和一个人相爱时是绝对真挚的。爱了便爱，不爱了便结束，了结一个再开始下一个，即使频繁也不乏真爱。我们大家所熟知的文怀沙先生即是如此。每一段都是真爱，段是多了些，那又怎样？那是他的自由。有了爱，一切都有了理由，即使逾矩也能为世人所宽容。如果没有爱，那即是兽性发作，动物本能了。毕加索先生的字典里似乎只有“情欲”，而没有“爱情”，不管眼下和哪个女人正相处，一看见又一个漂亮女人出现，肾上腺素上升，荷尔蒙膨胀，像个发情的公牛，猛扑上去。常常是几个女人不分时段，同时空进行，一个尚未了结，另一个已在怀抱。一次，两个情人玛丽和朵拉在毕加索寓所相遇，发生了激烈的冲突，因玛丽为毕加索生了一个女儿，占有制高点，她让朵拉滚出去，朵拉大哭。这时，毕加索走到玛丽身边，搂住她的脖子对朵拉说："朵拉，你十分清楚，我唯一所爱的，就是玛丽。"朵拉遭到无情的羞辱，哭着跑了出去。谁知，以为自己获得胜利的玛丽，拼命拼凑出来的幻想立即被毕加索打破了，他对玛丽说，"你应该知道我的爱情的限度"，掉头而去，留给玛丽冰冷的背影。毕加索对别人说："我每换一个妻子，就把前面那个烧掉。"说白了，毕加索对这些女人没有爱情，就是占有，玩够了，腻烦了，就甩掉，他说："你想象不出，我是多么不断地想要解脱自己。"

中国宫廷中有一个"药渣"的传说，一个假冒的太监被妃子们轮番享用，妃子们得到生命的滋润，个个容光焕发，艳丽无比，而这个假太监就像被多次烹煮的中药，榨取了风华，成为"药渣"。在毕加索这里，他那些情人也是"药渣"，被他无情榨取，成为他艺坛的祭品，然后，一朵一朵曾经美丽妖娆的花枯萎凋零。他毫不遮掩地说："跟年轻的妻子在一起，有助于永葆青春。"所以，他不断更换情人，永远和年轻的女人在一起，保持了自己旺盛的生命力和创造力。至于牺牲女人的爱情甚至生命，在所不惜。有的女人为他自杀了，有的疯掉了，那是她们的事，谁让她们如此痴情呢？

如果说仅仅这些，也就算啦，艺术家的私生活也不值得说三道四，说他是"渣男"，是因为他对女人的鄙视让人鄙视，对女人的态度让人忍无可忍。周作人曾说过，看一个人的品行，主要看他对佛和女人的态度（大意）。不管这话是否失之偏颇，至少是一个尺度，尤其是对女人的态度，能够看出这人是否具有平等的现代意识。在佛看来，生而平等，一切生命都是平等的，包括动物，何况是人类呢？但是，在毕加索看来，他的情人就是匍匐在他脚下的奴仆，呼来唤去，任意驱使，没有尊严，没有人格，他就是绝对的霸主、君王。玛丽说：“我总是在毕加索面前低着头，对他哭。”毕加索在和妻子奥尔加的离婚官司中，对一个朋友说：“牛的眼睛，有上千条理由保持缄默，对那喝多了咖啡而撒尿如雨的跳蚤，尽可熟视无睹。”在这里把奥尔加比作“跳蚤”，还“撒尿如雨”，够阴损的吧。他对痴情得随时等待他召唤的朵拉说：“我的短处别的男人也有，我的长处任何人也没有，我不知道为何要你来，去逛妓院要更开心。”听听，这是人说的话吗？不爱便不爱，为何要羞辱苦苦爱你的人呢？为何要这般残忍？朵拉受不了这般刺激，住进了精神病院，最终开枪自杀。还有，毕加索曾对另一个正在哭泣的情人弗朗索瓦丝说：“我希望你知道，你现在并不那么让我感兴趣。别的女人生孩子之后总会有所改善，而你却不然。你看上去像一只扫帚，你以为扫帚会招人喜欢吗？”不仅如此，他每次厌弃一个女人之后，还会在绘画中侮辱她们，丑化她们，比如，有一次，他居然把朵拉画成了一个囚犯。

我看过毕加索几个女人的照片，费尔南德、奥尔加、艾娃、朵拉、玛丽、弗朗索瓦丝，几乎每个都是绝色女子，美丽非凡。她们是天生尤物，本可凭自己的美貌和聪明，找到宠爱自己的男人，过上幸福的生活。不幸的是，遇见了毕加索这个魔王，盛放的鲜花被冰霜冷风无情摧残蹂躏，零落成泥碾作尘。“原来姹紫嫣红开遍，似这般都付与断井颓垣。”可惜可叹！

毕加索为何如此残酷、无情、扭曲？著名心理学家荣格的分析可能点中了他的死穴。一次，毕加索在苏黎世举办画展，荣格是参观者之一，他惊奇地发现，毕加索的作品与他的精神分裂症患者所画的画很相似，由此他得出结论，毕加索是一个精神分裂症患者。他在《新苏黎世报》发表文章说：“严格地说，毕加索身上的主导因素是精神分裂症，这使他把自己表现为割裂的线条，这是一种透过形象心理上的裂隙。它是丑陋、病态、怪诞和不可理解的。”事实上，毕加索是一个性虐狂，比如，对朵拉经常殴打，甚至打得不省人事，神经正常的人能做出这样的事吗？其实，说毕加索是精神分裂症患者也并不奇怪，世界上一些著名的哲学家、作家、艺术家都是精神病人，如尼采、凡·高等，或许应了那句话，不平常的人才能做出不平常的事。在谵妄、狂悖、臆想等非正常的状态下创造出艺术的异端，达到一种极致。

但这些并不能成为我们理解并原谅毕加索的理由。任何人都没有对别人人格和尊严肆意践踏和侮辱的权利，否则，都应该受到道德的谴责，即使取得卓越成就的名士也没有豁免权。在这个世界上，人人平等，是现代人类必须遵循的底线。许多年来，人们对成功人士的人格缺陷和道德瑕疵抱有宽容的态度，主要看其历史的贡献，避免陷入唯道德评价的陷阱，这也符合马克思在道德评价和历史评价问题上坚持历史优先的立场。但是，历史评价优先，并不是不要道德评价。道德是除法律外在社会层面对人的行为规范的最基本的限制，每个人都不会完美履行，但应该恪守一些基本律条，这不仅是文明的要求，也是人作为人的起码准绳。

毕加索在艺术上可能是伟大的，但在道德上，我有权利鄙视他。

人　　商

“人商”这个词不是我的发明。

一个朋友跟我诉说他们领导的种种恶行劣迹，我说，这人情商有问题啊，朋友说，不是情商有问题，是人商有问题。

“人商”？这个词很新鲜，初次闻听，却觉得脑洞大开，眼睛一亮，以此来形容朋友的领导，简直恰如其分，严丝合缝，可丁可卯！

从百度上搜索“人商”，倒是有这个词，云：“人之九商，心商、德商、志商、智商、情商、逆商、悟商、财商、健商。”总之，“人商，人的生意、人的买卖、人的经济圈等，好好经营自己就是最好的人商。”

商数，是一个数学术语，在这里成为社会学术语，表示水平和能力。现在流行的“智商”，即是说智力水平，“情商”即是说情感水平、处理人际关系的能力。人有两大属性，生物属性和社会属性。马克思给“人”下了个定义：在其现实性上，人是一切社会关系的总和。更强调人的社会属性，这也是人的根本属性，是人跟动物的根本区别。智商，是天生的，主要体现了人的生物属性；情商，是后天的，主要体现了人的社会属性。所以，人们都承认，关乎一个人的成功，情商比智商更重要。

那么，“人商”呢？从百度搜出来的说法，只强调了人的经济关系，“生意”“买卖”“经营”什么的，显然过于潦草和狭窄，与“智商”“情商”的表述不在一个频道上。可以说，原来“人商”的概念是模糊的颟顸的，甚至干脆说是不存在的。

但是，我朋友所说的“人商”之意和智商、情商却鲜亮地属于一个语义系统，我觉得是一个可以叫得响、流行开来的好词！我试着给“人商”下一个简单的定义：人商即做人的水平和能力，是除却智力水平、情感水平的一个综合考量。如果说，智商低，叫“笨”，情商低，叫“傻”，那么人商低，可以叫“劣”，前两者关乎能力，后者则关乎品行，关乎道德。

举个大家熟悉的例子。三国时期，曹操的几个儿子争嫡。老弟曹植智商极高，有天纵之才，绝顶聪明，出口成吟，“本是同根生，相煎何太急”是千古流传的名句。然而他情商不高，恃才傲物，自命不凡，不招人待见，不能“和革命群众打成一片”。但此人单纯简单，没有机心，人商没有问题。老兄曹丕智商、情商都很高，他的诗文水平在古代帝王中绝对是顶级的，“盖文章，经国之大业，不朽之盛事”即出自他之口；在和老爹曹操及大臣们的关系处理上，也左右逢源，游刃有余，深得众人拥戴，所以能顺利接班。但是，他的人商有问题，一是曹操死后，曹丕将他父亲宠幸的姬妾们悉数收在身边，他的母亲骂他“狗鼠不食汝余”，狗鼠不如了，是为不孝；二是为争夺帝位，逼同胞弟弟曹植七步成诗，险些将其杀害，是为不悌。这些都为他的历史形象涂抹了不堪的颜色。

我们把智商、情商、人商放在一个话语系统来考量，人商无疑是最高级别的。智商是先天的，情商主要是后天修炼来的，人商则是先天与修炼兼而有之的复杂综合体。说白了，人商就是做人的商数，即配不配做一个人的问题。如果人商低，智商情商皆高，那此人一定是大奸大恶，如秦桧；如果人商高，智商情商皆高，那此人一定是圣人大德，如孔子。

我们普通人，可能智商有参差，情商有高下，但人商一定不能低下，要守住底线，遵循绳墨，堂堂正正做一个一撇一捺的人！

情到深处父亦慈

父母亲在生活中大抵有一个固化的角色定位，叫严父慈母，我们向别人称自己的父母即为“家严家慈”。慈母有孟郊的诗《游子吟》为证：“慈母手中线，游子身上衣。临行密密缝，意恐迟迟归。”严父的形象以《红楼梦》中的贾政为最，不仅是严格，简直是严酷了，一顿板子密密抽，将贾宝玉打得皮开肉绽，奄奄一息，差点儿一命归西。严父慈母的定位，有天然的性别差异，更有社会的“人设”因素，虽然偶有相异者，但主流大体如此。男人嘛，儿女情长，难免英雄气短，修身齐家治国平天下才是屹立于世的本钱。

但事情不能僵死着看，人性的繁复丰富总有旁逸斜出的情况发生，让这个世界生动有趣起来。鲁迅先生诗云：“无情未必真豪杰，怜子如何不丈夫？知否兴风狂啸者，回眸时看小於菟。”（《答客诮》）这里拿老虎作比，於菟是虎的别称。明代解缙有诗写虎：“虎为百兽尊，谁敢触其怒。唯有父子情，一步一回顾。”鲁迅的诗意应该源于此。至刚至猛如老虎，对待小老虎也是柔情似水，缱绻有加。“一步一回顾”，垂怜深爱之态，传神阿堵。鲁迅是一把有名的硬骨头，老来得子，却对儿子海婴有几分溺爱。一次，鲁迅和许广平生气，发了小孩脾气，躺在冰凉的阳台上，这时，海婴过来也躺在了父亲身边。鲁迅见状再也撑不住了，起来骂了句“小臭屁”，把海婴拉起来，心中不快顿时烟消云散。《战国策》有一篇《触龙说赵太后》，老臣触龙劝谏太后时托其安排自己的小儿子为宫中侍卫，太后说：“丈夫亦爱怜其少子乎？”触龙说：“甚于妇人。”鲁迅和触龙有一个共同点，老父少子。或许，人老了，神经变得脆弱了，柔软了，心底感情那根琴弦容易被轻轻拨动。

也不尽然。父亲的至爱情柔是情到深处的自然流露，好像与年龄没有多大关系。唐代大诗人李白一生浪迹天涯，萍踪不定，给人的感觉是，这人只爱山河不爱家。事实上自从他二十五岁“仗剑去国，辞亲远游”，就把自己交付给锦绣山河，居家的时间恐怕寥寥可数。他没有留下一首写父母的诗句，写儿女妻子的也不过区区两三首而已。当然那个时候大都志于四海，不像现在一些男人甘愿在家当奶爸。不过，李白一首《寄东鲁二稚子》还是深深打动了我们，此诗较长，只引录后半段：“娇女字平阳，折花倚桃边。折花不见我，泪下如流泉。小儿名伯禽，与姊亦齐肩。双行桃树下，抚背复谁怜，念此失次第，肝肠日忧煎。裂素写远意，因之汶阳川。”从诗中我们知道李白的女儿名叫平阳，儿子名叫伯禽，李白离家已经有三年没有见过他们了。此诗表达了李白对一双小儿女的强烈思念，想象他们在桃树边想念父亲的样子，不禁方寸大乱，内心忧煎，一个充满柔情的慈父形象跳跃而出，让我们对这个不负责任的父亲有了几分原谅。纵使豪气干云、心雄万夫的大丈夫，在儿女亲情面前也会百炼钢化为绕指柔。唐代另一位诗人韦应物有一首《送杨氏女》，是写送女儿出嫁时的情景，有这样的句子：“永日方戚戚，出门复悠悠。女子今有行，大江溯轻舟。尔辈苦无恃，抚念益慈柔。幼为长所育，两别泣不休。”女儿嫁给了杨姓丈夫，故称杨氏女。韦应物妻子早逝，两个女儿从小丧母，故称“无恃”，小女儿是大女儿抚育带大的，所以告别之时两人啼哭不止。这时当父亲的愀然心痛，益加“慈柔”，泣数行下。韦应物是一个感情细腻真挚的诗人，他的妻子去世后他亲自撰写碑文，对女儿表现出的“慈柔”深情令人感动。

父亲与子女间的关系，最好的境界按照作家汪曾祺的说法是“没大没小”“多年父子成兄弟”。这个理念充满了平等、民主、和谐的现代意识，也满溢着浓浓的人情味，是对因袭几千年的“父为子纲”封建陈腐观念的彻底颠覆。但是我想，即便是21世纪现代化的今天，能够做到汪曾祺所谓“没大没小”“多年父子成兄弟”的也并不多见。“慈柔”的父亲或许并不稀缺，但此时的慈父也仍然是另一种意义上的“严父”——严肃、庄重、正常。而还有另外一种父亲，既是慈父也是“谐父”，诙谐风趣，让家人儿女感到轻松快乐，田园诗人陶渊明和大文豪苏东坡即为此中显例。陶渊明有首诗《责子》，读来十分有趣：“白发被两鬓，肌肤不复实。虽有五男儿，总不好纸笔。阿舒已二八，懒惰故无匹。阿宣行志学，而不爱文术。雍端年十三，不识六与七。通子垂九龄，但觅梨与栗。天运苟如此，且进杯中物。”陶渊明有五个儿子，在这首诗中被老爹逐个一通数落：老大十六岁懒惰无人能比；老二近十五岁本该是“志于学”的年龄却不爱读书习文；老三老四是双胞胎，都十三岁了，连六和七都不认识，六加七等于十三，意思是都弄不清自己多大了；老五快九岁了，只知道吃，天天找寻梨子和栗子。咳咳，这都是命啊，不管了，还是喝酒去吧。有人说，陶渊明贪杯嗜饮，所以他的几个孩子智商都不高。其实，并非如此，如果孩子真的蠢笨，当爹的怎能写诗予以嘲笑？还是宋人黄庭坚懂得陶渊明真意，他在《书陶渊明责子诗后》云：“观渊明此诗，想见其人岂弟（恺悌）慈祥戏谑可观也。”陶渊明并没有板起面孔詈骂斥责孩子，而是怀着一颗慈爱之心，故意夸大孩子们的缺点，一边絮絮叨叨数落，一边无奈摇头叹气。“慈祥戏谑”之谓字字击中靶心。苏东坡有首诗《洗儿戏作》：“人皆养子望聪明，我被聪明误一生。惟愿孩儿愚且鲁，无灾无难到公卿。”这依然是一首“慈祥戏谑”之作，没有哪个父亲真的愿意孩子“愚且鲁”的，苏东坡感慨自己因聪明而致多舛的一生，对新生儿给予别样的祝福，一片慈爱深情全在诗句里头了。

我在高校任教时曾多次讲授鲁迅《我们现在怎样做父亲》一文，核心是“爱”，“用无我的爱，自己牺牲于后起新人”。有一段金句我都能背下来：“自己背着因袭的重担，肩住了黑暗的闸门，放他们到宽阔光明的地方去；此后幸福的度日，合理的做人。”鲁迅这篇文章写于1919年，距今整整一百年。社会形态、思想观念都发生了巨大变化，但读之依然心有戚戚焉。于今看来，无论做严父还是慈父，是庄父还是谐父，只是表达表现的方式不同，核心永远是“爱”，这是人的天性，更是责任。不过，方式也是观念的体现，现代社会大家更喜欢平等、和谐、民主的父子关系，恐无人喜欢贾政那样动辄疾言厉色棍棒伺候的严父吧。

你能认识多少字

先抄一段《诗经·卫风·硕人》："手若柔荑，肤如凝脂，领如蝤蛴，齿如瓠犀，螓首蛾眉，巧笑倩兮，美目盼兮。"这段诗句大家很熟悉，哈，有不认识的字吗？如果没有什么困难，还是这首诗，且再抄一段："河水洋洋，北流活活。施罛濊濊，鳣鲔发发。葭菼揭揭，庶姜孽孽，庶士有朅。"怎么样？读起来是否觉得有些麻爪儿？

近来的阅读让我忽然发现了一个问题，即古代诗文生字多，字典使用率颇高，当下作品生字少，读之很顺溜，基本不用翻字典，甚至有的一本书读下来，字典闲得都会结出尘网。

这是怎么一回事？答案大抵如是：古代作家认字多，字词量大，当今作家（较普遍）认字少，腹笥匮乏。

我在床头常年放着一本商务印书馆出版的《新华字典》，64开本，用起来轻捷、方便，躺着看，没有举重之苦。凡读书遇到生字，定会查一查，不会轻易放过，避免"文人识字认半边"胡猜乱认的错误，是舅家的孩子还是姨家的孩子必须搞清楚。一定要把生字变成熟字，如果下次遇到又生分了，那就再查一遍，一回生两回熟。如此这般，茫茫字海，"熟人"越来越多。

我的这本《新华字典》是第11版修订本，共收入单字13000个。国务院2013年发布的《通用规范汉字表》共收入单字8105个，其中一级字表为常用字集，收字3500个，“主要满足基础教育和文化普及的基本用字需要”；二级字表3000个，使用度仅次于一级字，一、二级字表相加共6500字，“主要满足出版印刷、辞书编纂和信息处理等方面的一般用字需要”；三级字表1605个，主要是人名、地名和科技术语等专业领域用字。据统计，3500个常用字覆盖了现代出版物用字的99.48%，《易经》《尚书》《左传》《论语》《孟子》等13部典籍，使用不相同的单字数为6544个字。这可能就是一级字3500个，一级与二级相加共6500个字的来由和依据。也就是说，你如果认识3500个汉字，就可以写作、出书了，但与古代的典籍还有3000个字的差距，这仅是认字量的差距。

古人最初以结绳记事，汉字据说为黄帝的史官仓颉受野兽脚印启发所创，时“天雨粟，鬼夜哭”，可见文字诞生是一件惊天地泣鬼神的大事。文字与神相通，每一个字都是活泼泼的生命，故香港作家董桥说“文字是肉做的”。对文字保持足够的尊重和敬畏，是每一个文人的信仰，故有“敬惜字纸”的传统流传下来。“吟安一个字，拈断数茎须。”（卢延让）“二句三年得，一吟双泪流。”（贾岛）让每一个字都有一个妥帖的安放，郊寒岛瘦，燕瘦环肥，姚黄魏紫，各臻其妙，各美其美，美美与共。刘勰《文心雕龙·练字》云：“心既托声于言，言亦寄形于字。”文学是语言的艺术，其实更是文字的艺术，语言美，其实更是文字美，一如龙凤藻绘，虎豹炳蔚，云霞雕色，草木贲华，林籁结响，泉石激韵，这些比喻都来自刘勰，真的是美不胜收，令人心醉神迷。

若令笔下文字有丘壑之胜，烟霞之美，卯榫相得的准确，甚而画龙点睛的传神，首先得拥有充分的字词量，腹笥充盈，方能在文字的方阵中应付裕如，左右逢源。若想认字多，查字典是最基本最可靠的办法。

读书看报遇到生字，如果懒得查字典，则生字永远是生字。你不认识它，它就不会认识你，在写作的时候则断不可能听命于你的驱遣。这样，你的文字土壤就是贫瘠的羸弱的，不可能长出葳蕤丰茂的庄稼。汉字的多义性、丰富性给作家的多样表达增添了无限可能性，同时，又对最准确的呈现提供了多重选择。譬如双胞胎，那种细微的差别与玄妙，给文字带来魔幻般的无穷魅力。

据最新的统计，中国汉字共有九万多个，当然其中有大量的“死”字废弃字。但是，肯定也有许多字等待今人的激活，重新焕发生机。今人作品生字量的下降，让我产生一种深深的忧虑和危机感，如果这个样子继续下去，会有不断的熟字变成生字、死字，终被废弃，即如地球上的许多物种一样杳如黄鹤彻底寂灭，那将是文化的灾难。举个例子，如“㬤”（音七）字，意指水湿将干未干，需要晒一晒，晾一晾，或者，用一种东西吸收水分，现在冀南农村人们还这么说，“㬤晾㬤晾”，但很少见到有人使用，恐怕更多的人不认识。时间久了，此字岂不成了被废弃的死字？

人人慨叹当今经典作品少，作家认字少是不是其中一个原因呢？

沧海一声笑

哈哈哈哈，哈哈哈哈……邻居老太太一连串的大笑声，从窗户缝里挤进来不时鼓荡我的耳膜，一连数日，天天如此。那边厢放声大笑，这边厢心生疑惑，这老太太不是神经出了问题吧？我上网一查，方知这叫“大笑疗法”，原来这是老太太在治病呢。“笑一笑，十年少”，这句民谚为大家所熟知，敢情大笑还能治病？据说，这种疗法为20世纪中叶美国医生所创。英国哲学家罗素也说：“笑是最便宜的灵丹妙药，是一种万能的药。”

笑和哭是相对应的词。我从百度上搜索了带“笑”字的古诗词，有九百零八页，带“哭”字的只有八十三页，二者相较，竟有百倍之差。这应了那句俗语：笑比哭好。笑，总跟欢乐、愉悦、幸福、满足等紧密相连，而哭，是悲伤、忧愁、不幸、沉痛的写照。“巧笑倩兮，美目盼兮”“回眸一笑百媚生”，这笑是美；“谈笑间，樯橹灰飞烟灭”，这笑是潇洒；“仰天大笑出门去，我辈岂是蓬蒿人”，这笑是狂傲；“我自横刀向天笑，去留肝胆两昆仑”，这笑是慷慨……奥林匹斯山诸神的笑，吸引了凡间的向往；《蒙娜丽莎》那神秘的微笑让世人永久沉醉；世尊拈花，迦叶微笑，更是心有灵犀的禅意释放；生活中，也是一个笑脸可令坚冰消融、暖意顿生。

关于笑，在词语的世界里数量之多恐怕罕有其匹。法国人让·诺安在他的《笑的历史》一书中做了一个“笑的量度表”，像温度计一样，自下而上注明笑的刻度：冷笑、有礼貌的微笑、微笑、不出声的笑、笑、大笑、狂笑、笑得要死。通常来讲，笑是欢愉的表现，如，欢笑、开怀大笑、捧腹大笑、笑嘻嘻、笑眯眯等等，但笑的里边还衍生出人类复杂的情感，如，苦笑（无奈）、狞笑（凶狠）、奸笑（阴鸷）、媚笑（巴结）、冷笑（蔑视）、嘲笑（讽刺）、讪笑（尴尬）、皮笑肉不笑（虚伪），等等，这些笑显然与欢愉无关了，脱离了原有的轨道。

亚里士多德说人是唯一能笑的动物。笑的复杂性令西方为数不少的科学家、哲学家、艺术家穷究不已，从笑的起因、生理机制、心理精神到艺术审美予以一本正经地探讨。达尔文曾仔细观察新生儿的笑，曾用一片树叶搔出生只有四十五天的婴儿的脚心，发现婴儿会缩回脚掌，嘴里发出某种声音，脸部会出现类似微笑的表情。一名叫罗克尔的医生把笑称作“呼吸现象”：“笑既是呼气也是减压。它产生的心理状态是痉挛式的，断断续续和富有爆炸性的。总之是一种呼吸现象。”他又说：“希腊人使用一个绝妙的词儿称谓笑：gelao，这个词的本意是‘照耀’。笑照亮了面容，使人目光炯炯，使眼角皱起，使红润的双唇舒展在雪白的牙齿上。笑声带来了光明和色彩：它神采奕奕，红光满面。它还会扩展到全身。当人们捧腹大笑、前仰后合的时候，浑身上下各个部位都充分动员起来，于是人便雀跃、舞蹈、嬉戏……”由此可知，笑是一种生理本能，它的本源就是愉悦。

但是，也并非一味地笑就好。英国人詹姆斯·萨利在他的《笑的研究》一书中说：“有一点无须争论：笑的冲动应当受到一定的控制，既包括社会压力的外来控制，也包括自我约束的内心控制。笑的冲动一旦不受限制，便可能表现为种种丑恶的、毁灭性形式。”帕斯卡、爱迪生都斥责过那种粗鄙、浅薄的笑。在我们日常的社会活动中，许多的时候、场合，是不能笑的，应该敛起笑容，呈现出庄重、严肃的表情。比如纪念仪式、庄严大会等，这时候，任何形式的笑都是丑陋的、粗野的，甚至是毁灭性的，因为这破颜一笑，是对神圣事物的损害和践踏。一味地笑，就是傻笑，毫无意义，与那种来自思想和心灵深处的快乐毫不相干了。“嬉皮笑脸”与吊儿郎当一个意思，这个笑是轻佻的。另外，“笑料”“可笑”“玩笑”也都说明有些笑是让人鄙视的。如果评价某人某事是一个“笑料”，让人觉得“可笑”，那肯定是非常负面的评判，跟毫无价值之意庶几不差；而笑与玩绑在一起，就有些荒腔走板的意思了，“你开什么玩笑！”是斥责，“真是历史的玩笑”则罪莫大焉。钱锺书先生曾在《说笑》一文中批评了某些无聊、浅薄的笑，他说：“假如一大批人，嘻开了嘴，放宽了嗓子，约齐了时刻，成群结党大笑，那只能算是下等游艺场里的滑稽大会串。”至于那些“卖笑”的行径更是等而下之，为人不齿。

笑是喜剧之母，由笑派生出诸多艺术品种，喜剧、小品、相声、马戏团小丑、笑话、滑稽戏，等等，都旨在逗人发笑，博人一粲。滑稽和幽默是笑的艺术中最主要的两种表达方式。滑稽一词源自中国，原指酒器，后指油滑圆融，如《楚辞·卜居》：“将突梯滑稽，如脂如韦。”《史记》中有《滑稽列传》，这里的“滑稽”是指能言善辩之人，但都跟“笑”沾边，淳于髡“仰天大笑”，优孟“常以谈笑讽谏”，优旃“善为笑言，然合于大道”，故后世将滑稽定义为言辞、行为惹人发笑。巧了，中国戏剧中的丑角，西方马戏中的小丑，一个是白鼻子，一个是红鼻子，扮相奇怪，行为夸张，都是滑稽的最好注脚。幽默一词来自英语humor的音译，虽然中国古代屈原《九章》里有“孔静幽默”一语，但这个“幽默”是幽静无声之意，与后来的意思毫不搭界了。林语堂先生将“幽默”引入现代中国，使之成为与传统的“滑稽”有别的语言表达方式。他说：“在狭义上，幽默是与郁剔、讥讽、揶揄区别的，这三四种风调，都含有笑的成分。不过笑本有苦笑、狂笑、淡笑、傻笑各种的不同，又笑之立意态度，也各有不同。有的是酸辣，有的是和缓，有的是鄙薄，有的是同情，有的是片语解颐，有的是基于整个人生观，有思想的寄托。最上乘的幽默，自然是表示‘心灵的光辉与智慧的丰富’。”（《论读书，论幽默》）英国女作家乔治·艾略特把谐趣、幻想和哲理视作构成现代幽默的三种成分。幽默与滑稽一样都是逗人发笑，但幽默显然更高级，更风趣，更有气质，更多智慧因素。如果说搔痒也可以让人发笑，那么幽默则是心灵的搔痒，在笑声中含有深长的意味，耐人思索。

《红楼梦》是一出“伤金悼玉”的大悲剧，“千红一窟（哭），万艳同杯（悲）”，最后的结局是“白茫茫大地真干净”。但这悲剧中却也有欢声笑语相伴，这笑成了哭的背板，越发叫人觉得这世界的荒谬乖违。书中有一段脍炙人口的写笑的场面：“贾母这边说声‘请’，刘姥姥便站起身来，高声说道，‘老刘，老刘，食量大如牛，吃个老母猪，不抬头！’说完，却鼓着腮帮子，两眼直视，一声不语。众人先还发怔，后来一想，上上下下都一齐哈哈大笑起来。湘云撑不住，一口茶都喷出来。黛玉笑岔了气，伏着桌子只叫：‘哎哟！’宝玉滚到贾母怀里，贾母笑的搂着叫‘心肝’，王夫人笑的用手指着凤姐儿，却说不出话来。薛姨妈也撑不住，口里的茶喷了探春一裙子。探春的茶碗都合在迎春身上。惜春离了坐位，拉着她奶母，叫‘揉揉肠子’。地下无一个不弯腰曲背，也有躲出去蹲着笑的，也有忍着笑上来替他姐妹换衣裳的。独有凤姐鸳鸯二人撑着，还只管让刘姥姥。”（第四十回）越是美的东西的毁灭才越是叫人痛惜，繁华过后成一梦，笑语喧哗皆成空，含笑的悲剧比一味流泪的悲剧更叫人痛到骨子里去。按照鲁迅的说法，“悲剧将人生的有价值的东西毁灭给人看，喜剧将那无价值的撕破给人看”。悲剧是沉重的，喜剧是轻松的。唯沉重而见分量，一如巨石；轻松亦常失之轻薄，一如鸿毛。从世俗角度来讲，人们更喜欢喜剧，解颐消愁，哈哈一笑，过后不思量。但从审美角度来讲，悲剧更加崇高，对人的情感、思想、心灵有更强烈的冲击和震撼。泪水是灵魂的洗涤剂。

尘世人生，莫不祈愿生活中笑口常开、幸福快乐，但哭却是人来到世界上发出的第一声嘹亮的宣告，这决定了笑与哭是一对冤家终身相依相随。这就是现实的人生本相。所以，笑的时候别缺氧，哭的时候也别绝望。彻悟人生的弘一法师写有一首《清凉歌》，里边有这样的句子：“清凉月，月到天心光明殊皎洁。今唱清凉歌，心地光明一笑呵。”一轮明月朗照清凉世界，心底一片辉光，尘虑烦恼，一笑置之，不悲不喜，淡然处之，这样内心才会有恒久的满足。

“凤雏”的暗疾

“凤雏”者，庞统也，刘备阵营中的副军师，地位仅次于军师诸葛亮。江湖上“卧龙”“凤雏”齐名，司马徽曾言：“伏龙、凤雏，两人得一，可安天下。”刘备云：“今吾二人皆得，汉室可兴矣。”但事实证明，这个说法不靠谱，卧龙、凤雏皆得的蜀汉不仅没有安天下，反而成为三国中最早灭亡的一个。

按说，既有“龙凤”之名，怎么着也得一表人才，颜值颇高。你看诸葛孔明，“身长八尺，面如冠玉，头戴纶巾，身披鹤氅，飘飘然有神仙之概。”典型的帅哥一枚。相比之下，庞统相貌丑陋，过于磕碜：“浓眉掀鼻，黑面短髯，形容古怪。”跟“凤雏”的雅号庶几沾不上边嘛。

因为貌丑，先后为孙权、刘备所不喜，骥足不得伸展，大才不得重用。以貌取人固然不对，但实际的问题不在相貌，而在性格、器具，庞统有暗疾耳。

其一，狂悖。古代的名士皆有恃才傲物、妄自尊大的毛病，牛皮哄哄，把谁也不放在眼里。即使内心渴望被明主所用，也装作一副满不在乎的样子，不肯放下身段。三国中的祢衡、孔融、杨修等皆为狂悖之徒，下场很惨。庞统初见孙权，一番对话，傲气十足，尤其表露出对周瑜的轻慢，令孙权心中不乐，“吾誓不用之”。又见刘备，本来怀揣鲁肃和孔明的荐书，并不外掏，见了刘备，“长揖不拜”，失了礼数，令刘备心中亦不悦，勉强给他个耒阳县令。“统来到耒阳县，不理政事，终日饮酒为乐；一应钱粮词讼，并不理会。”以此来抗议“玄德待我何薄”！

其二，邪祟。作为军师，主要职责就是为主公出谋划策。然而，计谋也有正邪之分，善恶之别，要符合人的道义和是非观念。明代文人方孝孺评价说：“孔明之学，庶乎王道；而统之言，皆矫诈功利之习。”庞统襄赞刘备进兵西川，他建议设“鸿门宴”，埋伏刀斧手，在宴席上将刘璋杀掉，一了百了，成都唾手可得。这个计谋遭到素以仁慈为名的刘备的坚决否决，“此事决不可行”。按说主公有了明确指示，作为军师应该另想办法，庞统却不听刘备命令，“事已至此，由不得主公了”。依然按照他的计划执行，被刘备当场制止，避免了一场火并。事后，刘备“责庞统曰：‘公等奈何欲陷备于不义耶？今后断勿为此’”。这个批评很严厉了，诸葛亮何时被刘备如此责怪过？庞统的错误在于，一、此计既不合乎王道，也不符合刘备的战略要求和处世原则，作为军师不能知人论世，何其谬也；二、在遭到主公否决的情况下，仍然照计行事，违抗军令，此乃军中大忌，作为军师，焉敢如此！

其三，器狭。诸葛亮与关羽镇守荆州，庞统协刘备进取西川。但了解庞统的诸葛亮对西川战事不太放心，一直密切关注，恐庞统立功心切，冒失急进，借观天象呈书信予以提醒，“切宜谨慎”。但庞统却暴露出来胸襟狭小的毛病，暗思：“孔明怕我取了西川，成了功，故意将此书相阻耳。”行兵之前，刘备因为诸葛亮的提醒，仍有疑虑，对此，庞统干脆把话挑明了，大笑曰：“主公被孔明所惑矣：彼不令统独成大功，故作此言以惑主公之心。”诸葛亮向来光风霁月，磊磊君子，哪里有一丝这种阴暗的小人心理？这真是以小人之心度君子之腹了。而反观诸葛亮，不仅向刘备推荐庞统，而且说："士元非百里之才，胸中之学，胜亮十倍。"称其"大贤"。两相比较，境界、人格、器具，高下立判矣。

"凤雏"确有大才，绝非浪得虚名，他的"连环计"成为赤壁之战的胜负手就是明证。然而，他不为人明察的暗疾，最终决定了他的命运走向，三十六岁阵亡落凤坡看似偶然，却是他必然的悲剧结局，早晚而已。

由此观之，有德无才乃庸人，有才无德乃小人，唯德才兼备方可成大事，古今中外皆如是。"凤雏"庞统的三个暗疾，今天仍当为我们所警醒。

“康圣人”之伪

有句话叫“人非圣贤孰能无过”，意思从另一方面理解，就是人若是圣贤肯定就不会有过错。晚清康有为人称“康圣人”，按说该是一个在道德上真实完美几无瑕疵的人吧，但恰恰是薰莸同器、葛裘一身，叫后人物议蜂起、毁誉交加。这个在中国历史上的有为之人，也做了诸多有“伪”之事，这既体现了历史的吊诡，也反映了人性的复杂性和多面性。

康有为不是一个恂恂如的谦谦君子，而是一个踔厉激进、自视甚高、刚愎自用的大胆狂人，比如他对未来“大同世界”的设想竟然建议取消家庭，真是异想天开、惊世骇俗。这个敢想敢为的“疯子”，藐视某些道德绳墨肆意妄“伪”也就在情理之中了。此“伪”既有作假之指，也有虚伪之意。康有为铁板钉钉的“伪”撮其荦荦大者大抵有三。

其一，《戊戌奏稿》作伪。此书是戊戌变法后十二年由康的女儿康同薇搜集、整理、抄存的康有为在戊戌年间的奏稿集合，在日本出版，名为《戊戌奏稿》。后来学者将此书与当时清廷内府抄录的《杰士上书汇录》有关康有为的奏折对照，发现了诸多不同，并得出结论，《戊戌奏稿》中的一些奏折并非原来的真折，而是康有为后来根据形势“改篡”甚至“伪作”的。北京大学历史系教授王晓秋曾告诫其学生：“你们研究康有为千万不要用《戊戌奏稿》。史学界已经做过考证，康有为的《戊戌奏稿》中，很多东西是他后来写的或者是改过的，不能作为他在戊戌年间思想的依据。”作为当事人，公然作伪，不仅将晴朗的历史天空弄得疑云密布，而且是对天下人的欺骗。所幸，学界从《杰士上书汇录》中找到了证据，不然，历史真成了小姑娘任人打扮了。

其二，私改光绪密诏。戊戌政变发生前，光绪帝给杨锐一封密诏，根本没有提及康有为，康有为却说是皇帝给他的，而且私自添加了内容公开刊布。康的学生梁启超评价他的老师说：“有为以好博好异之故，往往不惜抹杀证据，或曲解证据，以犯科学家之大忌。此其所短也。”康有为是晚清进士，也算是饱学之士，尽管他作伪的初衷是为了变法救国，但为达目的，罔顾事实，欺世盗名，对历史毫无敬畏之心，绝非正人君子所为。尤其是，后来他打着皇帝密诏救国的旗号，在海外得到大量华人的援助，他的晚年在杭州、青岛、上海修筑或购买了三处别墅，过上了极尽奢华的生活，据说每年的花销约二万五千银圆，折合今天的人民币约一百万元，难免会引起大家对他经济来源的质疑。最要紧的是，他的作伪不仅使他失去了后人的信任，而且对戊戌变法这个重大的历史事件是一次严重的伤害，消解了它的庄重、严肃和神圣。如果当事人谎话连篇、荒腔走板，那么，他所做的事情还能赢得世人几分的尊敬呢？

其三，道德上的虚伪。康有为可谓近代中国的启蒙家、思想家、教育家，是划破夜空的嚆矢，是穿越林间的响箭。但他归根结底不是先进思想的践行者，所作所为暴露了他的陈腐和虚伪。比如，在他的著作《实理公法全书·夫妇门》中说：“男为女纲，妇受制于其夫。又一夫可娶数妇，一妇不能配数夫。此更与几何公理不合，无益人道。”这里明确反对纳妾，提倡男女平等。可是，康有为以原配没有生儿子为由，纳了妾。但生了儿子还没完，老先生纳妾上了瘾，从四十九岁到六十二岁十三年间，一共娶了五房小老婆，且都是年轻姑娘，年龄都在十八岁左右，其中还有一个日本女子。自己躬行所反对的一切，如他的弟子所云：“他每天戒杀生，而日日食肉；每天谈一夫一妻，而自己却因无子而娶妾……每天说人类平等，而自己却用男仆女奴……”康有为对此有一个荒唐的辩解，“吾好仁者也，主戒杀者也，尝戒杀一月矣，以今世未能行也……大同之世，至仁之世也，可以戒杀矣。”意思是，我所主张的现在都行不通啊，等将来实现大同了再说吧。真是虚伪至极，一张老脸被他自己打得啪啪响！

康有为号长素，因民间敬称孔子为“素王”，故长素意指长于素，比孔子强。孔子云：“人而无信，不知其可也。”可是我们的“康圣人”的种种作伪虚伪，违背了做人立身处世的根本原则，如果说“长于素”，恐怕就是觍着脸说大话罢了。

偶然与命运

奥地利作家斯蒂芬·茨威格年轻的时候喜欢写剧本，他写了一部诗剧《忒耳西忒斯》，引起了普鲁士国家剧院的兴趣，剧院老板写信给他表示要在柏林的王家剧院首演这出剧，并请当时最著名的演员马特考夫斯基出演阿喀琉斯这个角色。茨威格说他当时“简直惊喜得目瞪口呆”。但是，就在茨威格订好了前往柏林的车票准备看演出时，接到了一封电报，马特考夫斯基患病，演出延期，几天后，报纸上登出了马特考夫斯基逝世的消息。茨威格没有想到，这个意外仅仅是一个开始，种种不可思议的事情接踵而至，他不再是“惊喜得目瞪口呆”了，而是惊呆了。

不久，茨威格被另一个他“奉若神明”的伟大演员凯恩茨请到他那里，要求出演《忒耳西忒斯》剧中忒耳西忒斯一角，并请求茨威格再给他写一个独幕剧，以供他客串之用。三周之后，茨威格将初稿交给凯恩茨，凯恩茨高度赞赏、反复吟诵之后感觉已“十分完美”，两人约定一个月之后，凯恩茨演出归来正式排练这部短剧。然而，茨威格等回来的却是病入膏肓的凯恩茨几周之后即病逝了。

这两个意外纯属偶发事件，却足以让茨威格感到恐惧，以后凡是著名演员出演他的剧本，他一概拒绝。但是，凶煞之神关闭了一扇门，却从另一扇门溜了进来。这次是一个导演，刚根据茨威格剧本完成导演手本，还未及开始排练，仅过了十四天，就死了。十几年以后，茨威格写了一个剧本《穷人的羔羊》，他的朋友、著名演员莫伊西要求担纲主演，被茨威格坚决拒绝——他心理已存在巨大的阴影无法摆脱。又过了若干年，莫伊西要演出意大利作家皮兰德娄的《修女高唱五月之歌》，首演要在说德语的维也纳举行，皮兰德娄委托莫伊西请茨威格翻译成德语。茨威格觉得这次只是翻译，不会有什么妨碍，同时也为了给皮兰德娄和莫伊西两个朋友面子，就完成了这项工作。没有想到的是，仅排练了一次，莫伊西就患了重感冒，接着高烧不退，神志昏迷，两天之后，就驾鹤西去。

茨威格是小说家、剧作家，但这段经历既不是小说，也不是剧本，而是生活中真实发生的，这里边充满巧合、偶然、死亡、命运等种种戏剧性因素，但它不是戏，是人生的本来面目，作家只不过如实写出来而已。最大的悲剧发生在茨威格自己身上，自传作品《昨日的世界》是他流亡巴西时写的，1940年写毕，两年后书还未出版，他便以自杀的方式告别了这个“昨日的世界”。自杀不是一种自然的死亡方式，茨威格选择了自我了断，充满了偶然因素，其中的命运感也更强烈，让人生出无尽的悬想。

偶然是命运无常的最大注脚，或喜或悲，或好或坏，常常有偶然这只无形的手在导演。鲁迅小说《祝福》中，阿毛被狼叼走，这一偶然事件的发生，导致了祥林嫂最终的悲剧命运。所以，祥林嫂不断地向人絮叨“我真傻，真的……”心灵的毁灭性打击由此可见。在封建时代，孩子就是女人的命根子，如果阿毛不死，祥林嫂的悲剧或许就不至于发生。同样，唐代诗人王维能高中状元，也是有很大的偶然因素，但这一显赫的身份给他后来不断擢升位列朝班奠定了基础。所谓“官运亨通”，时也运也，这是不能不承认的事实。譬如足球比赛，你方总是射中门柱或横梁，就是运气太差；相反，若打乒乓球，你总是擦边或滚网，就是运气太好。这运气有的时候能最终决定失败或胜利。

偶然的确对命运能产生重大影响，所以也就有“宿命论”“命中注定”的说法。但是，应该说，偶然中往往存在着必然，是那个“必然”在背后导演着“偶然”的发生。比如说，阿毛被狼叼走，看似偶然，实际上是由祥林嫂的性格决定的，如果她心细如发，就不会犯“傻”，明知山里有狼，还让孩子一个人在门外剥豆。她性格的粗疏大意，决定了阿毛悲剧的发生是早晚的事，所谓“性格决定命运”是也。同样，王维运气好，看似遇上了贵人，实际上，正应了那句话，成功总是给有准备的人准备的。

当然，也不是说没有纯粹偶然的发生，像前面茨威格所述，我们无法找出其中“必然”的存在，像“晴天霹雳”“六月飞雪”一样，突如其来，难以逆料。我们面对这些不可知的偶然事件，泰然自若、顺应接受是最好的办法，怨天尤人、自叹命苦都于事无补。更多的时候，我们可以不断完善自己，提高智慧，淬炼人生，好的偶然就会增多，坏的偶然就会减少，从而使我们的命运按照理想的轨道运行。茨威格也并不把偶然事件和命运等同起来，他说：“一个人的生活道路原来是由内在因素决定的；看来，我们的道路常常偏离我们的愿望，而且非常莫名其妙和没有道理，但它最终还是会把我们引向我们自己看不见的目标。”这是智者的清醒之语。

不要把别人的泪当盐

近读《毛姆传》，才知道这位以《月亮与六便士》名世的英国大作家是口吃患者。他从小父母双亡，寄居在叔叔家过活。可能是压抑和紧张所致吧，他患了口吃症，这让他在周围很是显眼，经常遭到其他孩子的嘲笑。这样就更加让他变得敏感、害羞、愤怒和恐惧，生活在无尽的痛苦和耻辱中。有一次，他和叔叔到伦敦，叔叔有事滞留，让他自己返回。他去火车站排队买票，终于轮到他时，却结结巴巴，怎么也说不出他要去的地名，后边的人等得不耐烦了，两个男人一把推开他，说："我们不可能等你一个晚上！"毛姆只好重新排队。他永远记着这耻辱的一刻，所有的人都盯着他看。

我由此突然想起小时候的事。我们村有一个男孩就是一个口吃患者，说话结巴，我们称之"紧语子"。他几岁的时候，母亲由于难产死了，家里穷，父亲也没有再娶，日子很恓惶。他穿得破破烂烂，又结巴，也就不再上学，天天下地放羊。我们都瞧不起他，见了他，就学他结巴着说话，他气得涨红了脸，就越发结巴，惹得我们哈哈大笑，开心极了。

几十年后想起这事，跨越时空，那嘲笑毛姆的孩子中间不是也有我吗？

如此对别人生理缺陷加以嘲笑戏耍的史不绝书。

《世说新语》载，三国时期魏将邓艾口吃，语称“艾艾”，晋文王司马昭戏之曰：“卿云‘艾艾’，定是几艾？”邓艾巧妙应对：“凤兮凤兮，故是一凤。”“戏之”，就是拿邓艾的口吃开玩笑。这个“艾艾”和另一个口吃患者汉代大臣周昌说的“期期知其不可”，一并组成了一个成语“期期艾艾”。

《古今笑》讲述了一个小故事：一名画家是个跛子，一天出门见一个跛足妇人在前面走，旁边一小孩模仿。妇人大怒，正要发作，恰画家也拐着腿走来，妇人便把怒火泄向画家，大骂道：那短命的小孩作恶也就罢了，你一个衣冠楚楚的大人怎么也这么无聊？画家知其误会了，百般解释，那妇人就是不听，兀自骂个不休。

这个世界上总会有一些生理有缺陷或残疾的人，聋哑、口吃、跛足、驼背、貌丑等，或先天形成，或后天导致，这些使得他们在行为上异于常人，特别为人所瞩目。有时又因为其言语、行动上的怪异，引人发笑。生理上的缺陷或残疾，如同阳光下的阴翳，天然地让他们产生一种自卑心理，即使异样的眼神对他们来讲也是一根刺，何况不加掩饰的恶意的嘲讽，简直就是刀割剑捅了。所以，自卑激起强烈的自尊，一颗敏感的心容不得丝毫亵慢，面对戏弄、嘲笑，他们经常像前面所讲的妇人那样表现出暴怒，也就可以理解了。记得小时候，我们模仿、戏耍哑巴、跛子时，他们总会怒不可遏地追打，吓得我们四散奔逃。这些人的自尊除了用愤怒来捍卫，有的更是以硬本事真功夫来出人头地，洗刷耻辱，赢得世人尊重。《史记》记载，韩非“为人口吃，不能道说，而善著书”。又载，司马相如“口吃，而善著书”。汉赋大家扬雄，《汉书》称其“口吃，不能剧谈”。宋代的王世则小时候上山砍柴，不小心摔断了一条腿，成为瘸子，后来发奋读书，考中状元，乃成千古一人！

所谓蚌病成珠，这样载入史册的成功者毕竟是少数。更多的人或许终其一生都在默默忍受着嘲笑和耻辱，活在灰暗的天空下，匍匐在尘埃里，甚至有的人可能生无可恋，早早就放弃了生存的权利。

西哲叔本华说：“每个人的内心都确实有着某种野蛮的兽性——一有机会它就张牙舞爪、肆意咆哮，就会伤害他人。”我们对此可能浑然不觉。小时候的恶作剧，似乎印证了荀子人性本恶的观点，那时的确是无意的伤害。而成年的受到教育的健全人，即使在生理有缺陷或残疾者面前没有表现出野蛮的“兽性”，那么，同情和怜悯就不是另一种伤害吗？居高临下的优越感可能存在于潜意识中，把别人的泪水当成盐，让庸常的日子有了滋味。

名垂青史的毛姆早已不需要人们同情，而需要仰望。我那老家的小伙伴，已老之将至，口吃依旧，生活早有起色，也不需要我的同情，而需要我的歉意。苍天造人，生而平等，缺陷或残疾，有的人在生理上，有的人可能在心里。

月亮挂在北面的天空

月亮挂在北面的天空？这怎么可能？我们看到月亮挂在天空的时候都是在南面啊，顶多还有东面或西面，绝对不会是北面。但是，如果我说是在南半球的澳大利亚呢，那就绝对没错了吧？

那年我去澳大利亚旅游，一下飞机，就觉得有哪儿不对劲。哦，晴朗的天空中，太阳居然在头顶的北面闪耀，也就是说我面朝太阳的时候需要身体向北。这是我第一次到达赤道以南的地方，小学的地理课告诉我，这是再正常不过的事情了。可几十年的生活习惯已经固化了，依然感到别扭。好在在澳大利亚活动的几天里，并不需要时时看太阳，也并不影响什么。

有天晚上，在悉尼的海滩漫步，圆圆的明月挂在空中，当然也是北面的天空，清辉流淌，大地笼罩在银色的朦胧里，微风习习，安谧美好。我面朝北方静静地欣赏着异国的月亮，一股思乡的情绪慢慢溢上心头，开始想念远在万里之遥的妻儿。这时发生了一个奇异的景象，我在恍惚走神的状态中，突然发现月亮不知不觉移到了南面！我使劲眨眨眼睛，拍拍脑袋，没错，月亮从北面的天空移到了南面的天空。我知道，我转向了。

转向的原因，来自强大的定势思维和习惯认知。我们的国度在北半球，太阳从东方升起到南悬中天再到西方落下，形成这么一个半圆的轨迹。阳面从来都是南面，山之阳也是指山的南面一侧，房子是坐北朝南，君王是南面称王。《周易》云："圣人南面而听天下，向明而治。"故阳为贵，阴为贱。"北"字是两人背靠背，打了败仗，背向着敌人逃跑，故曰败北。臣服为北面称臣。所以，中国文化里边，面南代表着温暖、光明、胜利，背阳代表着阴冷、黑暗、失败。至今我们看到一些重要的古建筑大多都是坐北朝南，大门向南开。朵朵葵花向太阳，我们已经习惯了面朝南方站立的姿势。

这种思维定势甚至影响到阅读。如阿根廷文学大师博尔赫斯《庭院》一诗里有这样的句子："夜幕降临／庭院的两三种色彩渐感疲惫。／满月那伟大的真诚／已不再激动它习以为常的苍穹。／庭院，天空之河。／庭院是斜坡／是天空流入屋舍的通道。／无声无息，／永恒在星辰的岔路口等待。／住在这黑暗的友谊中多好／在门道、葡萄藤与蓄水池之间。"我们脑海中浮现出的画面，不用想一定是"满月"挂在南面的天空，那个"庭院"也一定是在"屋舍"的南面。可是，错了。阿根廷和澳大利亚一样也是处于南半球，月亮只能挂在北面的天空，房屋应该是坐南朝北，院子自然是在正屋的北面。但是，我们在阅读的时候，一般不会做这样的思维转换。

思维定势，也称惯性思维，是人类长期的经验或认知产生的定向性的思维方式。它有积极的一面，也有消极的一面，对我们的日常工作生活产生影响。比如，有人做了一个调查。一个公安局局长和一位老人在马路边交谈，跑过来一个小孩。小孩对公安局局长说，出事了，你爸和我爸吵起来了。老人问公安局局长，这孩子谁呀？公安局局长说，我儿子。这个问题是：小孩说的两个爸爸跟这个公安局局长是什么关系。据说，一百个人中只有两人回答正确。一说公安局局长，人们首先认定是男的，这就是思维定势影响了人们的基本判断。

有的思维定势甚至能产生致命的后果。拿破仑被流放到圣赫勒拿岛，有一位密友深有谋略，给他送来了一副象牙和美玉做成的国际象棋。拿破仑每天自己拿棋跟自己下，聊以打发寂寞孤独的时光，象棋被他摩挲得越加光滑，一直到他死去。后来，这副象棋被几经拍卖倒手，终于有人从棋子的底部发现了一个惊天秘密，原来里边藏着一个帮助拿破仑出逃的缜密计划。可是，拿破仑没有想到这些，他只是简单地认为朋友送给他象棋，就是供他消遣的。惯性思维使拿破仑错失了逃出生天的绝佳良机，造成终生遗憾。

明代心学大师王阳明有句名言："破山中贼易，破心中贼难。"思维定势也可谓"心中贼"，我极其顽固的潜意识居然能够将空中的月亮移位，可见改变惯性思维、传统观念是一件多么不容易的事情。恩格斯说："传统是一种巨大的阻力，是历史的惰性力。"传统当然有积极的一面，也有消极的一面，我们要摧毁的是它的"阻力"和"惰力"。历来事物发展的障碍，主要就是陈陈相因的观念、思维、习惯极其顽韧地存在于意识深处，成为定势，必须打破和改变，"苟日新，日日新，又日新"（《大学》），才能冲脱藩篱和窠臼，轻松前进。

月亮挂在北面的天空，你还以为是错的吗？

凡·高的向日葵

荷兰画家凡·高最有名的作品无疑就是《向日葵》了，与《蒙娜丽莎》《最后的晚餐》等一起被列入世界十大名画。1987年，《向日葵》被拍卖数千万美元，创造了当时油画拍卖的最高纪录。然而，这一切荣耀和利益与凡·高本人无半毛钱关系了，他活着的时候，穷困潦倒，一文不名。

1888年，凡·高离开巴黎来到法国南部小镇阿尔勒，租了一套废弃的房屋，用黄漆修葺一新，被称为“黄色小屋”。他想在这里建立一个“艺术之家”，邀请一些画家和他一起绘画。他的“向日葵”系列就是这个时候画的，据说他一共画了十一幅，在画到第六幅的时候，画家高更来了。高更是受邀来到“艺术之家”的唯一画家，他并不喜欢凡·高，因为凡·高的弟弟提奥答应替他还债，才勉强赴约。凡·高性格孤僻、古怪，几乎没人喜欢他，弟弟提奥是他唯一的朋友。所以，高更的到来令凡·高极为兴奋，他的“向日葵”也得到高更的夸赞。但两人的美术观分歧严重，经常争吵，高更不堪忍受，有了离开的念头，这令凡·高产生了恐惧和绝望，在一种疯狂的状态下，他用剃刀割下了自己的一只耳朵。但这种自残行为只能让高更害怕，只待了两个月，高更还是离开了阿尔勒。凡·高重新陷入了孤独和谵妄之中，精神病发作，次年外出写生时，用一把手枪自戕，不治身亡，年仅三十七岁。

凡·高的“向日葵”系列，花朵少则三五朵，多则十二朵、十五朵等。色彩鲜艳绚丽，色调浓稠饱满，仿佛熊熊燃烧的火焰，炫人眼目，摄人魂魄，细部的籽粒几乎破纸欲出，视觉冲击力极强。其中最有名的那一幅，向日葵是金黄色，背景也用黄色，画面一片明黄耀眼，以黄衬黄，以黄托黄，着色极为大胆怪异，无所顾忌，挑战人们的视神经。向日葵是向阳而开的花，黄色是明亮温暖的色调。凡·高说：“我越是年老丑陋，令人讨厌，贫病交加，越要用鲜艳华丽、精心设计的色彩，为自己雪耻。”他还说：“我想画上半打的向日葵来装饰我的画室，让纯净的或调和的铬黄，在各种不同的背景上，在各种程度的蓝色底子上……我要给这些画配上最精致的涂成橙黄色的画框，就像哥特式的教堂里的彩绘玻璃一样。”

凡·高为何如此具有“向日葵情结”？因为，他的人生太寒冷了，需要温暖；太灰暗了，需要光明。他的内心深处渴望着像向日葵一样，向着光明开放，享受太阳的照耀和沐浴。凡·高短暂的一生，作为一个画家，从来没有尝过成功的滋味，没有人认可，甚至从来没有卖出去过一张画。尽管他的弟弟提奥是一个有影响力的画商，不遗余力地帮助哥哥推销，拉人脉，搞画展，这个条件应该说是得天独厚，但结果每每惨淡收场，无人喝彩。凡·高对流行的画风不屑一顾，决不妥协，我行我素，一意孤行，被主流画坛无视、排斥也就是很自然的事了。高更甚至嘲笑凡·高的画毫无艺术性，比初学者还差，只是把大堆的颜料堆砌在画板上，令人看起来眼花缭乱。凡·高生活在黑暗、阴冷、压抑、窒息的世界中，唯一的一丝光亮来自弟弟提奥，如果不是提奥多年一以贯之源源不断提供经济援助，没有任何收入的凡·高早就冻馁而死，沦为路边饿殍。凡·高的“向日葵”无疑透露出他灵魂深处的隐秘。

然而，凡·高的“向日葵”一个怪异乖谬之处令我们无法忽略，那就是这些怒放的向日葵都是插在瓶罐里，甚至是剪下来摊在桌子上，而不是生长在原野上，给人的感觉更像是静物写生。专业的观点可能认为，凡·高的手法不是写实，而是印象派和表现主义。但是，凡·高到了阿尔勒之后，背着画板到野外写生是他经常做的事情，甚至因此和高更产生争执，他的《开花的果园》《橄榄树》《麦田中的柏树》等都是画的原野上的景物，那为什么他不画原野上的向日葵？植根于大地上的向日葵才真正富有勃旺的生命力啊。我想，凡·高的向日葵就是凡·高的向日葵，它的吊诡之处在于，它是凡·高命运的一种隐喻，他虽然渴望像向日葵一样向阳而生，让生命在阳光的抚慰下饱满地绽放，但这只是他的一厢情愿，他终究是室内瓶子里的向日葵，没有沃土，没有根基，没有阳光，一幅虚幻的假象罢了。

凡·高的“向日葵”能成为世界名画，自有它独特的艺术价值，而从人生意义上也会给人以深刻的启悟。其实，我们每个人潜意识中也有一个自己的“向日葵”，应该让他把根深扎在土地上，吸取大地的滋养，享受阳光的抚育，开出黄澄澄美丽的花朵，收获籽粒饱满的果实，让生命得以充分的释放；莫当瓶中的“向日葵”，即使绚烂也只是短暂的一瞬，是没有内在生命力的幻象。